브레이브

핀

"나는 미아를 위해서도——
너와 싸울 수밖에 없다."

노엘

당어

리온

올리비아

안젤리카

련하게 보내는 평화로운 일상…… 일 터였다.

에리카

마리에

여성향 게임 세계는 ★12
THE WORLD OF OTOME GAMES IS A TOUGH FOR MOBS.
모브에게 가혹한 세계입니다

CONTENTS

THE WORLD OF OTOME GAMES IS A TOUGH FOR MOBS.

프롤로그

학원제 당일.

교사 앞 광장에는 수많은 노점이 늘어서 있었다.

나【리온 포우 발트파르트】도 그중 한 곳에서 점원으로서 일하는 중이다.

도구를 이용해 도넛 반죽의 형태를 가다듬은 뒤 가열된 기름 속에 투입하고, 상태를 보면서 뒤집고 있었다.

부풀어서 색깔을 띠면 기름에서 꺼내 시트지를 깐 쟁반에 늘어놓는다.

그대로 몇 분 방치한 도넛에 친구인【다니엘】과【레이먼드】가 초콜릿 등을 토핑하여, 상품으로서 꾸민다.

우리 세 명은 학원제에서 도넛 노점을 내고 있었다.

──아니, 네 명일까?

『3, 2, 1── 마스터, 도넛을 기름에서 꺼내 주십시오.』

"──오우."

루크시온이 준비한 매뉴얼대로 만들어진 도넛은 예쁜 색을 띠고 있었다.

준비한 반죽, 기름 온도, 튀기는 타이밍 등을 루크시온이 전부 관리하고 있기에 아마추어인 우리가 만든 것치고는 훌륭했다.

조금은 조잡함이 눈에 띄었지만, 오후라서 그런지 손님이 많다.

늘어놓았던 토핑이 끝난 도넛은 대부분이 판매되었다.

손님 수도 많고, 매상도 높다.

같이 노점을 출점한 다니엘과 레이먼드는 호조를 보이는 팔림새에 미소가 끊이지 않았다.

"날개 돋친 듯이 팔린다는 건 이런 거군!"

"그다지 기대하지 않았는데, 이거라면 한몫 벌 수 있을 것 같아."

기뻐하는 두 사람 옆에서 나는 다음 도넛을 준비하기 시작했다.

루크시온이 내 모습을 걱정하는 듯한 목소리로 말을 걸었다.

『이 페이스라면 매상이 예상보다 10% 늘어날 것 같습니다. 폐기되는 양도 줄일 수 있었고, 훌륭한 성과입니다.』

"그러냐. 그거 잘됐네."

『──마스터는 기뻐 보이지는 않는군요.』

"잘 벌리고 있으니까, 기쁜 게 당연하잖냐."

『조금 전부터 조금도 표정에 변화가 없습니다만?』

나는 아침부터 묵묵히 도넛을 튀기고 있었다.

눈앞의 작업에 집중하고 있었던 것뿐인데, 다니엘까지도 걱정하고 있다.

"너, 정말 괜찮냐? 그거 끝나면 좀 쉬어."

레이먼드도 다니엘의 의견에 찬성했다.

"어쩐지 요새 이상해. 마음이 딴 곳에 가 있는 느낌이야."

레이먼드의 말에 짐작 가는 바가 있는 탓에 나는 쓴웃음을 짓고 말았다.

"여러 가지로 일이 좀 있었어. 여하간 롤랜드의 심술 때문에 나는 대공까지 오르고 말았다고. 책임의 무게에 위가 아파질 것 같다."

얼마 전에 나는 정식으로 대공위를 받았다.

호르파트 왕국에서는 공작보다 한층 위에 있는 작위다.

과거에는 판오스 공작가가 대공가였지만, 그들은 호르파트 왕국을 배신하고 공국을 칭했다.

대공가에는 다양한 권한이 주어지기에, 그 이후로 호르파트 왕국은 배신을 경계하여 대공 작위를 누구에게도 수여하지 않았다.

즉, 이례 중의 이례.

말하자면, 내 대공 즉위는 왕국 역사 속에서도 쾌거다.

──뭐, 이것도 롤랜드의 괴롭힘 중 하나지만.

출세를 싫어하는 내 심리를 잘 아는 롤랜드는 무언가 일이 있을 때마다 그걸 구실 삼아 나를 출세시켰다.

남들이 보기에는 사치스러운 고민이겠지만, 내게는 그저 민폐일 뿐이다.

다니엘과 레이먼드가 서로 얼굴을 마주 보며, 나를 앞에 두고 소곤소곤 이야기했다.

"폐하를 이름으로 막 부르는데? 겁이 없는 것도 정도가 있지."

"리온이라면 용서되는 모양이지. 뭐라 하건, 그 라셸을 때려눕혔잖아."

라셸 신성 왕국── 호르파트 왕국과는 적대 관계였던 성가신 나라다.

현재는 호르파트 왕국의 관리하에 놓여, 레파르트 연합 왕국과 공동으로 통치하고 있다.

나는 도넛을 튀기며 두 사람에게 미소를 띤 채 말했다.

"그 녀석은 이름으로 막 불러도 돼. 그걸로 화낸다면 곧장 대공 지위를 반납할 거다."

반납한들 받아들이지 않겠지만.

──아니 그보다, 지금은 여러 가지 일들이 다 사소하게 느껴진다.

기름에서 도넛을 꺼내고 있자, 레이먼드가 다른 노점으로 시선을 향했다.

수를 세고 있는 모양인데, 표정이 조금 쓸쓸해 보였다.

"역시, 1학년 때보다 규모가 작네. 노점 수가 거의 절반 이하야."

다니엘은 열을 식히고 난 도넛을 꾸미며, 쟁반에 늘어놓았다.

"어쩔 수 없지. 요 몇 년간 큰 전쟁이 계속되었으니까. 학원제를 개최할 수 있는 것만으로도 다행이라고."

"그건 그렇지만, 좀 쓸쓸해서. ──1학년 때로 돌아가고 싶지는 않지만, 그래도 그 무렵에는 더 활기찼잖아."

연이어서 일어난 큰 전쟁 때문에 호르파트 왕국의 국력은 저하된 상태다.

원래라면 학원제도 중지될 터였지만, 스승님── 새로운 학원장이 그래서는 학생들이 불쌍하다고 하여 하루만 개최해 주었다.

학생들을 생각하는 스승님은 훌륭한 어른이다.

하지만 역시 행사 규모는 작았다.

노점 수도, 전시물 수도 적었다.

우리가 2년 전을 생각하며 서글픔을 느끼고 있자, 금발과 흑발을 지닌 작은 몸집의 소녀들이 다가오는 게 보였다.

마치 자매처럼 보이는 두 소녀. 바로【마리에 포우 라판】과【에리카 라파 호르파트】였다.

마리에가 에리카의 팔을 잡고 이끌며, 학원제에 데리고 돌아다니고 있는 모양이었다.

두 사람 옆에는【크레아레】도 있었다. 크레아레는 루크시온과 마찬가지로 허공에 떠 있는 금속 구체에 렌즈 외눈을 가진 물체다.

루크시온과의 차이점은 들어간 인공지능이 다르다는 것이다. 비아냥과 비꼬는 말이 많은 루크시온과 비교해서, 크레아레는 쾌활하고 어울리기 쉬운 성격이다.

──다만, 어울리기 쉽다는 건 겉보기만 그런 거다. 정작 안에든 내용물은 '신인류는 멸망해야만 한다'라는 위험 사상을 지닌 위험한 인공지능이며, 신인류 상대라면 수상한 실험도 태연하게 하는 위험한 녀석이다.

그런 크레아레지만, 구인류의 특징을 지닌 마리에와 에리카한테는 무척 친절하다.

세 명이 우리가 있는 노점에 오더니, 마리에가 주문했다.

"도넛 있는 대로 전부 줘!"

"마, 마리에 씨? 그런 식으로 사는 건 좀 그렇지 않나 싶은데요?"

거리낌 없이 도넛을 사재기하려고 하는 마리에에게 에리카가 당황하여 주의를 줬다.

마리에는 우리를 앞에 두고 말했다.

"딱히 괜찮아. 어차피 다 못 팔고 남아서 곤란해하고 있을 테니까. 오히려 이렇게 사주는 게 인정이라는 거야."

팔짱을 끼고 고개를 끄덕이는 마리에를 보고 다니엘과 레이먼드는 쓴웃음을 짓고 있었다.

나는 한숨을 내쉬고 난 뒤 노점에서 나와 마리에의 머리를 가볍게 쿡 찔렀다.

"뭐 하는 거야!"

"서비스로 줄 테니까 사재기하지 마라. 애초에 네게 용돈을 주고 있는 건 나잖아."

"그 말은 하지 않기로 약속했잖아?!"

용돈 이야기를 하니 마리에가 눈에 띄게 당황했다.

이 녀석의 성격상, 분명 에리카 앞에서 엄마답게 행동하고 싶었던 것이리라.

에리카 쪽은 살짝 주먹 쥔 손을 입가에 대고 우아하게 쿡쿡 웃었다.

"실은 그렇지 않을까 예상했어요."

처음부터 에리카가 눈치채고 있었다는 걸 알고, 마리에는 눈물이 그렁그렁해졌다.

"우으~, 리온 때문에 들켰잖아."

"네 평소 행실 때문이겠지."

나는 늘어놓았던 상품을 몇 개 손에 들어, 갈색 종이봉투에 넣은 뒤 마리에한테 떠넘겼다.

"서비스로 줄 테니까 가져가."

"그래도 돼?! 에리카, 같이 도넛 먹자!"

마리에가 에리카의 손을 잡아 이끌고 노점을 떠나갔다.

"어, 조금 전에 뭘 먹은 참——."

"이 정도는 괜찮아!"

그때, 에리카는 고개만을 돌려 나를 보고는 조금 미안한 듯이 미소 지으며 머리를 꾸벅 숙였다.

즐거워 보이는 마리에의 뒷모습을 보고 있자니, 나는 불안함 때문에 가슴이 옥죄어들었다.

표정에 드러났는지, 루크시온이 내게 말을 걸었다.

『마스터.』

"——아아, 그래."

기분을 새로이 다잡고, 친구 두 명을 돌아봤다.

멋대로 판매 상품인 도넛을 서비스로 줬기에, 그걸 사과했다.

"미안하다. 대금은 내가 낼게."

레이먼드가 웃었다.

"딱히 됐어."

그러자 이번에는 낯선 여자들이 노점에 찾아왔다.

물건이 없기에 나는 그녀들에게 말했다.

"미안. 조금 전에 다 팔렸으니까, 시간이 좀——."

"다니엘 선배랑 레이먼드 선배를 만나러 왔어요!"

"뭐?"

"이제 곧 휴식이니까 조금만 기다려 줘. 리온, 너는 먼저 휴식하러 들어가. 안 그러면 우리도 못 쉬잖냐."

——여자들의 목적은 다니엘과 레이먼드였다.

들뜬 이야기가 들려오지 않는다고 생각했는데, 이 두 사람도 착실하게 후배들과 양호한 관계를 맺고 있는 모양이다.

◇

학원제를 즐기는 2인조가 있었다.

하얀 머리카락에 갈색 피부를 지닌 예리한 눈매의 미청년 옆에는 꺼림칙한 생김새를 지닌 검은 구체가 떠 있다.

외눈 육안을 두리번두리번 움직이며 흥미진진하다는 듯이 학원제를 보고 있었다.

또 한 명—— 작은 몸집의 소녀가 크레이프를 손에 든 채 걸으면서 먹고 있다.

미청년【핀 루타 헤링】은 걸으면서 크레이프를 먹는 소녀【미아】를 보고는 난감한 얼굴로 웃으며 주의를 주었다.

"앉아서 먹는 편이 좋지 않나?"

뺨에 크림을 묻힌 미아는 기쁜 듯이 핀을 올려다보고 있었다.

"제가 어릴 적에는 이 정도는 보통이었어요."

볼데노와 신성 마법 제국 출신 유학생들은 이국의 학원제를 즐기고 있었다.

핀은 미아의 뺨에 묻은 크림을 손가락으로 떼어 주더니, 그대로 입으로 옮겨 핥았다.

그 행동에 미아는 얼굴이 빨개져서는 고개를 숙이고 말았다.

"기, 기사님?!"

"실례했습니다, 저의 공주님. 단지, 언제까지고 뺨에 크림을 묻히고 있는 건 품위가 없사옵니다."

"알고 계셨다면 말해 주세요, 정말~."

핀의 공손한 언동이 괜히 더 수치심을 자극해서, 미아는 고개를 돌렸다.

"미안했다. 그렇게 화내지 말아 줘."

흐뭇하게 미아를 보고 있던 핀에게 파트너인 【브레이브】가 가까이 다가왔다.

구매한 과자의 크림으로 입 주위가 더러워져 있었다.

『파트너, 나도, 나도.』

두근두근하며 기다리는 브레이브를 보고, 핀은 어처구니없어하면서도 손수건을 꺼내 입가를 닦아 줬다.

"쿠로스케, 이것저것 먹고 싶은 기분은 이해한다만, 좀 더 진정하고 먹는 게 어때?"

핀이 입가를 거칠게 닦아 주자, 브레이브는 이게 아니라며 언짧아졌다.

『나한테도 미아처럼 다정하게 해달라고, 파트너! 그리고 언제나 말하지만, 쿠로스케가 아니라 '브레이브'!!』

"그래서 다정하게 닦아 줬잖냐. 그리고 이름도 그렇게 차이 안 난다."

『전혀 다르잖아!』

떠들어 대는 브레이브는 주위 시선을 모으고 있었지만, 학생들은 루크시온으로 익숙해졌는지 특별히 소란을 피우는 일은 없었다.

미아가 슬퍼하고 있는 브레이브를 위로했다.

"울지 마, 브 군. 이 크레이프 줄 테니까."

『미아── 정말로 내가 먹어도 돼?』

"응! 나는 대공님의 노점에서 도넛을 사 먹을 거니까!"

미아가 얼굴 한가득 미소를 띠고 대답하자 브레이브는 몹시 심란한 표정이 되었다.

『물렸으니까 나한테 떠넘긴 것뿐 아니야? 뭐, 먹겠지만.』

핀은 솔직하게 기뻐할 수 없는 브레이브한테 손을 얹었다.

"투덜대지 말라고. 우리 공주님은 걸으면서 먹기를 즐기시는 중이다. 어울려 드리는 게 우리 일이잖냐?"

『파트너는 정말로 미아한테 무르단 말이지. 나한테도 미아의 반이면 되니까 다정하게 대해 달라고.』

"다음에."

가볍게 다루어진 브레이브는 불만스러워하는 듯하면서도 걸음을 내딛는 두 사람을 따라갔다.

그렇게 리온의 도넛 가게로 향하는 도중, 핀 일행은 낯익은 집단을 발견했다.

그들을 보는 핀의 심정은 복잡했다.

아무것도 모르는 미아가 그들 쪽을 보며 중얼거렸다.

"왕자님과 일행분들이네요."

핀은 작게 고개를 끄덕였다.

"그렇, 군. ——뭐어, 제법 즐거워 보이는데."

그 삼인조는 주위 시선을 모으고 있었다.

작은 몸집에 곱슬기가 있는 짧은 단발, 그리고 눈매가 나쁜 왕자【제이크 라파 호르파트】가 키가 큰 여자(?)를 사이에 끼고 옆에 서 있는 남자【에단 포우 롭슨】을 노려보고 있었다.

"에단, 나랑 아레를 방해하지 마라!"

"방해라니 유감이군요. 저와 아레 양의 학원제 추억 만들기를 방해하고 있는 건 전하입니다."

1학년 남자 두 명이 2학년 여자(?)를 차지하고자 싸우고 있는 상황으로 보인다.

두 사람 사이에서 난처한 표정을 짓고 있는【아레】는 싸움을 중재했다.

"두 분 다, 모처럼의 학원제니까 즐기도록 해요. 그렇지! 요 앞에서 발트파르트 선배가 노점을 열고 있다는 모양이에요. 소문으로는 맛있는 도넛을 팔고 있다는 것 같으니까, 셋이 가 보지 않겠어요?"

손을 모으고 제안하는 아레한테, 제이크도 에단도 태도를 굽힌 모양이다.

서로 얼굴을 돌리고, 아레의 제안을 받아들였다.

"아레의 부탁이라면 거절할 수 없군."

"괜찮아. 그건 그렇고 대공님이 직접 노점에서 도넛을 팔고 있는 나라는 호르파트 왕국뿐이겠지."

세 사람이 핀 일행과 같은 방향을 향해 걸어가기 시작했다.

핀은 세 사람을 보고 생각했다.

'이 세 사람이 본래는 미아의 연인 후보였다고 생각하면 복잡한 기분이군. 게다가 한 명은 성전환해서 여성이 되었고.'

세 사람 모두 그 여성향 게임에서는 공략 대상 남자들이었다.

하지만 무슨 인과인지, 미아와 만나기 전에 다들 공략 대상의 길에서 벗어나 버렸다.

핀으로서는 길을 벗어난 시점에서 미아한테 어울리지 않는 자들이라고 생각하고 있다.

그들이 미아의 연인이 되지 않아서 안도하는 것과 동시에, 몹시 부글부글했다.

미아라는 훌륭한 여자아이를 무시하고 공략 대상끼리 농탕질하고 있는 게 마음에 들지 않았기 때문이다.

세 사람은 미아를 거들떠보지도 않았지만, 미아 본인은 신경 쓰는 기색이 없다.

오히려 지금은 행복해 보였다.

"저 세 분은 매일 즐거워 보이네요. 아, 물론 미아도 매일 즐거워요! 몸은 건강해졌고, 게다가——— 기, 기사님이 곁에 있어 주시니까."

쑥스러워하면서 말하는 미아를 보고, 핀은 약간 얼굴이 빨개졌다.

"———저의 공주님은 전속 기사를 칭찬해서 죽일 생각이십니까?"

"네? 아, 아니에요, 본심이에요!"

두 사람이 들떠 있자, 미아한테서 받은 크레이프를 다 먹은 브레이브가 앞쪽을 가리켰다.

『어이, 아무래도 휴식 시간인 모양인데.』

"뭣?"

브레이브가 가리킨 방향으로 핀이 고개를 향하자, 그곳은 도넛을 판매하는 노점이었고 거기에 조잡한 간판이 기대어 세워져 있었다.

준비 중이라고 적혀 있었고, 재개는 오후 2시 이후라고 적혀 있었다.

그런 가게 앞에서 날뛰는 여성이 한 명.

그 외에는 남자와 여자가 한 명씩이다.

"준비 중이라니 뭐야?! 모처럼 왔는데, 어떻게 된 거냐고?!"

언성을 높이고 있는 건 리온의 누나【제나】였다.

이미 학원을 졸업했으나, 오늘은 한껏 꾸미고 학원제를 즐기러 온 모양이었다.

주위를 보니 제나와 마찬가지로 학원에 온 졸업생들의 모습이 드문드문 보였다.

큰 목소리를 내는 제나를 보며 어처구니없어하는 건 리온의 여동생인 【핀리】였다.

이쪽은 침착하다고 할지── 냉담했다.

"장사가 잘되는 거 같던데, 재료를 사러 나간 거 아냐? 아니 그보다, 오빠한테 과자 만드는 재능이 있었다니 처음 알았어."

"핀리, 너는 물러! 내가 학원에 있었을 적에는 이런 노점이 있었으면 클레임이 쇄도했을 거야."

"그건 언니가 있었을 때잖아? 몇 년 전 이야기라고 생각하는 거야?"

냉정하게 받아치는 핀리를 보고, 제나는 화를 내며 주먹을 쥐었다.

"아직 졸업하고 2년도 안 지났어!"

가게 앞에서 자매 싸움을 하는 두 사람을 보며 곤란해하고 있는 건 제이크의 젖형제인 【오스칼 피아 호건】이었다.

"두 분 다 싸움은 안 됩니다. 도넛을 먹고 싶다면 제가 학원 밖에서 사 오겠습니다."

오스칼의 반응에 제나는 감격하여 눈동자를 반짝였다.

"역시나 오스칼 님! 어딘가의 바보 남동생과 달라서 훌륭한 남성이에요. 이런 멋진 사람이 연인이라니, 나는 정말 행복해!"

연하 미청년 남자친구가 있다고 외치는 제나한테, 주위 여성들로부터 적잖은 질투가 담긴 시선이 쏟아지고 있었다.

본인은 그걸 알아차리고 있는 모양이지만, 조금도 주눅 드는 기색이 없다.

분명 주위에 자랑하고 있는 것이리라.

처음부터 제나의 꿍꿍이를 꿰뚫어 보고 있었던 핀리가 냉담한 원인이다.

"하아, 어째서 나는 언니의 자랑에 어울리는 처지가 된 걸까."

지친 얼굴로 한숨을 내쉬는 핀리한테서는 세상의 온갖 고생을 다 겪은 사람 같은 분위기가 감돌고 있었다.

세 사람의 모습을 보고 있던 미아가 아쉽다는 듯이 말했다.

"대공님은 외출하신 모양이네요. 도넛을 먹고 싶었는데, 아쉬워요."

허전해하는 듯한 미아를 보고 핀은 미아의 어깨에 손을 올려놓았다.

"미아."

"기사님?"

"나한테 맡겨라── 내가 리온을 찾아내서 곧바로 도넛을 만들게 하마."

"네? 그렇게까지 하지 않아도 돼요, 기사님!!"

핀은 제지하는 미아의 목소리를 들으며 말했다.

"너의 바람은 내가 이루어 주마."

"그렇게까지 해줬으면 한다고는 말하지 않았지요?!"

두 사람의 모습을 보고 있던 브레이브는 어처구니없어하면서도 조금 기쁜 듯이 중얼거렸다.

『미아가 건강해져도 파트너의 과보호 경향은 여전하구만. 나 원 참.』

◇

교사 뒤로 오니, 크레아레가 먼저 와 있었다.

나와 루크시온이 온 것을 알자, 곧바로 가까이 다가왔다.

──평소의 쾌활함은 간데없고, 대신 초조감이 전해지는 전자 음성이었다.

『마스터!』

"에리카의 상태는?"

알고 싶은 것만을 단도직입적으로 묻자, 크레아레가 내 주위에 영상을 투영하기 시작했다. 공중에 비친 영상은 에리카가 괴로워하는 모습이 동영상으로 재생된 것이었다.

『바로 조금 전까지, 두 번이나 발작이 일어났어.』

"──마리에가 데리고 돌아다닌 탓인가."

입가에 손을 대고 말하는 내게, 크레아레는 대답하지 않았다.

그것이 긍정을 나타내고 있는 것이리라.

마리에의 행동이 에리카를 괴롭게 만들고 있다고.

대답하지 않는 크레아레 대신 루크시온이 마리에를 감쌌다.

『마리에는 에리카의 몸 상태에 관해 아무것도 모릅니다. 학원제에서 에리카를 데리고 다니고 있는 것도——.』

"알고 있어. 이전 생에 대한 속죄지. 어머니다운 일을 해주지 못했으니까, 지금에 와서 만회하고자 필사적인 거야."

마리에의 선의가 에리카의 몸 상태를 악화시키고 있다.

에리카의 상태를 생각하면 막아야 하지만, 이를 거부한 건 에리카였다.

『에리카가 이대로 마리에와의 추억을 만들게 해달라고 말했어. 어떻게 해도, 당분간은 떨어져 지내게 될 테니까, 라면서.』

추측이지만, 이건 에리카의 추억 만들기가 아니다. 마리에를 위해 추억을 만들려고 하는 거다.

에리카는 우리와 마찬가지로 이전 생을 지니고 있다.

이전 생은 마리에의 딸로서 태어나, 할머니가 될 때까지 살았다고 들었다.

즉, 우리보다 인생 경험이 풍부하다.

그런 에리카가 자신의 생명을 깎아서까지 바란 건—— 이전 생의 어머니를 향한 보은이었다.

마리에는 에리카를 즐겁게 해주어 같이 추억을 만들려 하고 있다.

그리고 에리카는 마리에를 위해 함께 지낸 추억을 남기려 하고 있다.

이전 생에서 이루어지지 못했던 모녀의 꿈을 실현하고 있다.

"사람이 너무 된 조카를 가지면 고생하지. 덕분에 서포트하는 쪽은 큰일이라고."

아무것도 하지 못하는 자신을 얼버무리는 것처럼, 본심과는 다른 푸념을 늘어놓았다.

한심하다── 나는 나 자신이 한심했다.

크레아레가 현 상황에 관해 내게 보고했다.

『에리카의 병 증상 말인데, 마소가 영향을 미치고 있다는 건 밝혀냈어. 하지만 이상하지. 마소를 극복한 신인류의 후예가 어째서 마소에 악영향을 받는 걸까? 전생자라서 영향이 나오고 있는 거라면, 마스터와 마리에한테도 무언가 변화가 일어났을 테고.』

마법을 쓸 수 있는 신인류의 후예가 우리들이다.

그런데도 에리카의 몸은 마법을 발생시키는 마소에 악영향을 받고 있었다.

내가 침묵하자, 루크시온이 말했다.

『유독 구인류의 특징이 강하게 나타나고 있으니, 그 영향이겠지요. 여하튼, 이대로는 에리카의 생명이 위험합니다. 마스터, 예정했던 계획을 실행에 옮겨야만 합니다.』

"──알고 있어. 알고 있다고. 하지만, 그걸 해버리면── 마리에는 에리카와 두 번 다시 만나지 못할 가능성도 있는 거잖아? 루크시온, 너도──."

『에리카를 구하기 위해서입니다. 게다가 의외로 빨리 치료법이 발견될지도 모릅니다. 그러면 마스터와도 재회할 수도 있겠지요.』

내가 입을 다물고 고개를 숙이자, 크레아레가 계획에 관해 설명했다.

『그럼 에리카를 콜드 슬립으로 보관해서, 루크시온 본체에 태우고 대기권 밖으로 보낼게. 우주까지 나가면 아무리 그래도 마소의 영향도 없을 테니까 안전해.』

마소는 이 행성을 뒤덮고 있을 뿐, 우주에는 존재하지 않는다고 한다.

마소의 영향력에서 벗어나려면 우주로 도망칠 수밖에 없다.

그렇게 되었을 경우, 이민선인 루크시온이 적임이었다.

나는 루크시온에게 재차 확인했다.

"정말로 괜찮겠냐?"

『괜찮습니다. 저 외에는 적임이 없으니까요. 그것보다도 제 본체가 우주로 나가면 마스터를 서포트할 수 없게 됩니다. ——마스터, 외롭다고 울지 말아 주십시오.』

"——바보 녀석이. 시끄러운데다 비아냥이랑 비꼬는 말밖에 못 하는 네가 없어지면 도리어 상쾌해질 거다. 너야말로 외로워서 울지 말라고."

『인공지능은 울지 않습니다.』

"어떨는지. 너희들 묘하게 감정적이잖냐? 울어도 놀라지 않을 자신이 있어."

『그런 자신은 필요 없습니다. 애초에 제가 마스터와 같이 있지 않으면 불안정해진다는 생각이 틀렸습니다. 제가 마스터와 만나기 전에 얼마나 많은 시간을 홀로 지내 왔다고 생각하는 겁니까?』

둘이 떠들고 있자, 크레아레가 어처구니없다는 목소리로 말했다.

우리들의 대화를 못 들어주겠다는 태도다.

『방침이 정해진 것 같으니까, 나는 에리카 곁에 갈게. 그리고 계획을 실행할 거면 서두르는 편이 좋아. ——에리카를 위해 준비한 약의 효과가 점점 저하되고 있어.』

크레아레가 그렇게 말하고 떠나가자, 나와 루크시온이 남겨졌다.

나는 교사 건물을 등지고 쪼그려 앉아, 오른손으로 얼굴을 가렸다.

"나 참—— 마리에한테 뭐라고 설명하지? 그 녀석, 분명히 울부짖으면서 성가셔질 텐데."

『말할 거라면 시급히 부탁드립니다. 그다지 시간이 없습니다. 에리카가 바란 행복한 추억 만들기도 달성되었습니다. 이 이상 질질 끄는 건 권장하지 않습니다.』

"——알고 있어. 학원제가 끝나고 진정되면 내가 마리에한테 설명할게."

제01화 「마지막 학원제」

"이제야 겨우 끝났어~."

학원제에서 전시가 이루어진 교실에서는 【노엘 질 레스피나스】가 의자에 앉아 천장을 올려다보며 깊은 한숨을 내쉬고 있었다.

교실 안에 전시된 건 알제르 공화국과 관련된 물품이나 자료다.

알제르 공화국 출신인 노엘이 있으니까, 이국 문화를 알 좋은 기회라는 것이 되어, 학원제 출품작으로서 전시가 이루어졌다.

실행위원회에 참가한 안제한테 부탁받아, 노엘은 마지못해 받아들였다.

그렇게 해서 당일인 오늘, 노엘은 전시에 관해 설명하는 역할이었다.

"딱딱한 전시 같은 행사는 아무도 흥미를 품지 않을 줄 알았는데, 아침부터 지금까지 계속 손님이 올 줄이야."

알제르 공화국의 문화를 알고자 찾아오는 손님은 그런대로 있었다.

휴식 시간을 제외하면 노엘은 쭉 바빴다.

학원제 전시를 도운 올리비아──【리비아】는 책상 위에 놓인 물품을 상자에 넣는 중이었다.

"고생하셨어요. 오늘은 바빴네요."

전시를 도왔던 리비아는 노엘만큼은 아니지만 지친 듯했다.

그런 리비아가 뒷정리를 혼자서 하는 건 끊임없는 질문 공세를 받았던 노엘이 완전히 녹초가 되어 있기 때문이다.

노엘이 그제야 겨우 자리에서 일어나 뒷정리를 도왔다.

손을 움직이며 학원제를 향한 불만을 늘어놓았다.

"모처럼의 학원제였는데 말이야. 휴식 시간에 리온의 도넛 가게를 보러 갔더니 설마 했던 준비 시간이었어. 평판이 좋다고 해서 기대했는데."

휴식 시간에 리온을 찾아갔지만, 결국 만나지는 못했다.

도넛을 먹지 못한 게 미련으로 남은 듯했다.

리비아도 마찬가지였다.

"결국 저희 점심 식사는 율리우스 전하한테 붙잡혀서 꼬치구이가 됐으니까요."

"맛은 있지만, 이미 몇 번이나 먹었던 거라 신선미가 없단 말이지."

"학원제 손님한테는 호평이었던 것 같아요. 왕자님이 직접 구운 꼬치구이를 먹을 수 있는 건 학원제뿐이겠지, 하고 말이에요. 맛 평판도 좋았던 모양이에요."

율리우스는 학원제에서 꼬치구이 노점을 냈다.

다른 네 명도 마찬가지다.

노엘이 손가락을 꼽으며 다섯 바보가 출품한 상품에 관해 이야기했다.

"그 밖에 호평이었던 건 크리스 씨의 매콤달콤한 면 요리였던가?"

"그렉 씨의 핫케이크처럼 생긴 음식도 맛있었죠. 너무 기발해서 손님을 가리긴 하지만, 손님이 나름 있었어요."

"그래도 본인은 납득하지 않은 것 같던데? 줄곧 미묘한 표정이었어."

"원래는 닭고기를 구워서 판매하고 싶었던 모양이에요. 단지, 율리우스 전하와 겹친다는 말을 들어서 리온 씨한테 강제로 변경당했대요."

다섯 바보가 학원제에서 상품을 출품하고 있는 이유는 본인들이 희망했기 때문이다.

그리고 리온의 명령이기도 하다.

노엘은 남은 두 명의 이야기가 되자 미묘해 보이는 표정을 지었다.

"브래드 씨는…… 짠해서 계속 보고 있기 힘들더라."

"손님도 거의 없었죠."

쓴웃음을 지은 리비아의 말대로, 브래드가 낸 가설 흥행장은 실패로 끝났다.

마술 공연을 했는데, 요령이 없는지 실패를 거듭했다.

그리고 마지막 한 명── 질크 이야기가 되자 두 사람 모두 표정이 사라졌다.

"질크 씨의 찻집은 최악이었지. 구경 다니면서 먹는 것도 다 끝낳으니까 마지막으로 조금 쉬려고 들른 게 패착이었어.”

구경 다니며 먹는 것으로 점심 식사를 끝낸 두 사람이 남은 휴식 시간을 보내고자 들른 곳은 질크의 찻집이었다.

빈 교실을 이용한 찻집으로, 두 사람은 잠시 쉬려고 했었다.

그것이 실수였다.

“독특한 냄새랑 맛이 나는 홍차와 과자에 더해, 가게 내장이 너무 기발해서 조금도 쉴 수 없었어요. ──손님들이 들어오는 족족 방에 감도는 냄새 때문에 포기하고 돌아갔을 정도였어요.”

결과는 엉망이었다.

오후부터도 전시 설명으로 힘내야 했는데, 찻집에서 의욕이 크게 깎이는 바람에 큰일이었다.

노엘은 이 자리에 없는 리온을 향한 불만을 큰 소리로 외쳤다.

“어째서 질크 씨한테 찻집을 시킨 거야! 리온이 직접 하면 좋았잖아!”

리온이 했다면 절찬은 받지 않더라도 무난한 찻집이 되었을 터다.

루크시온이 도왔다면 분명 대성황이었으리라.

하지만 어째서인지 리온 본인은 도넛 가게를 하겠다는 말을 꺼냈다.

리비아도 부자연스럽게 생각한 모양이다.

“1학년 때는 거금을 들여 찻집을 열었으니, 올해도 찻집일 줄 알았는데……. 안제랑 처음 들었을 때는 놀랐어요.”

"차가 취미라고 평소에도 떠들고 다니면서. ——말이 나와서 말인데, 최근의 리온은 어딘가 이상하지 않아?"

노엘이 리온의 낌새가 이상하다고 말하자, 리비아도 동의했다.

"뭔가를 고민하고 있어요. 저희한테 상담해 주면 좋겠는데, 리온 씨는 여러 가지로 숨기는 일이 많으니까요."

쓸쓸한 듯이 말하는 리비아를 보고 노엘이 눈살을 찌푸렸다.

이 자리에 없는 리온한테 화가 났기 때문이다.

"리온의 비밀주의는 정말 대단하다니까. ——이번에는 뭘 숨기고 있는 건지."

교실 안이 어두운 분위기에 감싸이기 시작했다.

두 사람이 뒷정리를 재개하자, 교실에【안젤리카 라파 레드글레이브】가 왔다.

"아직 정리 중이었나?"

두 사람이 뒷정리하는 걸 보고, 안제는 조금 난처한 표정을 지었다.

"내일부터 연휴가 시작된다. 뒷정리는 내일 하고, 이만 쉬는 게 어떻지? 실행위원회도 순찰을 끝내고 다들 돌아갔다."

안제의 말을 들은 노엘은 교실 안을 둘러보며 대답했다.

"거의 다 했어. 얼른 끝낼 거야."

"그런가. 그러면 나도 돕지."

뒷정리를 돕기 시작한 안제한테, 리비아는 미안한 듯이 말했다.

"실행위원은 저희보다 바빴잖아요? 쉴 시간도 없었을 텐데……."

안제는 쓴웃음을 지었다.

"나 혼자 돌아가도 한가하니까 말이다."

그렇게 말하며 무거운 짐을 든 안제였으나, 아침부터 바쁘게 돌아다닌 데다 제대로 먹지 못한 탓에 '꼬르르륵'하는 배곯는 소리가 났다.

겸연쩍어하는 듯한 안제는 조금 얼굴이 빨개지며 말했다.

"빠, 빨리 끝내고 저녁을 먹도록 하지."

리비아는 안제의 모습을 보고 미소 지었다.

"그러죠."

노엘도 배가 고팠기에 얼른 끝내 버리는 것에 찬성했다.

"세 명이나 있으면 금방 끝나겠네."

뒷정리가 재개되자 교실로 가까이 다가오는 발소리가 들려왔다.

세 사람이 교실 입구로 고개를 확 향한 건, 발소리뿐만이 아니라 풍겨 오는 냄새가 원인이었다.

맛있는 냄새를 두르고 교실에 들어온 건 리온이었다.

"수고했어~. 도넛 먹을래?"

갈색 종이봉투에 들어있는 건 세 사람이 먹지 못하고 놓친 도넛이었다.

노엘은 미소 짓는 리온한테 불평을 토하려 했으나, 맛있는 냄새에 배곯는 소리가 나고 말았다.

"앗?!"

리온은 배를 누르는 노엘을 보고 웃었다.

"마침 잘된 모양이네. 그럼 같이 먹지 않을래? 마실 것도 가져
왔어."

물통을 들어 올려 보여주는 리온. 그 모습에 안제는 어깨를 으
쓱였다.

"제법 준비가 좋군. 루크시온의 조언인가?"

세 사람의 시선이 리온의 오른쪽 어깨 부근에 떠 있는 루크시
온으로 향했다.

루크시온은 안제의 반응에 동요하지 않았다.

『안젤리카의 추측대로입니다. 마스터의 평소 행실이 나쁜 탓에,
마음을 쓴 게 저라는 걸 금방 간파당했군요.』

그 말을 들은 리온은 삐친 듯이 행동했다.

"그래, 어차피 나는 센스 없는 남자야."

그런 리온한테 가까이 다가간 노엘은 종이봉투를 든 손에 안겨
들었다.

"화내지 마. 그것보다도 도넛 먹자. 낮에 보러 갔더니 준비 중
이라서 먹지 못했어."

"──미안했어."

미안해하는 듯한 태도를 보건대, 리온도 마음에 두고 있었던
것이리라.

"하아~, 이 도넛 정말로 맛있네요."

심플한 도넛을 한 입 먹은 리비아는 마음이 풀어져서 편안해진 분위기를 내고 있다.

달콤한 먹을 것이 공복과 지친 몸에 스며들어 힐링해 준다.

노엘은 도넛을 먹고는 조금 놀란 얼굴이 되었다.

"아직 따뜻하네? 혹시 일부러 우리를 위해 일부러 준비한 거야?"

만들고 그렇게 시간이 지나지 않았음을 꿰뚫어 본 모양이다.

리온은 홍차를 마시며 사정을 이야기해 주었지만, 도넛에는 손을 대지 않았다.

아무래도 점심은 남은 도넛으로 해결한 모양이다.

너무 많이 만들어서 먹고 싶지 않은지, 홍차만 마시고 있다.

"재료가 남았으니까 마지막으로 만든 거야. 루크시온도 세 사람이 배고파하고 있을 거라고 하더라고."

노엘과 안제가 루크시온한테 예리한 시선을 보냈다.

"엿보고 있었어?"

"너는 한 치도 방심할 수 없구나."

배고파하고 있다는 걸 굳이 약혼자한테 알리지 않아도 될 텐데 ──그런 둘의 분노를 루크시온은 눈치채지 못하고 있었다.

『사실을 전달했을 뿐입니다. 마스터가 먹을 것을 준비하는 행위 또한 잘못되지 않았습니다. 덕분에 마스터는 식품 손실을 줄이고 세 분은 배를 채울 수 있습니다. 무슨 문제가 있는 것입니까?』

여심을 알아차리지 못하는 루크시온한테 안제가 약간 목소리를 높여 말했다.

"우리도 처녀다. 부끄러움이 있다고."

『마스터는 세 분이 처녀가 아니게 되어도 세 분을 소중히 여길 것이기에 문제없습니다.』

자신은 관여하지 않겠다는 태도였던 리온이 기침을 했다.

"나를 화제로 꺼내지 마."

조금이지만 떠들썩한 휴식 시간을 보내고 있었다.

단지 리비아만은 한발 물러나 루크시온의 모습을 약간 경계하면서 보고 있다.

'걱정이 지나친 걸까? 하지만 때때로 어쩐지 루크 군은 무서운 분위기를 내니까──.'

이전에 봤던 악몽이 다시 떠올랐다.

루크시온이 왕도를 불바다로 만드는 꿈이었다.

단순한 꿈이라는 걸 리비아도 알고는 있지만, 너무 선명해서 현실감이 있는 꿈이었다.

마치 자기한테 무언가를 호소하고 있는 듯한.

리비아도 확신이 있는 건 아니라, 단순히 생각이 지나친 것이면 좋겠다고 바랐다.

하지만 어떻게 해도 루크시온을 경계하고 만다.

꿈속에서 왕도를 불바다로 만든 루크시온은 정말로 무서운 존재임을 확인시켜 주었다.

리온과 서로 농담을 주고받고 있지만, 진심을 발휘하면 세계를 멸망시킬 수 있을 것이다.

자신들은 매우 무시무시한 존재 곁에 있다── 리비아는 그걸 의식하고 있었다.

리비아가 생각에 잠겨 있자, 안제가 마지막 도넛을 손에 들고 어린아이처럼 싱글벙글 미소 지으며 베어 물었다.

제법 맛있게 도넛을 먹는 모습은 리비아를 따뜻한 기분으로 만들어 주었다.

문득 리비아는 이상하게 느꼈다.

"안제, 그렇게나 도넛을 좋아했었나요? 예전에는 그런 식으로는 안 보였어요."

마을로 나가 먹었을 때는 이렇게까지 싱글벙글한 얼굴은 아니었다.

리비아의 말을 듣고 안제도 알아차린 것이리라.

쑥스러워하는 기색으로 양손에 도넛을 들고 입가를 가렸다.

"그다지 의식하지 않았다만, 내 취향인 모양이다. 어쩐지 안심이 된다고 할지, 먹고 있으면 진정이 돼."

자신도 잘 모르는 모양이었다.

안제의 말을 들은 리온은 그렇다면, 하고 제안했다.

"도넛을 좋아하면 루크시온한테 준비시킬까? 나보다 맛있게 만들걸?"

자기한테 화살이 날아온 루크시온이 고개를 끄덕이는 것처럼 빨간 외눈을 움직였다.

『곧바로 양산하여 전해드리지요.』

기계로 대량으로 생산하면 맛도 품질도 아마추어인 리온이 만든 도넛 이상이 될 것이다.

하지만 안제는 고개를 가로저었다.

"기분의 문제다. 리온이 우리를 위해 준비해 준 것이지? 아마 그 마음이 기쁜 거라고—— 새, 생각한다."

부끄러운 듯이 말하는 안제를 보고, 노엘은 짓궂은 미소를 띠고 있었다.

"안젤리카, 의외네. 일류 요리사가 준비한 요리밖에 인정하지 않는 걸까 하고 생각했었어."

"나를 그런 눈으로 보고 있었던 건가? 한번 노엘과는 속을 터놓고 대화할 필요가 있을 것 같군."

미소를 띤 안제였으나, 눈은 웃고 있지 않았다.

노엘은 위기를 눈치채고 억지로 화제를 돌렸다.

"그것보다도! 내일부터 시작될 연휴는 뭘 하면서 보낼 거야? 아예 다 같이 외출하지 않을래?"

리비아는 노엘이 억지로 화제를 돌린 것을 눈치채고, 휴일 화제에 맞장구를 쳤다.

"그러네요. 가끔은 다 같이——."

다 같이 외출하는 것도 좋을지도 모르겠어요, 라는 말을 끝내기 전에 교실에 수많은 사람이 몰려들었다.

왁자지껄하며 시끄럽게 난입해 오는 그들을 보고, 리온을 비롯한 리비아와 안제, 노엘도 질린 표정을 지었다.

단지, 거리낌이 없는 그들은 그걸 눈치채지 못한 모양이다.

"리온, 부탁이니까 분명히 해줘!"

들어오자마자 브래드가 그렇게 말했고, 성가신 일을 자기한테 갖고 왔다고 생각한 리온이 진심으로 싫은 듯한 표정을 짓고 있었다.

"무슨 이야기야?"

뒤이어서 교실에 들어온 질크가 살짝 초조해하는 기색으로 사정을 설명해 주었다.

"실은 학원제에 낸 출품물의 순위를 정하자는 이야기가 되어서 말이지요. 유감스럽게도 저와 브래드 군은 매상이 좋지 못했습니다. 하지만 브래드 군보다는 제가 더 뛰어나다고 아무리 말해도 들어 주질 않는 겁니다."

아무래도 브래드와 질크가 최하위 싸움을 벌이고 있는 모양이었다.

리온은 아무래도 좋다는 듯이 대답했다.

"내가 노점을 하라고 말했는데도 무시한 건 너희들이잖아? 뭐, 됐어. 루크시온, 매상 결과는?"

『매상으로는 근소한 차이로 질크가 앞섰습니다만, 클레임을 고려하면 브래드의 승리겠지요.』

정말이지 슬픈 최하위 싸움이다.

리비아는 마음속으로 어처구니없어하면서도 신기한 인연을 느끼고 있었다.

 '겨우 이것만을 위해서 리온 씨와 루크 군의 판단을 청하러 온 걸까? 그러고 보니 1학년 때도 학원제 출품물로 경쟁했던 듯한? 그 무렵에는 전하 일행과 이런 관계가 될 거라고는 상상도 하지 않았지만.'

 1학년 때 이야기지만, 리온은 학원제에서 다섯 바보와 승부했었다.

 어떻게 승패를 결정할 것인지 알 수 없어서 결과는 흐지부지하게 되어 버렸다.

 그로부터 2년이 지났는데, 지금은 어째서인지 리온이 다섯 바보를 돌봐주고 있다.

 '인생이란 신기해.'

 결과를 들은 브래드는 양손을 들며 기뻐했고 질크는 아연해했다.

 "그것 봐! 역시 나는 최하위가 아니었어!"

 "마, 말도 안 돼! 내가 허접한 마술에 지다니——."

 "허, 허접?! 너는 그런 식으로 생각하고 있었던 거냐!"

 최하위 싸움에 일희일비하는 두 사람을 보는 주위는 뭐라 말하기 힘든 표정을 짓고 있었다.

 절망한 질크 뒤에는 크리스와 그렉, 그리고 율리우스의 모습이 있다.

 크리스는 기분 좋은 땀을 흘렸다고 말하고 싶어 하는 듯한 미소다.

"두 사람이야 어쨌건, 나머지는 호조였지. 나도 마음에 드는 핫
피를 입고 노점을 냈다만, 생각 외로 잘 어울렸다. 나한테 뭘 만
들게 하는 건지는 몰랐지만, 나쁘지 않았어."

그렉 쪽은 어깨를 풀썩 떨구며 침울해하고 있다.

"내 쪽은 미묘한데. 애초에 그런 걸로 근육이 붙는 거냐? 역시
나는 고기를 팔고 싶었어."

분해 보이는 그렉 뒤에서는 다섯 명 중에서 가장 번창한 율리
우스가 자신만만하게 서 있었다.

"너희도 나쁘지 않았지만, 나한테 이기는 건 무리였던 모양이
군. 나와 승부하고 싶다면 더욱 실력을 갈고닦도록. 나는 너희들
의 도전을 언제라도 받아주마."

다섯 명 중에서 1등이었던 게 기쁜 모양이지만, 거기에 루크시
온이 찬물을 끼얹었다.

『최종적인 매상으로 승리한 건 마스터입니다. 이겨서 우쭐대고
싶다면 매상을 더 올리고 나서 해주시지요.』

율리우스가 갑자기 분해 보이는 표정을 짓더니 리온을 손가락
으로 가리켰다.

"리온! 내년에야말로 리벤지해 줄 테니까 각오해라!"

승부를 도전받은 리온은 어처구니없다는 표정을 짓고 있다.

그것도 어쩔 수 없다.

여하간——.

"우리들의 학원제는 올해로 끝이다, 얼간아. 유급하고 싶으면 혼자서 하라고."

──리온을 비롯한 모두에게는 이것이 마지막 학원제니까.

올해로 끝이라는 리온의 말에 모두가 쓸쓸해 보이는 표정을 지었다.

단지 한 사람만은── 율리우스는 조금 전의 기세가 거짓말처럼 목소리가 작아져 있었다.

"나만 유급하라니, 진심은 아니지? 응?"

리온의 차가운 반응에 불안해진 모양이었다.

★제02장★「두 남자와 파트너들」

볼데노와 신성 마법 제국.

수도인 제도는 성채도시로, 두 개의 높은 벽으로 보호받고 있다.

이중의 원으로 보이는 제도 중앙에는 높게 솟은 성이 있었다.

성 알현실에는 황태자── 대가 바뀐 황제【모리츠 룩스 엘츠베르거】가 높은 자리에 있는 옥좌에 앉아 가신들을 내려다보고 있다.

20대 후반인 청년은 구레나룻과 이어진 수염을 기르고 있었다.

갈색 피부에 근골이 우람한 커다란 몸이기도 해서, 혈기 왕성한 인상을 주는 풍모를 지니고 있었다.

평소에는 거칠어서 황태자일 무렵에는 침착성이 부족하다고 평가받던 남자다.

하지만 지금의 모리츠한테는 황태자 무렵 같은 기세가 없었다. 오히려 살짝 창백한 얼굴을 하고 있었다.

그런 모리츠에게 역전의 강자인 장군【군터 루아 제발트】가 물었다.

"정말로 괜찮겠습니까, 폐하?"

"──달리 길은 없다."

모리츠가 목소리를 쥐어짜 내서 대답했지만, 그는 고뇌하고 있었다.

자신의 결단에 고뇌하는 모리츠의 뒤에는 2m 크기의 구체가 떠 있다.

검고 커다란 육안인 외눈을 가진 이상한 존재── 【아르카디아】는 눈을 활처럼 가늘게 뜨고는 기쁜 듯이 모리츠의 결단을 칭찬했다.

『그래, 황제 폐하. 너는 올바른 결단을 했어. 그러니까 그렇게 침울해할 건 없다고.』

모리츠 뒤에서 대기하는 아르카디아를 보고 군터는 눈살을 찌푸렸다.

가신들이 보기에 모리츠는 이미 아르카디아의 꼭두각시였다.

하지만 그에 대해 간언하는 가신들은 없다.

군터도 제국에 충성심을 지닌 장군이기는 하지만, 아르카디아를 몰아내는 것은 현시점에서 불가능하다고 생각했다.

'모리츠 님을 속여 선대 칼 황제를 시해한 마법 생물이 잘난 듯이!'

당장이라도 아르카디아를 몰아내고 모리츠를 구하고 싶었지만, 유감스럽게도 군터의 실력으로는 불가능했다.

갑자기 나타나, 제국에서 제멋대로 행동하는 아르카디아한테 불만을 품은 자들은 많이 있었다.

모리츠의 즉위를 반대한 황족들이 자신들의 영향 아래에 있는 군을 움직인 적이 있다.

무시할 수 있는 수도 아니어서, 까딱하면 제국을 둘로 가르는 전쟁이 일어날 거라고 누구나가 예상했다.

하지만 아르카디아 본체가 출격하여 저항 세력을 일소해 버렸다.

그 압도적인 무력을 앞에서는 군터라도 쉽게 일을 일으킬 수 없다.

그리고 목숨을 걸고 아르카디아한테 덤비려 해도, 망설이게 하는 존재가 있었다.

——호르파트 왕국이다.

아르카디아는 본체에 비하면 작은 양팔을 펼치더니, 모리츠에게 제안이라는 이름의 명령을 내렸다.

『황제 폐하, 그것보다도 얼른 왕국에 있는 공주를 데리고 돌아와야지.』

왕국에 있는 공주라는 말을 듣고 모리츠의 표정은 매우 씁쓸하게 변했다.

"——아버지도 성가신 일을 해주었군."

선대 황제 칼의 사생아——【미리아리스 룩스 엘츠베르거】의 존재는 모리츠로서는 아무래도 상관없었다.

일부러 데리고 돌아올 필요성조차 느껴지지 않았다.

하지만 아버지를 죽인 죄책감으로 인해, 사생아를 보호해 주는 정도는 해주자는 식의 생각이 있었다.

"왕국에 사자를 보내라."

모리츠의 명령에 아르카디아는 커다란 입을 초승달 모양으로

만들며 웃었다.

『후훗, 나는 공주를 맞이할 준비를 하도록 하겠어. 성대하게 맞이해야만 하니까 말이야.』

그 모습이 너무나도 섬뜩해서 군터가 식은땀을 흘렸다.

'선대의 사생아를 왕국에서 데리고 돌아와 무엇을 할 생각이지?'

아르키디아의 범상치 않은 모습을 보고 알현실에 있는 가신들은 '황녀에게 뭔가 좋지 않은 짓을 하는 것 아닌가?'하고 생각했다.

데리고 돌아와 무엇을 하려는 것인가?

모리츠는 아르카디아에게 등을 향하고 있기에 아르카디아의 표정이 보이지 않는다.

또한 자신이 내린 결단에 괴로워하고 있어서, 가신들의 모습에 신경을 쓸 여유가 없는 모양이다.

'이런 괴물한테 의지해야만 한다니.'

군터는 이 상황을 보고 있을 수밖에 없는 자신을 수치스럽게 여겨 주먹을 꽉 쥐었다.

◇

학원제가 끝나면 학생들한테는 연휴가 기다리고 있다.

연휴 첫날은 학원제 뒷정리를 하는 학생들을 교사에서 많이 봤지만, 이틀째가 되자 남은 학생은 극히 적었다. 그 극히 적은 학생 중에는 나와 핀도 포함되어 있다.

나와 핀은 파트너들을 데리고 다회실에 와 있었다.

평소라면 내가 홍차를 준비하지만, 오늘은 핀이 커피를 준비하고 있다.

원두부터 준비하는 건지 방안에 커피 향기가 퍼지고 있었다.

"미아의 쇼핑에 어울리게 해서 미안했다. 남자인 나로서는 도와줄 수 없는 부분이 있으니까, 도움이 됐어."

답례 대신 준비된 커피를 받아 든 나는 딱히 상관없다고 말하면서 본심도 말했다.

"나는 아무것도 하지 않았어. 답례라면 안제랑 리비아, 노엘한테 말해. 그것보다 오늘은 홍차를 마시고 싶은 기분이었다만?"

내 본심에 핀이 어처구니없어했다.

"순순히 입 다물고 마실 수 없는 거냐? 매일 같은 걸 마셔서 질렸겠지, 하고 생각해서 너를 위해 준비한 거라고."

"그런데 이게 안 질린단 말이지."

그날의 기분에 맞춰 찻잎을 바꾸고 있다.

따르는 방식도 다양하다.

이전 생을 떠올리게 하는 맛도 있는가 하면, 이 세계에서만 맛볼 수 있는 찻잎도 있다.

한데 뭉뚱그려져도 곤란하다.

커피를 한 모금 마셔 보니, 생각했던 것보다 쓰지 않았다.

"이거 맛있는데."

감탄해 버린 탓에 나도 모르게 본심이 새어 나오고 말았다.

핀 녀석은 '그렇지?'라고 말하고 싶어 하는 듯한 표정으로 나를 보고 있다.

핀은 선 채로 커피를 맛보듯이 마시며, 그리고 나서 휴, 하고 한숨 내쉬더니 조금 미안한 듯이 말했다.

"미아가 건강해져서 기쁘다만, 기뻐하고 있을 수만도 없군. 공주님, 또 쓰러졌다면서?"

에리카를 걱정하는 핀이었으나, 나는 사정을 이야기하지 않았다.

미아가 건강해진 대신 에리카의 병이 악화되었다는 말을 들으면 분명 마음에 두고 앓을 것이다.

"치료법은 찾고 있으니까 걱정 마라. 게다가 악화를 막을 방법도 이미 준비했어."

그렇게 말하며 루크시온을 봤다.

루크시온은 커피가 뜨거워서 마시지 못하는 브레이브를 보고 있었다.

브레이브는 숨을 후후 불어 커피를 식히려 하고 있다.

핀은 안도하여 가슴을 쓸어내렸다.

"그 말을 듣고 안심했다. 뭔가 도울 수 있는 게 있다면 말해 줘. 너는 미아의 은인이니까."

"그때는 사양하지 않고 의지하지. ——그건 그렇고, 칼 씨한테서 답장은 왔냐?"

칼 씨의 화제를 꺼내자 핀이 언짢은 표정을 지었다.

내가 아니라, 칼 씨한테 화를 내고 있었다.

"이쪽에서 몇 번이나 편지를 보내고 있다만 답장이 오지 않는다. 제법 바쁜 모양이다만, 그 할아범이 미아의 편지에 답장하지 않는 건 처음 있는 일이야."

핀은 작은 목소리로 "미아를 슬프게 만들다니" 하고 투덜투덜 불만을 표하고 있다.

핀의 말을 듣고 의아하게 여긴 루크시온이 내게 말을 걸었다.

『제국에서 뭔가 일어나고 있는 것 아닙니까? 최근 제국의 움직임이 이상하다는 소문이 왕도에서 퍼지고 있습니다.』

"성가신 일이라도 일어났나?"

커피를 마시며 걱정하고 있자 핀이 어깨를 으쓱였다.

"걱정하지 않아도 제국에서 소동이 일어나면 그 할아범이 자력으로 해결할 거다. 분쟁이 일어나도 나 말고 다른 마장 기사가 대처할 테고."

볼데노와 신성 마법 제국은 이 세계에서는 현시점에서 최강의 국가일 것이다.

국토도 광대하거니와 소유한 로스트 아이템의 수도 많다.

핀의 말투로 보건대 마장의 코어를 여럿 소지하고 있는 모양이다.

즉, 핀 같은 마장 기사가 여러 명이나 존재하는 성가신 나라다.

호르파트 왕국조차 당해낼 수 없는 초대국이다.

루크시온이 핀의 이야기를 물고 늘어졌다.

『실로 흥미롭군요. 마장 기사── 마장의 코어가 여럿 존재하는 겁니까?』

전력을 캐물어 내려고 하는 루크시온이었으나, 대화에 브레이브가 끼어들었다.

핀을 지키는 것처럼 앞으로 나서서 작은 양팔을 펼쳤다.

『파트너, 방심하지 마! 이 녀석은 파트너가 하는 이야기에서 우리의 전력을 계산하고 있는 거라고. 한 치도 방심할 수 없는 녀석이란 말이지.』

경계하는 브레이브한테 루크시온은 일부러 그러는 티가 나게 비웃는 듯한 전자 음성으로 말했다.

브레이브의 행동을 이해할 수 없다는 듯한 느낌으로.

『어라? 이쪽은 적대할 의사가 없는데도 그렇게까지 노골적으로 경계당하면 뭔가 꾸미고 있는 게 아닐까 하고 의심이 드는군요. 뒤가 켕기는 것이 없다면 상세한 내용이야 어쨌건 대략적으로는 알려줘도 괜찮을 텐데 말입니다.』

브레이브가 분노로 몸을 떨면서 대답했다.

『너를 신용할 수 없기 때문이라고!』

『저는 마스터의 명령에 따르는 존재입니다. 마스터가 적대하지 않는 한 제가 당신들과 적대하는 일은 있을 수 없습니다. 그래도 알려줄 수 없다고 말한다면, 역시 적대할 의사가 있는 것이로군요. 그쪽의 마스터는 호의적인데, 종복이 적대적이라는 건 좀 어떻지요?』

크으윽, 하고 분해하는 듯한 브레이브를 보고 핀이 쓴웃음을 지었다.

브레이브를 대신하여 핀이 루크시온에게 답했다.

"미안하지만 군사기밀이니까 말해 줄 수 없어. 이걸로 됐나, 루크시온?"

『──예, 알겠습니다.』

물러나는 루크시온이었으나, 군사기밀을 핀이 이야기할 거라고는 생각지 않았을 터다.

브레이브를 도발해서 정보를 끌어내려고 하기라도 했던 것이리라.

정말로 한 치도 방심할 수 없는 인공지능이다.

나는 브레이브한테 고개를 향하고 사과했다.

"미안했다, 쿠로스케. 용서해 줘."

루크시온 대신 마스터인 내가 사과했다.

하지만 브레이브는 불쾌한 듯한 표정을 짓고 있었다.

『나는 브레이브다. 허물없이 '쿠로스케'라고 부르지 말라고.』

평소의 귀염성이 사라지고, 진지한 표정으로 그런 말을 들어버렸다.

"그, 그래."

좀 지나치게 허물없이 굴었던 모양이다.

내가 곤란해하는 걸 보고 핀이 브레이브를 나무랐다.

"그렇게 싫은 표정 짓지 마라, 쿠로스케. 자, 과자 줄 테니까."

핀이 과자를 던져 건네주자, 브레이브는 그걸 받아 들고 신나서 들떴다.

『쿠키다! 헤헷, 파트너가 내려 준 커피랑 같이 먹어야지.』

——핀이 쿠로스케라고 불러도 그다지 신경 쓰는 기색이 없다.

뭐, 관계성을 생각하면 어쩔 수 없는 것이리라.

나는 루크시온을 보고 제안했다.

"별명이란 거 좋지. 나도 앞으로는 친근함을 담아서 너를 루크 군이라고 부르도록 할까?"

루크 군이라고 불러도 괜찮은지 확인하자, 루크시온은 나한테서 거리를 뒀다.

스으윽, 하고 1m 정도 거리를 두고는 차가움이 느껴지는 듯한 전자 음성으로 대답했다.

『거절하겠습니다.』

"그렇게까지 노골적으로 싫어하지 말라고."

우리 대화가 재미있었는지 핀은 큭큭 웃고 있었다.

그리고 의자에 앉더니 화제를 바꿨다.

"여성진은 돌아오는 게 늦어질 거고, 그때까지 어떻게 할래?"

핀이 그렇게 묻기에 나는 오늘 예정을 말했다.

"나는 딱히 예정은 없어. 너는?"

"——실은 나도 없다. 애초에 미아가 없는 휴일을 어떻게 보내야 할지 몰라 곤란해하고 있단 말이지. 나는 뭘 하면 좋지?"

휴일이라 할지라도 미아를 우선하여 같이 행동하는 핀은 혼자가 되면 뭘 하면 좋을지 고민하는 모양이다.

일에 사는 인간이라고 해야 할까? 아니면 사랑이 무겁다고 해야만 할까?

"나한테 묻는 거냐고. ──하고 싶은 거라든가 없냐?"

핀은 턱에 손을 대고 생각에 잠겼지만, 아무것도 떠오르지 않았던 모양이다.

"아무것도 없군."

"──너, 미아와 만나기 전에는 뭐 하고 지냈냐?"

어처구니없어하면서도 진심으로 걱정되기 시작했다.

핀에게 미아는 이미 인생 그 자체라고 해도 과언이 아니리라.

"미아랑 만나기 전? 그 무렵에는 여러 가지로 무모한 짓을 하고 있었던 것 같군."

머나먼 곳을 보는 듯한 눈으로 과거를 회상하는 핀을 보고, 브레이브가 기쁜 듯이 화제에 끼어들었다.

『미아랑 만나기 전에 파트너가 나를 주워줬었다고. 그 무렵의 파트너는 지금보다도 가시 돋친 성격이라서, 남이 가까이 다가오지 못하게 막는 느낌이었지. 하지만 나한테는 다정하게 대해 줬으니까 츤데레라는 거네!』

츤데레라는 말을 들은 핀은 부끄러운지 눈을 감은 채 얼굴이 빨개져 있다.

당시의 자신에 대해 느끼는 바라도 있는 건가?

나는 핀을 놀리고 싶어졌다.

"미아한테는 세상 다정하면서, 그런 과거가 있었던 거냐?"

"히죽히죽하지 마라! 그 무렵에는 조금 거칠어져 있었던 것뿐이다. 그래서, 미아랑 만나고—— 내 인생의 의미를 발견한 거다."

"인생의 의미?"

핀의 말이 묘하게 신경 쓰여 물어본 나는 아마 진지한 표정을 짓고 있었다고 생각한다.

——어째서 우리는 전생한 것인가? 나도 의문으로 생각한 적 정도는 있다.

단순한 우연이고 아무런 의미도 없다고는 생각하지만, 그것만으로 설명할 수 없는 우연이 일어나고 있다.

마리에와 에리카의 존재다.

어째서 죽은 시기가 다른데도, 다소의 오차는 있지만 우리는 같은 세대로 전생한 것일까?

핀은 내 분위기가 변한 걸 눈치채고, 커피를 마시고 난 뒤 진지하게 이야기했다.

"여동생과 닮은 미아를 지켜본다. 그걸 위해서 전생하고, 강한 힘을 얻었다고 생각하고 있다. 뭐, 내 제멋대로인 희망이지만 말이지."

부끄러워져서 쑥스러워하는 핀한테서, 나는 시선을 내렸다.

"아니, 그걸로 괜찮은 거 아니냐. 나는 의미 같은 건 찾을 수 있을 것 같지도 않지만 말이야."

분위기가 안 좋아졌다고 느꼈는지, 핀이 다른 화제로 바꾸고 싶은 모양이다.

"너한테도 의미 정도는 있잖냐? 여하간, 전생했더니 미인 약혼자가 세 명이나 있고 지금은 대공님이라고. 모든 걸 손에 넣었잖냐."

만족스러운 인생을 보내고 있잖아? 그런 식으로 들렸다.

고개를 든 나는 깊은 한숨을 내쉬었다.

"나는 소박한 행복을 원했다고. 지위도 명예도, 하물며 미인 약혼자를 세 명이나 갖고 싶다고 바라지도 않았어."

"──전부터 묻고 싶었다만."

"뭔데?"

핀이 진지한 표정이 되어 내게 질문했는데, 그 내용은 터무니없는 것이었다.

"그 세 사람 중에서 네가 제일 좋아하는 애는 누구지?"

"뭐?"

"모두를 평등하게 사랑하고 있다는 둥 흐지부지 넘기지 말라고. 너도 남자라면 분명히 해라."

진지한 얼굴로 뭘 물어보려나 싶었는데, 안제, 리비아, 노엘 중에서 누가 제일 좋냐? 라고? 평소엔 착실한 주제에, 뭔 질문을 하는 거냐고.

"더 유의미한 질문이 달리 있잖냐!"

"이쪽은 진심으로 묻고 있다만? 아니 그보다, 약혼자가 세 명이나 있다는 건 어떤 느낌이지? 나는 상상도 되지 않는다."

진심으로 고민하는 핀이었으나, 약혼자가 여러 명 있어서 부러워! 라는 분위기는 아니었다.

정말로 단순한 흥미에서 묻고 있는 듯하다.

미아 일편단심인 시스콘은 여러 명의 여자와 사귀는 것을 바라고 있지 않은 모양이다.

"내 경우에는 일이 흘러가다 보니 그렇게 된 거야. 나도 모르는 사이에 그럴 수밖에 없는 환경이 만들어져 있었다고."

"그러면 그 세 사람한테 특별한 감정은 없는 건가?"

"진심으로 후려갈긴다."

고개를 갸웃하며 '그 세 명을 사랑하지 않아?'라는 말을 꺼내는 핀의 얼굴에 진심으로 주먹을 꽂아 넣어 주고 싶었다.

당연히 사랑하지! 하지만, 동시에 세 명과 약혼한 건 이전 생의 가치관으로 말하자면 불성실함의 극치다.

이런 내가 정말로 세 사람을 사랑하고 있는 것일까? 스스로 자신이 의심스러워지기 시작한다.

그런 의미에서는 나는 일편단심인 핀이 부러웠다.

하지만 같은 일편단심이라도 다섯 바보는 이야기가 다르다.

다섯 명 모두 마리에 한 사람을 사랑하고 있다니, 뭐라고 할지, 부럽다는 생각은 들지 않는다.

확실히 일편단심이기는 하겠지만, 그 녀석들한테는 '너희는 그걸로 괜찮은 거냐?'라고 묻고 싶다고.

내가 대답하지 못하고 있자, 브레이브 녀석이 자기 예상을 말했다.

『나는 올리비아라는 애가 진짜라고 생각하는데. 파트너는 어때?』

브레이브의 물음에 핀은 진지하게 생각하고 난 뒤 답을 입에 담았다.

"노엘 씨 아냐?"

뭘 기준으로 이름을 대고 있는지 모르겠지만, 정말로 난감한 녀석들이다.

제멋대로 예상하는 둘에게, 루크시온이 앞으로 나서서 목소리를 살짝 높였다.

『적당히들 해주십시오.』

"좋아, 루크시온도 이 녀석들한테 말해 줘. 이런 화제는 안 된다고——."

『마스터는 가슴에 강한 고집을 지니고 있습니다. 세 사람 중에서 가장 큰 가슴을 가진 건 안젤리카입니다. 따라서 답은 안젤리카입니다.』

——뭐야, 이 자식? 마스터가 언급하지 않았으면 하는 화제에 솔선해서 끼어들질 않나, 게다가 자기 예상이 자못 정답이라는 듯이 주장해 댔다고.

"너희들 전부 한 방씩 때리게 해줘."

다회실에서 떠들고 있자, 방의 문이 살짝 열렸다.

그쪽으로 시선을 향하자——.

"즐거워 보이는군."

——율리우스를 비롯한 다섯 바보의 모습이 있었다.

문 틈새로 다회실을 엿보고 있는 다섯 바보한테 나는 두 눈썹을 추켜세우며 생기 없는 눈을 향했다.

"뭐 하고 있는 거야? 너희들 오늘은 마리에의 짐을 들어줄 거라고 말했었잖냐."

마리에와 에리카의 쇼핑에 어울려 줄 터인 다섯 바보가 어째서 이 방에 있는 것인가?

방을 엿보면서 그렉이 대답했다.

"따라가려고 했더니 오늘은 여자만이면 된다고 쫓겨나 버렸다고."

브래드가 슬픈 듯이 말했다.

"덕분에 모처럼의 휴일인데 남자들끼리만 지내게 되었어."

그건 남자끼리 커피를 마시고 있는 나한테 하는 비아냥이냐?

내 기분이 안 좋아졌다는 걸 눈치챈 질크가 문 틈새로 우리를 엿보며 계속해서 이야기했다.

"마리에 씨한테 쫓겨났기에 저희 다섯 명도 휴가를 유의미하게 보내고자 생각해서 말이지요. 그렇다면 리온 군한테도 같이 가자고 권하려는 생각에."

──이 녀석들이 나한테 같이 가자고 권한다고? 어쩐지 수상하다며 의심스러운 시선을 보내고 있자, 틈새로 얼굴을 내밀고 엿보고 있는 크리스가 본심을 털어놓았다.

"마을로 나가서 놀려고 해도 돈이 없으니까 말이지."

"내가 준 용돈은 어쨌어?"

지갑 대신 나를 데리고 가려는 다섯 명을 노려보자, 당황한 율리우스가 변명하기 시작했다.

문을 열고 안으로 들어오더니 몸짓 손짓을 섞어가며 말했다.

"아니다, 리온! 우리는 학원제를 더욱 성황리로 만들고자 출품물에 전액을 투자해서——."

"용돈까지 전부 다 쓰지 말란 말이다!"

"그렇지만 네가 성황리로 만들라고 하니까!"

확실히 학원제를 성황리로 만들라고 말했지만, 건넨 용돈까지 투입한다든가 바보인 걸까? ——그러고 보니 바보였지.

바보니까 다섯 바보인 것이다.

"그렇게까지 하라고는 말하지 않았어. 그래서, 나를 지갑 대신으로 삼아 마을에서 놀고 싶은 거냐?"

율리우스가 나한테서 시선을 돌리며 물었다.

"그렇게까지는 말하지 않았다. 단지, 용돈을 미리 좀 당겨서 준다면 고맙겠다는 것이고——."

용돈 가불을 청하는 왕자님인가—— 이런 거라도, 그 여성향 게임에서는 공략 대상이었는데.

학업 성적은 우수한데도, 이 녀석들은 행동이 너무 바보다.

내가 머리를 감싸 쥐고 있자 핀이 나를 동정했다.

"이 다섯 명을 돌봐준다니, 나는 너를 존경한다."

브레이브가 내게 쿠키를 하나 내밀었다.

『내 쿠키 먹어도 돼..』

둘의 동정이 마음에 스며들어, 울음이 나올 것만 같았다.

우리의 모습을 바라보고 있던 루크시온이 어처구니없다는 듯
이 중얼거렸다.

『오늘도 시끄러워질 것 같군요.』

◇

저녁의 왕도는 사람의 왕래가 늘어나 있었다.

단지, 일부 구역에는 반란 소동 때 파괴된 흔적이 남아 있다.

무너진 건물 주위에는 로프가 쳐져 사람이 접근하지 못하게 되
어 있었다.

그 장소를 볼 때마다 전쟁의 기억이 되살아난다.

왕도에서 사는 주민들 말인데, 다수가 일상생활로 돌아와 있
었다.

한때는 라셀 신성 왕국과 전쟁이 일어나 왕도도 위험하다! 라
는 소문이 퍼져 주민들의 불안도 크고 분위기가 무거웠다.

전쟁이 단기간에 종결된 덕분에 주민들한테도 미소가 돌아왔다.

그런 왕도 거리를 걷는 미아는 손에 종이봉투를 들고 있었다.

"에헤헤, 조금 많이 사 버렸어요."

쇼핑을 끝낸 미아는 기분이 좋은 상태였다.

예정했던 물건을 모두 산 건 물론이고, 예정 외이지만 마음에
든 물건도 손에 넣었다.

기뻐하는 듯한 미아를 보고 양손에 쇼핑 봉투를 든 노엘이 말

을 걸었다.

"헤링 씨에게 줄 선물도 살 수 있어서 잘됐네."

"네! ──기사님이 기뻐해 주실까요?"

미아는 기쁜 듯이 대답했지만, 그 뒤에 금방 불안해진 것인지 난처한 표정을 지었다.

그런 미아를 보고 있던 리비아가 고개를 끄덕였다.

"분명 기뻐하실 거예요. 그렇죠, 안제?"

안제는 자신에게 화제가 넘어오자 미소를 지으며 긍정했다.

"그래. 게다가 그 남자라면 미아가 주는 선물이라는 말만으로도 기뻐하겠지."

안제의 대답에 불만을 품은 리비아가 뺨을 부풀렸다.

"요새 안제의 말투, 리온 씨랑 닮기 시작했어요."

그 말을 들은 안제가 흠칫하여 손으로 입을 눌렀다.

"나 스스로는 깨닫지 못하고 있었다."

리비아는 작은 한숨을 내쉬고 나서 안제한테 장난기 가득한 어린아이 같은 얼굴을 향했다.

"최근의 안제는 리온 씨한테 허물이 없어졌으니까요. 둘이 비아냥이나 비꼬는 말을 서로 주고받는 일도 늘었으니까, 닮아 가는 게 당연할지도 몰라요."

"오늘의 리비아는 짓궂군. 뭐, 그런 점도 싫지는 않다만, 비아냥이나 비꼬는 말이 늘어났다면 조심하는 편이 좋겠군. ──미안하다, 미아."

작은 한숨을 내쉬고 반성한 표정을 짓는 안제에게 미아는 고개를 가로저었다.

"괘, 괜찮아요!"

쇼핑과 식사로 유의미한 하루를 보낸 네 사람이 귀갓길에 오른 도중—— 갑자기 안제가 멈춰 서서 하늘을 올려다보았기에 노엘이 의아하게 여겨 물었다.

"왜 그래?"

안제는 이상하게 여기는 듯한 태도로 대답했다.

"——제국 비행선이 와 있다. 예정은 없었을 터이다만, 뭔가 급한 용건인가?"

당당하게 제국 국기를 내걸고 있는 훌륭한 비행선은 호위로 비행 전함이 여섯 척이나 붙어 있었다.

제국의 갑작스러운 방문에 안제는 위기감을 느꼈는지 눈매가 날카로워졌다. 또 성가신 일인가? 하고 살짝 불안감이 드는 모양이었다.

★ 제05화 「제국에서 온 사자」

다음 날 아침.

볼데노와 신성 마법 제국에서 찾아온 사절단 대표가 왕궁 알현실에 모습을 나타냈다. 사절단 대표는 국왕【롤랜드 라파 호르파트】, 왕비【밀렌 라파 호르파트】두 사람과 알현 중이었다.

밀렌은 이른 아침부터의 급작스러운 용건에 롤랜드가 불만을 느끼지 않았을지 걱정되어 곁눈질로 확인하고 있었다.

'오늘은 제법 경계하고 있네.'

롤랜드는 평소의 태연자약한 태도는 온데간데없고, 진지함을 넘어 그들을 경계하고 있었다.

표정은 겉꾸리고 있지만, 미묘한 변화로부터 밀렌은 그걸 알아차리고 있었다.

사절단 대표인 제국 사자가 무릎을 꿇고 머리를 조아렸다.

"갑작스러운 방문임에도 불구하고 환영해 주시니 감사합니다."

사자의 말에 온화한 미소를 띤 롤랜드가 입을 열었다.

"라셀과의 전쟁에서 신세를 진 귀국을 무례하게 대할 수는 없지. 그것보다도 갑작스러운 방문의 이유를 들려주었으면 하는군."

"저희의 용건은 하나입니다. 미리아리스 룩스 엘츠베르거 황녀전하를 마중하러 왔습니다."

알현실에 있던 중진과 귀족들이 사자의 말을 듣고 술렁였다.

"제국의 황녀 전하?"

"누구를 말하는 거지?"

"우리가 언제 황녀 전하를 맞아들였나?"

그런 기억이 없는 중진 및 귀족들과 마찬가지로 밀렌도 내심으로는 놀라고 있었다.

얼굴에는 드러내지 않도록 행동하고 있을 뿐이고, 황녀 전하 이야기에 곤혹스러워하고 있다.

'미리아리스? 제국에 그러한 공주가 왕국에 왔다는 이야기는 들은 적이 없는데. 사정 있는 갓난아기나 유아일까? 그렇다 해도 어째서 왕국에? ──아니, 설마?!'

사고하는 도중 답에 이른 밀렌이었으나, 먼저 입을 연 건 롤랜드였다.

"우리나라에서 제국의 공주를 맡고 있다는 말은 짐도 듣지 못했다만, 무언가 사정이 있는 것인가?"

솔직하게 모른다고 대답하는 롤랜드에게 사자가 답했다.

"어떤 사정으로 인해 신분을 감추고 서민으로서 지내고 있었습니다. 현재는 유학생으로서 호르파트 왕국의 학원에서 공부하고 있습니다."

"제국에서 온 유학생이 황녀 전하였나."

롤랜드가 일부러 놀란 것처럼 중얼거렸다.

사자는 재차 롤랜드에게 청했다.

"아무리 서민으로 자랐다고는 해도, 황녀 전하에게는 그에 걸맞은 장소가 있습니다. 제국에 데리고 돌아가 상응하는 대우로 맞이하고 싶습니다."

살짝 초조함을 보이는 사자.

롤랜드는 물었다.

"조금 갑작스러운 이야기군. 모처럼 유학을 온 것이 아닌가? 적당한 때까지 기다려도 괜찮을 것 같다만. 길어도 반년 이내에 돌아가게 될 터인데?"

서둘러 데리고 돌아가려고 하는 이유를 물었지만, 사자는 그것에 관해 답을 얼버무렸다.

"저는 미리아리스 황녀 전하를 모셔오라는 명령을 받았을 뿐, 상세한 내용은 알지 못하는지라 대답을 드리기 어렵습니다."

깊숙이 머리를 숙이는 사자를 보고, 롤랜드는 한발 물러났다.

"흠, 곧바로 데리고 돌아가는 것인가?"

"예."

이야기가 진행되는 와중에, 밀렌은 미리아리스—— 미아에 관해 생각하고 있었다.

'칼 황제가 그때 프레이저령에 있었던 건 미아를 만나기 위해서였나? 손녀인지, 아니면 딸인지—— 공표할 수 없다고 한다면, 상응하는 이유가 있겠지. 하지만 왜 갑자기 황녀로서 제국에 데리고 돌아간다는 거지?'

인제 와서 새삼스럽게 미아를 데리고 돌아가 후계자 싸움에 몰아넣는 건 생각하기 어렵다.

밀렌은 제국에서 뭔가가 일어났다고 예상했다.

'정보가 너무 부족해. 황녀 전하를 데리고 돌아가는 날까지 사자를 환대하면서 제국 내정을 탐색할까. ──하다못해, 조금만 더 일찍 칼 황제와 연줄을 만들었다면 저쪽에 외교관을 파견할 수 있었을 텐데.'

호르파트 왕국 입장에서 보면 볼데노와 신성 마법 제국은 연이먼 국가다.

그 이유는 라셀 신성 왕국에 있다.

볼데노와 신성 마법 제국은 라셀 신성 왕국과 깊은 관계가 있었기에 호르파트 왕국은 적극적으로 관계를 맺어 오지 않았다.

그건 제국 측도 마찬가지다.

적극적으로 호르파트 왕국과 관계를 맺으려고는 하지 않고, 서로 경계하고 있었다.

10년 전에 제국에서 접근하여 협의를 거듭해 왔다.

유학생을 받아들이게 된 건 올해부터의 이야기다.

앞으로는 유학생들을 통해 양국의 국교를 활발하게── 라는 단계였다.

밀렌은 높은 자리에서 제국의 사자를 내려다보고 있었다.

미아를 데리고 돌아갈 수 있게 되자마자 사자는 안도감으로 한순간이지만 표정이 풀어졌다.

'지금 표정은 뭐지?'

어두운 미소를 띤 사자의 얼굴을 보고 밀렌은 좋지 않은 예감이 들었다.

사자를 경계하는 밀렌이었으나, 사절단에 있는 젊은—— 지나치게 젊은 기사한테 자연스럽게 시선이 움직였다.

15살 정도일까? 왕국이라면 학원에 입학하기 전의 청년이지만, 그는 제국의 검은 기사복을 입고 당당하게 서 있었다.

강자가 내뿜는 듯한 자신감이나 풍격, 그리고 젊음에서 오는 건방짐을 함께 가진 청년이다.

롤랜드와 자신에게 보내는 시선에서는 어딘가 오만함이 느껴졌다.

'그는 정체가 뭘까?'

밀렌의 시선을 알아차렸는지, 청년이 앞으로 걸어 나와 무릎을 꿇었다.

"발언 허가를 구하여도 괜찮겠습니까, 롤랜드 폐하."

청년의 제멋대로인 행동인지, 사자는 곤혹스러운 표정을 띠었다.

"——허가하지. 고개를 들라."

롤랜드가 허가를 내리자 청년이 고개를 들어 싱긋 미소를 띠었다.

청년다운 풋풋함과 시건방짐이 느껴지는 얼굴이다.

"처음 뵙겠습니다. 【리엔하르트 루아 키르히너】입니다. 실은 이 나라에 제 선배도 유학 중이기에 인사할 겸 이야기할 기회를 마련하여 주십사 청을 드립니다."

빨간 머리카락에 건방져 보이는 작은 체격의 청년은 타국의 왕을 앞에 두고 주눅 들지 않고 말했다.

"그러고 보니 유학생이 두 명이었지."

"선배는 미리아리스 황녀 전하의 전속 기사이니 저희와 함께 귀국할 것입니다. 다만 그전에 선배가 어떤 장소에서 배우고 있었는지 봐두고 싶습니다."

롤랜드가 조금 생각한 뒤에 고개를 끄덕였다.

"그리하라."

"감사합니다, 폐하."

◇

그날, 학원에 제국 사자라 칭하는 사람이 찾아왔다.

문관 출신 사자는 수 명 남짓이었지만, 호위인 기사와 군인은 30명이나 있었다.

삼엄한 집단이 찾아왔군, 하고 살짝 경계하고 있었다.

하지만 그 경계심도 이내 풀렸다.

"리엔하르트?"

"오랜만이네요, 선배."

학원 교사 현관 앞 광장에서 핀과 빨간 머리 청년이 서로 얼굴을 마주 보고 친한 듯이 대했다.

루크시온과 함께 떨어진 장소에서 그 모습을 바라보고 있던 나는 안도의 한숨을 내쉬었다.

"핀의 지인이었나. 긴장해서 손해 봤군."

『——마장의 반응은 확인되지 않습니다. 아무래도 코어는 존재하지 않는 모양입니다.』

루크시온은 평소처럼 경계를 풀지 않고 있었다.

나는 핀과 빨간 머리 청년의 대화에 귀를 기울였다.

후배와 재회한 핀이 역시나 곤혹스러워하고 있는 듯하다.

갑자기 제국에서 사자가 오면 그것도 어쩔 수 없는 일일 것이다.

"그것보다, 어째서 네가 왕국에 온 거지? 갑자기 오다니, 제국에서 뭔가가 있었던 거냐?"

리엔하르트는 핀의 의문에 상세한 내용을 얼버무리며 대답했다.

"그 언저리의 사정은 나중에 설명하겠습니다. 그것보다 선배를 고전하게 만든 발트파르트 공작은 어디지요?"

리엔하르트가 주위를 찾아보더니, 나와 시선이 마주쳤다.

시건방져 보이는 핀의 후배는 나를 보더니 씨익 하고—— 어딘가 호전적으로도 보이는 미소를 내보였다.

나는 손을 흔들며, 들리지 않을 정도의 작은 목소리로 중얼거렸다.

"건방져 보이는 꼬맹이구만."

『그 감상은 왕국 귀족들이 마스터한테 품고 있는 감상입니다.』

여느 때와 같은 루크시온의 비아냥을 무시하고 나는 핀과 리엔하르트의 대화에 귀를 기울였다.

핀은 리엔하르트한테 내 작위를 정정하여 말해 주었다.

"지금은 대공님이다."

"왕국은 인재 부족인 것 같군요. 아, 그것보다도 왕국의 검성이 있지요? 학원에는 검성의 아들도 있다고 들어서, 조금 기대하고 있었다고요."

리엔하르트는 허리에 찬 사벌(sabel) 두 자루를 왼손으로 가볍게 두드렸다.

사무라이들이 허리에 큰 칼과 작은 칼을 차듯이 사벌을 찬 리엔하르트는 아무래도 크리스에게 관심이 있는 모양이었다.

하지만 핀은 조금 경계하고 있는 것처럼 보이기도 했다.

"여긴 제국이 아니다. 뭔가 저지른다면, 나와 적대하게 될 거다."

"선배는 여전히 성실하네요. 뭐, 그건 괜찮다고 치고—— 미리아리스 황녀 전하는 어디에 계십니까?"

리엔하르트의 분위기가 일변하자, 핀은 경악한 표정을 띠었다.

핀이 오른손으로 리엔하르트의 멱살을 붙잡아 올렸다.

"어째서 미아의 본명을 알고 있지?!"

격노하는 핀에게 리엔하르트는 귀찮다는 듯한 표정을 짓고 있었다.

대답한 건 제국 사자였다.

"헤링 경, 저희는 폐하의 명령으로 미리아리스 황녀 전하를 마중하러 온 것입니다."

"——폐하의? 칼 황제가 어째서 미아를 불러내지?"

70 여성향 게임 세계는 모브에게 가혹한 세계입니다 12

아무리 그래도 다른 사람들이 있는 자리에서는 칼 씨를 '할아범'이라고 부르지는 않는 듯하다.

핀이 리엔하르트를 놓아주자 사자가 미소를 띠며 내 쪽을 일별했다.

그때, 내 옆에 있는 루크시온을 본 느낌이 들었다.

사자는 말했다.

"상세한 건 외부인이 없는 자리에서 이야기하시지요. 미리아리스 황녀 전하 건도 포함하여 설명하겠습니다."

사절단은 그대로 학원에서 나가 항구로—— 제국의 비행선으로 핀을 데리고 갔다.

◇

사절단이 사용하는 비행선은 제국에서도 귀인들이 사용하는 물건이었다.

외관도 내부 인테리어도 공들여져 있어서 마치 고급 호텔을 연상케 했다.

사자와 리엔하르트—— 그리고 핀과 브레이브.

네 명이 한 방에 모이자 가장 먼저 입을 연 것은 사자였다.

"칼 황제께서 붕어하셨습니다."

"——뭐?"

핀은 무슨 말을 들은 건지 이해할 수 없었다.

얼마 전까지 건강한 모습을 보였던 칼이, 이렇게 갑자기 죽었다고는 상상할 수 없었다.

현실을 받아들이지 못하는 핀에게 의자에 앉아 머리 뒤로 손깍지를 낀 리엔하르트가 귀찮다는 듯이 설명했다.

"선대가 죽어서 모리츠 님이 즉위했어요. 우리는 모리츠 님의 명령으로 미리아리스 님을 맞이하러 온 거예요."

핀은 주먹을 꽉 쥐고 리엔하르트한테 험악한 시선을 향했다.

"무슨 일이 일어났지? 사고냐?"

쓸데없이 건강했던 칼이 죽었다고 한다면 곧바로 사고사를 상상하게 된다.

하지만 리엔하르트는 담담하게 말했다.

"모리츠 폐하가 사병을 이끌고 선대를 죽였어요. 저는 자세한 건 듣지 못했지만, 아무래도 선대가 배신행위에 손을 댔다는 모양이에요."

"그 할아범이 제국을 배신할 리 없잖나! 황태자 전하가 저지른 일이냐? 설마 미아도――!"

핀이 브레이브에게 시선을 향했다.

그건 이 자리에서 마장을 몸에 두르기 위해서다.

모리츠가 미아를 데리고 돌아가려는 건 암살하기 위해서가 아닐까? 그런 상상으로 핀이 경계한 결과다.

『미아한테 손을 댄다면 너희들이라 할지라도 용서하지 않을 거다!』

브레이브까지 의욕을 보이자 리엔하르트가 머리를 긁적였다.

귀찮다는 듯이—— 그대로 둘이 예상하지 못한 현실을 말해 줬다.

"모리츠 폐하는 미리아리스 님에게 아무런 흥미도 없어요. 흥미를 나타낸 건 브레이브와 같은 마법 생물입니다."

핀과 브레이브의 움직임이 멈췄다.

리엔하르트는 둘에게 이야기를 들을 의사가 있다고 판단하고 말했다.

"아르카디아—— 제법 커다란 마법 생물이 부활했거든요. 제 마장 코어도 그 마법 생물에게 순순히 따르고 있어요."

그 이름을 듣고 당황한 건 브레이브였다.

『어째서 아르카디아가 살아 있는 거야! 그 녀석은 구인류한테 침몰당했을 터다! 구인류가 지닌 비장의 수였던 배 세 척을 길동무 삼아서 가라앉았다고!』

오랜 옛날에 가라앉은 신인류의 비장의 수—— 하늘에 부유하는 요새 아르카디아.

구인류가 지닌 비장의 수와 공멸하였고, 브레이브조차 생존은 절망적이라고 생각하고 있었다.

"나한테 따져도 말이지. 실제로 부활해서 지금은 모리츠 님의 상담역이야."

핀이 리엔하르트에게 물었다.

"그 녀석이 폐하를 죽인 거냐? 어째서 너희는 놈을 따르고 있지?

군터 장군은 아무 말도 하지 않았나?"

분노하는 핀에게 리엔하르트는 고개를 가로저었다.

"그 이상의 문제가 있으니까 말이죠. 뭐, 자세한 이야기는 제국으로 돌아가서 할게요. 꽤 성가신 이야기가 될 겁니다."

납득하지 못한 핀이 입을 열려고 하자, 지금까지 잠자코 있던 사자가 움직였다.

핀 앞으로 나와서 모리츠의 편지를 건넸다.

"헤링 경에게는 모리츠 폐하로부터 내밀한 의뢰가 있습니다."

"의뢰라고?"

명령이 아닌 게 신경 쓰이지만, 핀은 편지 봉투를 뜯어 내용을 확인했다.

그 내용에 경악하여 눈을 부릅뜨고는 편지를 꽉 쥐었다.

"――나한테 리온을 암살하라니, 이게 어떻게 된 일이지?"

살기를 내뿜는 핀에게 사자는 겁먹으면서 사정을 설명했다.

"제국은 곧 왕국에 선전포고를 할 겁니다."

"뭣?! 어째서냐! 라셀 건이라면――!"

"아니요, 그 건이 아닙니다. 우리 제국은 왕국과 서로 공존할 수 없는 존재입니다. 이건 굴복시키는 전쟁이 아닙니다. 제국은 철저하게 왕국을 멸망시키기 위해 싸울 겁니다."

믿을 수 없는 이야기에 핀은 오른손을 얼굴에 댔다.

"웃기지 마라! 인제 와서 전쟁한들 무슨 의미가 있지?"

납득하지 않는 핀을 보고 리엔하르트가 어처구니가 없었는지 한숨을 내쉬었다.

"선배, 꽤 둥글어지셨네요. 옛날엔 좀 더 날카로운 칼날 같은 느낌이었는데, 정말로 유감이에요."

"——이 자리에서 해볼 테냐?"

핀이 리엔하르트에게 살기를 향하자 그는 도리어 기뻐했다.

"저도 마장을 가지고 왔다면 선배의 기대에 응할 수 있었겠는데 말이죠."

리엔하르트는 마장 기사이기는 하지만 마장의 코어를 동반하고 있지 않았다.

아무래도 제국에 두고 온 모양이다.

위태로운 분위기가 감도는 둘에게 사자가 헛기침했다.

"두 분 다 거기까지 하시지요. 그리고 헤링 경은 왕국의 비장의 수인 발트파르트 대공을 쓰러뜨려 주었으면 합니다. 이건 미리아리스 님을 위해서이기도 합니다."

"무슨 의미지?"

"실은——."

사자한테서 진상을 들은 핀은 주먹을 꽉 쥐고 있던 손의 힘을 풀고—— 천장을 올려다봤다.

★제04화 「암살」

　학원 식당에서는 조촐하게나마 미아의 송별회가 이루어지고 있었다.

　참가한 건 여느 때의 멤버이고, 기획한 건 안제다.

　"조촐해서 미안하구나. 준비할 기간이 있었다면 조금 더 성대하게 할 수 있었겠다만."

　테이블에 늘어 놓인 요리를 앞에 두고 미아는 긴장한 얼굴이었다.

　"그, 그렇지 않아요! 무척 호화롭고, 미아는 만족해요. ──단지, 헤어지는 게 쓸쓸해서."

　미아는 전원을 앞에 두고 본심을 말했다.

　"조금만 더 여러분과 함께 있고 싶었어요. 게다가 갑자기 공주님 취급도 뭐라고 할지, 이상한 느낌이 들고 말이에요."

　갑자기 고향으로 돌아가게 된 미아였으나, 자신의 출신이 황족이라는 걸 알게 되어 곤혹스러워하고 있었다.

　그리고 갑작스러운 유학 중지에도 납득하지 못하고 있는 듯하다.

　의자에 앉아 고개를 숙인 미아에게 에리카가 다정한 어조로 말을 걸었다.

"실감이 나지 않아도 어쩔 수 없어요. 천천히 익숙해지면 돼요."

"에리카 님~."

눈물짓는 미아에게 에리카는 미소를 지어 보였다.

"당당하게 이름으로 불러도 괜찮아요."

"그, 그렇지만, 미아는──."

황녀라는 입장이 실감이 되질 않아 에리카를 이름으로 부르지 못하는── 그런 미아에게 에리카는 고개를 저었다.

"친구가 되고 싶어요. 황녀인 미아 씨── 미아라면 저를 이름으로 불러도 아무도 책망할 수 없어요. 부디 제 친구가 되어 주지 않겠어요?"

"에리카 님── 네, 넵! 미아도, 에리카라고 부르도록 할게요!"

눈물을 지으며 기쁜 듯이 말하는 미아를 보고, 안제가 안도하여 가슴을 쓸어내렸다.

이대로 괴로운 이별로 끝나지 않고 그칠 것 같다고.

하지만 동시에 생각하고 말았다.

'제국은 뭘 초조해하고 있지? 황녀 전하라고 공표하는 타이밍도 부자연스럽다. 유학이 끝나고 나서도 괜찮았을 텐데. 제국 내에서 뭔가 사건이라도 일어난 것인가?'

수상한 점이 많은 게 신경 쓰인 안제는 송별회에 참가한 핀에게 시선을 향했다.

미아 곁에 있으며 난처한 표정을 지으면서도 평소대로 따뜻한 눈으로 지켜보고 있다.

단지, 브레이브의 낌새가 이상하다.

테이블에 늘어 놓인 요리에 일절 관심을 보이지 않고, 평소처럼 쾌활하게 행동하지도 않는다.

그리고 핀의 곁에서 떨어지려고 하지 않았다.

뭔가 있는 것인가? 그런 식으로 생각하고 있자, 핀이 리온에게 다가가 말을 걸었다.

"리온── 잠깐 괜찮겠나?"

"미아 옆에 있지 않아도 되겠어?"

"너한테 할 이야기가 있다. 나중에 시간을 만들어 주지 않겠나? 개인적으로 너와 이야기를 하고 싶다."

"딱히 괜찮다만…….''

한순간이지만 심각한 표정을 지은 핀을 보고 안제는 생각했다.

'헤링도 제국에 돌아간다고 말했었지. 리온한테 작별 인사라도 할 생각인가? ──그런 것치고는 낌새가 이상한데.'

두 사람의 모습을 신경 쓰고 있자 리비아가 말을 걸었다.

"안제, 리온 씨와 핀 씨한테 무슨 문제라도 있나요?"

"조금 마음에 걸린 것뿐이다. 저기, 리비아── 헤링의 낌새가 이상하지 않나?"

"확실히 쓸쓸한 것 같네요."

리비아가 둘에게 시선을 향했다. 리온과 친해진 핀이 작별을 아쉬워하고 있는 것처럼 보이는 듯하다.

안제도 같은 의견이지만, 그것만이 아닌 무언가를 느낀다.

찌릿찌릿하는, 피부를 자극하는 듯한 분위기를 느끼고 있었다.

"——신경 쓰이는군."

핀을 경계하고 있자, 이번에는 노엘이 가까이 다가왔다.

뭘 착각한 것인지, 안제를 보며 웃고 있었다.

"안젤리카의 걱정이 너무 지나친 거 아니야? 혹시 헤링 씨한테 리온을 빼앗길 거라고 생각했다든가? 아무리 그래도 그건 아닌가."

농담하는 노엘한테 안제는 어처구니없어하면서 알려줬다.

"농담으로 말한 것 같다만, 딱히 없는 이야기도 아니다."

"어?! 거짓말이지?!"

놀라는 노엘을 보고 안제는 한숨을 내쉬었다.

"물론 리온이 그럴 리는 없겠지. 단지, 방심하고 있으면 다른 여자한테 가로채일지도 모른다. 클라리스와 디어드리는 지금도 호시탐탐 노리고 있으니까."

둘의 이름을 듣고 리비아는 두통을 느낀 듯하다.

눈썹 끝이 처지며 작게 한숨을 내쉬고 있었다.

"클라리스 선배와는 어쨌건, 디어드리 선배는 언니분이 발트파르트 가문에 시집갔지요? 집안끼리의 연줄은 이미 충분하다고 생각하는데요."

어째서 질리지도 않고 리온을 노리는 것인가? 이해하지 못하는 리비아한테 안제가 쓴웃음을 지으며 가르쳐 주었다.

"그 녀석의 경우에는 개인적인 욕심과 본가의 방침이 맞물린 것뿐이다. ——노엘, 그런 이유이니 방심해서 멍하게 있다간 리온을 빼앗길 테니까 주의해라."

안제한테 충고받은 노엘은 머리를 감싸 쥐며 이해하기 어려워서 괴로워하고 있었다.

"어째서 다들 리온만 노리는 거지? 그 밖에도 남자는 많잖아?"

리비아가 시선을 조금 들며 말했다.

"그건 뭐어—— 리온 씨의 책임이려나요?"

지금까지의 경위를 떠올리는 리비아의 표정은 어처구니없어하면서도 어쩔 수 없다며 쓴웃음을 짓는 표정이었다.

안제도 이 건에 관해서는 체념하고 있었다.

두 사람이 리온을 노려도 어쩔 수 없다고.

"평소에는 시원찮은 태도로 있는 주제에, 결정적으로 중요한 상황에서 활약하는 리온이 나쁜 거다. 그 갭은 반칙이지. 그렇다고 해도 이 이상은 허용할 수 없지만 말이다."

리온이 한 행동의 결과이며, 그건 어쩔 수 없다고 받아들였다.

타박하면서도 아주 약간 연인 자랑도 섞여 있지만, 리비아도 노엘도 몸소 겪어 알고 있기에 딱히 신경 쓰지는 않았다.

하지만 안제는 이 이상 여성이 늘어나는 것을 허용할 생각이 없다.

리비아가 난감한 표정을 지었다.

"안제는 엄하니까요. 요전에도 1학년이 리온 씨한테 호의를 품고 있다는 걸 알고 못을 박고 있었고요."

못을 박는다는 말에 무서운 이미지를 품은 노엘이 놀랐다.

"어?! 뒤에서 그런 걸 하고 있었어?!"

안제는 노엘의 반응에 조금 곤혹스러워했다.

"어째서 내가 타박받는 거지? 말해 두겠다만, 이래 보여도 제법 온화하게 처리한 거다."

리온이 횡포를 부리는 남학생으로부터 구해 준 1학년 여자가 있다.

그녀는 리온에게 아련한 연심을 품은 듯하다.

그런 여자에게 안제는 넌지시 못을 박은 것이다.

다만, 리비아한테 오해받고 있다고 느꼈기에 안제는 제대로 설명했다.

"진심이 되기 전에 주의를 줘서 쌍방이 상처받지 않도록 하는 것이 중요하다. 실제로 그 여자애도 이해하고 물러났다. 착각해서 리온한테 가까이 다가간들 좋은 꼴은 못 봤겠지. 나는 그전에 막은 것뿐이다. 말해 두겠다만, 더 거칠게도 할 수 있었는데 그러지 않았다."

리비아는 설명을 듣고 납득했는지 조금 미안한 듯이 말했다.

"그랬군요. 저는 학원의 상식이라고 할지, 암묵적인 양해에는 여전히 밝지 않아서—— 안제, 오해해서 죄송해요."

사과하는 리비아한테 안제는 어깨를 으쓱했다.

"뭐, 네 사정을 생각하면 어쩔 수 없지."

두 사람이 납득한 듯하기에 노엘은 사이드 포니테일로 묶은 머리카락 끝을 손가락으로 잡고 만지작거렸다.

"귀족만의 학원도 여러 사정이 있구나."

안제는 설명이 끝나 한숨 돌리고는 리온 쪽을 봤다.

평소대로 리온의 옆에 루크시온이 있었다.

'루크시온이 있으면 성가신 일이 일어나도 어떻게든 되려나? 아무 일도 없다면 좋겠다만.'

◇

송별회가 끝나자 핀을 따라 인기척이 없는 장소로 오고 말았다.

학원 부지 안이기는 하지만 밤의 학원 분위기는 좋아할 수가 없다.

이전 생과 마찬가지로 이 세계에도 학원 괴담 이야기가 존재하기 때문이다.

──무서운 이야기를 좋아하는 건 이세계도 마찬가지인 듯하다.

손질이 잘 된 안뜰로 오자 나무들이 주위에서의 시선을 가로막고 있었다.

"일부러 여기서 무슨 이야기를 하는 건데? 남자 기숙사에서 해도 괜찮을 텐데."

어깨를 으쓱이며 핀을 보니, 핀은 내게 등을 향하고 있었다.

하지만 브레이브는 나를 경계하여 외눈으로 응시하고 있었다.

──루크시온이 내 오른쪽 어깨 언저리에 떠 있는 채로 경계를

강화했다.

브레이브의 움직임에 집중하고 있는 것인지 말수가 적다.

나는 핀의 등에 대고 말을 걸었다.

"슬슬 나를 불러낸 이유를 말해 주지 않겠어?"

가능한 한 긴장하지 않은 목소리를 내도록 주의하고 있었지만, 어떻게 해도 긴장감이 배이고 만다.

평소와는 다른 핀의 분위기가 나의 좋지 않은 예감을 자극했다.

핀은 바지 주머니에 양손을 넣고 하늘을 올려다봤다.

나도 시선을 하늘로 향해 보니, 오늘은 별이 몹시도 아름다웠다.

그제야 겨우 핀이 입을 열었다.

"──본국으로부터 너를 암살하라는 지시를 받았다."

그 입에서 말해진 내용을 이해하는 데 몇 초가 필요했을까? 말의 의미를 이해한 나는 커다랗게 활짝 뜬 눈을 평소대로 되돌렸다.

"나의 무엇이 제국을 자극했지? 애초에 그 칼 씨가 나를 암살하는 걸 허락했다고?"

그 사람이 암살을 지시할 거라고는 생각하기 어렵고, 누군가의 사주라고 할지라도 묵살해 줄 거라고 생각했다.

하지만 핀에게 명령이 전해졌다는 게 마음에 걸렸다.

칼 씨는 내 암살을 허가한 것이 아닐까? 그리고 그렇게 시킨 원인은 뭐지?

평소에는 쓰지 않는 머리가 돌아가기 시작하자, 상반신만을 돌려 나를 뒤돌아본 핀이 터무니없는 사실을 말해 주었다.

"……아들인 모리츠 전하한테 암살당했다. 지금은 모리츠 님이 즉위한 상태다."

"처음 듣는 이야기인데."

살짝 떨리는 자신의 목소리를 들으며, 나는 생각했다.

암살? 그 사람이? 어째서 살해당했지? 무슨 일이 일어난 거지? 애초에 제국에서 황위 승계가 일어났다는 이야기는 전혀 듣지 못했다.

루크시온한테 시선을 향하자 내 의문을 알아차리고 대답해 주었다.

『왕국 내에 그 정보는 전해지지 않았습니다.』

볼데노와 신성 마법 제국과의 사이에서 국교가 활발히 이루어지고 있지는 않지만, 그래도 황위 승계를 은닉한다는 것이 가능한가?

잇따라 떠오르는 의문에 대답이 나오기 전에 핀이 몸을 내게 향하고 상세한 내용을 이야기해 주었다.

"황위 승계 자체가 비밀리에 부쳐지고 있기 때문이다. 미아가 제국에 돌아가면 정식으로 즉위가 공표된다. 그리고 그대로——제국은 호르파트 왕국에 선전포고할 거다."

고뇌하는 표정에서 쥐어짜여 나온 핀의 대사에 나는 미간을 찡그렸다.

"그 모리츠라는 녀석은 그렇게나 이 나라가 싫은 거냐? 그렇다면 내가 전쟁을 멈춰 주겠어. 핀, 너도 힘을 빌려주겠지?"

이 녀석이고 저 녀석이고, 어째서 금방 전쟁하고 싶어 하는 것인가?

이렇게 되면 억지로라도 멈추고자 핀에게 제안했지만, 내 제안은 거부당했다.

"나는 너를 도와줄 수 없다."

"핀? 어째서?"

"나는 미아를 위해서── 너와 싸울 수밖에 없다."

고뇌하면서도 미소를 짓는 핀의 표정은 웃고 있는데도 슬퍼 보였다.

브레이브가 핀 앞으로 뛰쳐나가 그 작은 양팔을 펼쳤다.

『파트너, 고민하지 마! 여기서 리온을 쓰러뜨리지 않으면 큰일이 될 거라고! 당장 나를 두르고 싸워!』

브레이브의 말을 듣고 루크시온이 구체에서 파직파직, 하고 방전을 일으켰다.

나와 핀 사이에 방어 필드를 전개하여 시간 벌이를 개시했다.

『신인류가 만들어 낸 오염물질인 쓰레기가 정체를 드러냈군. ──마스터, 이미 본체를 상공에 대기시키고 있습니다. 공격 허가를!』

루크시온과 브레이브가 교전을 시작하려는 와중에, 나는 핀을 보고 있었다.

──핀은 브레이브의 제안을 받아들이지 않고, 마장을 두르려고 하지 않았다.

그 모습을 보고 핀에게 망설임이 있음을 알아차리고 목소리를 높였다.

"핀, 대답해! 어째서 미아의 이름이 나오는 거냐?"

『마스터? 어째서 공격 허가를 내리지 않는 겁니까? 이 녀석들은 적이라고요?』

루크시온이 공격하지 못하고 있는 걸 보고 브레이브가 핀을 재촉했다.

『파트너, 여기서 하지 않으면 반드시 후회할 거야! 미아를 위해서도 파트너는 싸우겠다고 정했잖아. 그렇다면 여기서 할 수밖에 없잖아? 지금이라면 아직 가능성은 있어. 이 거리라면 리온이 말려드니까 루크시온은 주포를 쏠 수 없어. 우리한테는 마지막 기회야!』

루크시온의 주포를 경계하는 브레이브의 발언에 핀은 답을 내지 않고 고민하고 있었다.

나는 포기하지 않고 핀에게 계속 말을 걸었다.

"뭔가 말하라고. 너도 사실은 싸우고 싶지 않은 거잖아? 나도 그래. 너와 싸우다니 그런 건 사절이다. 그렇다면 회피할 방법을 찾으면 되는 것뿐이잖냐."

내 목소리에 반응하여, 고개를 숙이고 있던 핀이 얼굴을 들었다.

다만, 분한 듯한 표정을 지으며 눈물을 흘리고 있다.

"어쩔 도리도 없다. 사정을 안다면 너 역시── 그걸 아니까, 나는──."

『파트너!』

브레이브가 핀에게 바싹 다가가 마장 전개를 바랐다.

하지만 핀이 브레이브를 오른손으로 붙잡고── 그대로 명령했다.

"쿠로스케── 이제 끝이다. 나는 이런 방식으로 리온을 죽이고 싶지 않아."

『파, 파트너?』

양팔을 축 늘어뜨리는 브레이브를 보고 루크시온의 전자 음성이 거칠어졌다.

『조금 전부터 이길 수 있다는 전제로 이야기를 진행하고 있습니다만, 저와 마스터를 너무 얕보는군요.』

직후, 우리 뒤에 아로간츠가 내려섰다.

우리한테 피해를 내지 않도록 착지하는 순간에 속도를 떨어뜨렸다.

아로간츠의 양손에는 개틀링 건이 쥐어져 있었고 총구는 핀과 브레이브한테 겨누어져 있다.

『대(對) 마장을 상정하여 개량을 거듭한 병기의 위력을 뼈저리게──.』

"루크시온, 그만둬."

『마스터, 허가해주십시오. 당장이라도 이 녀석들을 배제할 수 있습니다.』

"그만두라고 말하잖아!"

억지로 루크시온을 제지한 나는 방어 필드를 무시하고 핀에게 가까이 다가갔다.

루크시온이 방어 필드를 해제했고, 나는 핀에게 다가가 팔을 붙잡았다.

"말해. 무슨 일이 있었어?"

핀은 힘없이 고개를 떨구며 말했다.

"코어들의 우두머리가 부활했다."

핀의 말에, 내 뒤에서 루크시온이 『──아르카디아』라고 중얼거렸다.

그 전자 음성에서는 동요한 것만 같은 떨림이 느껴졌지만, 나는 핀의 이야기에 집중했다.

"우두머리── 아르카디아는 왕국을 원망하고 있는 모양이다. 특히 리온── 너야. 루크시온을 가진 너는 최우선으로 배제하고 싶다는군."

신인류 측의 우두머리쯤 되면 구인류 측의 병기인 루크시온은 방치할 수 없는 존재일 것이다.

루크시온이 마장을 혐오하는 것처럼 마장도 루크시온을 비롯한 인공지능을 증오한다.

"그렇다면 나랑 네가──!"

마장의 수장을 쓰러뜨리면 끝난다. 그런 제안을 거부한 건 브레이브였다.

『무리야.』

"해보지 않고서는 모르는 거잖아!"

『그 녀석의 부활과 동시에 위험을 느꼈는지 인공지능들이 눈을 떠버렸어. 그리고 아르카디아를 파괴하기 위해 출격했다가, 모조리 격추됐지. ——그런데도 아르카디아 녀석은 막 부활한 참이라 완전하지 않아. 성능은 잘해봐야 70%. 나빠도 50% 정도겠지. 거기까지 말하면 루크시온도 이해할 수 있겠지?』

내가 루크시온을 보자 평소의 태도와 달랐다.

대담할 터인 루크시온이 의외의 제안을 했다.

『——마스터, 제 본체는 이민선입니다.』

"알고 있어. 그래서 뭐?"

『저는 다른 인공지능과 달리 주된 목적은 인류의 생존—— 이주입니다. 그걸 위해 저는 존재합니다. 따라서 저는—— 우주로의 탈출을 권유합니다.』

"뭐? 제정신이냐? 네가 해보기 전부터 진다니——. 어이, 설마…….″

『현시점에서 제가 이길 확률은 높게 잡아도 한 자릿수입니다. 그런 싸움에 마스터를 말려들게 할 수 없습니다.』

그 루크시온이, 이길 수 없다고 단언했다.

지금까지 그 스펙으로 적을 압도해 왔던 루크시온이, 이길 수 없으니까 도망치자고 말하고 있다.

핀은 나를 암살하는 것의 의미에 관해 이야기했다.

"네가 있는 왕국은 우리 제국한테는 위협이라는군."

"내가 위협? 나는 딱히 싸울 생각 같은 건 없어."

"그래, 알고 있다. 나도 네가 무턱대고 싸우는 녀석이 아니라는 건 알아! 하지만 이미 정해진 일이라고!"

나는 목소리도 나오지 않았다.

핀이 무슨 말을 하는 건지 이해하고 싶지 않았다.

내가 위협이니까 암살한다? 그걸 핀한테 명령해서 실행시킨다고?

말도 나오지 않고 있자, 핀이 계속해서 이야기했다.

"나는 미아를 지키기 위해서라도 아직 죽을 수 없다."

고뇌한 결과 핀은 미아를 지키기 위해 제국으로 돌아가겠다고 정한 모양이다.

저항한다면 왕국째로 없애 버리겠다는 듯하다.

이젠 말도 나오지 않는다.

핀은 내게 말했다.

"아르카디아는 너희를 증오하고 있다. 너희를 없애기 위해서라면 뭐든 할 생각이야."

『파트너의 말대로라고. 지금 이 시대에 그 녀석을 막을 수 있는 녀석은 없어. 우리도 어쩔 도리가 없어! 그래서 파트너는―― 너를――.』

맞서 싸워 봤자 이길 수 없다.

그런 싸움에 핀은 미아를 말려들게 하고 싶지 않은 것이리라.

말없이 있는 내게 핀이 눈물을 보였다.

"──나는 너를 암살하라는 의뢰를 받았지만 실패했다고 보고하겠다. 그러니 리온, 너는 이 틈에 도망쳐라. 우주든 어디든 좋아. 놈에게서 도망쳐 줘."

그 말만 하고는, 핀은 브레이브를 데리고 떠나갔다.

나는 양손으로 얼굴을 가리고 고개를 숙였다.

"뭐냐 말이다, 진짜로! 어째서 일이 이렇게 되는 거냐고!"

제2의 고향을 버리고 우주로 도망치라고? 뭐야, 그게!

친구와 죽고 죽이는 싸움을 벌이는 사태는 회피할 수 있었지만, 나는 충격으로 움직이지 못하고 있었다.

그런 내게 루크시온이 가까이 다가왔다.

『마스터, 결단해 주십시오.』

"루크시온……?"

『제 본체에 피난해야 할 사람들을 태우고 한시라도 빨리 우주로 탈출해야 합니다. 인선에 시간이 걸릴 테니 곧바로 행동해야합니다.』

──이번만큼은 루크시온이라도 어쩔 도리가 없는 모양이다.

★ 제05화 「에리카와 미아」

어째서 아르카디아는 호르파트 왕국에 선전포고하는 것인가?

내가 구인류의 병기인 루크시온을 거느리고 있기 때문인가?

하지만 그렇다면 왕국 백성까지 끌어들일 필요가 없다.

핀에게 명령한 것처럼 나만 쓰러뜨리면 된다.

애초에 왕국이 하나로 뭉쳐 나를 지킬 리는 없다. 그건 잘못된 생각이다.

그런데도 선전포고까지 할 이유는 뭐지?

"'아르카디아'가 그렇게나 굉장한 병기야?"

어젯밤에는 한숨도 자지 못했다.

내 머리는 핀의 입에서 나온 충격적인 내용을 이해하지 못하고 있는 상태다.

내 방으로 돌아오고 나서도 루크시온과 여러 가지로 이야기를 나눴지만, 이렇다 할 해결책은 나오지 않는다.

『고기동 전함── 전투에 특화된 구인류의 비장의 수입니다. 저를 뛰어넘는 전투 능력을 보유하고 있었습니다. 그런 고기동 전함이 세 척이나 투입되었는데도 아르카디아와 공멸하는 게 고작이었습니다. 다만 현 상황으로 보건대, 침몰시켰을 뿐 기능 정지까지 몰아넣지 못했던 모양입니다만.』

성능 면에서 생각하면 루크시온으로는 승산이 없다.

"그것도 아르카디아의 상태 나름 아니야? 지금이라면 너라도 쓰러뜨릴 수 있을지 모르잖아?"

『가능성을 부정하지는 않겠습니다. 하지만 그 브레이브가 저는 이길 수 없다고 판단했습니다. 녀석을 신용하는 건 아닙니다만, 저희의 승률이 높다면 핀은 이쪽에 붙었을 터입니다.』

칼 씨의 원수를 따르면서까지 나와 적대하기를 선택했다── 그에는 그만한 이유가 있다고 루크시온은 생각하고 있었다.

핀이 나를 적으로 돌리더라도 제국으로 돌아간 이유는── 현재의 아르카디아라도 루크시온으로는 이길 수 없다고 판단했기 때문이리라.

내가 고개를 푹 숙이자 루크시온이 가까이 다가와 평소보다 약간 다정한 음색으로 말을 걸었다.

『핀은 황제의 의뢰보다도 마스터를 선택했습니다. 그렇게 만든 건──.』

"알아. 그 녀석한테는 감사하고 있어."

몹시 고민하고 있었던 핀의 얼굴을 떠올렸다.

내 암살에 실패한 핀은 제국에서의 평가가 떨어질 것이다.

무언가 벌을 받을 가능성도 있고, 자칫 잘못하면 미아 곁을 떠나게 된다.

미아를 가장 우선하는 핀이 그만한 리스크를 짊어지고 나를 그냥 보내 주었다.

우정이라는 한 마디로 간단히 정리하고 싶지는 않지만, 이번에는 핀 덕분에 살았군.

나는 루크시온한테 재차 확인했다.

"——너와 나라도 이길 수 없는 거지?"

『예. 우주로 탈출하는 것을 강하게 제안합니다.』

비아냥도 비꼬는 말도 섞이지 않은 루크시온의 언동은 진심을 느끼게 했다.

"한심한 이야기군. 자기보다 강한 녀석이 등장하면 도망칠 수밖에 없는 신세라니. 지금까지 실컷 제멋대로 날뛰어 왔으면서. 정말로 나는 우스꽝스러워."

루크시온이 있으면 아무런 문제도 없다고 믿고 있었던 자신이 지독히도 한심하다.

『아르카디아한테서 도망친다고 해도 우스꽝스럽다고는 할 수 없겠군요. 애초에 구인류가 전력으로 덤벼도 완전히 쓰러뜨리지 못했습니다. 마스터가 부끄러워할 필요는 없습니다.』

"오늘은 이상하게 솔직한데. 좀 더 비꼬거나 비아냥거려도 괜찮다고."

『마스터, 저는 농담하는 게 아닙니다. ——결단해 주십시오.』

결단을 촉구하며 바싹 다가오는 루크시온에게 나는 억지 미소를 지었다.

"나는 이길 수 없는 싸움은 하지 않는 주의야."

『예.』

"도망치는 것도 창피한 일이라고는 생각하지 않아."

『예.』

"──목숨을 걸고 싸우는 건 바보나 하는 짓이라고 생각해."

『그게 올바른 판단입니다, 마스터.』

애초에 내가 있어서 왕국이 공격받는 거라면 도망쳐도 괜찮다.

아르카디아 같은 괴물과 싸울 바에야 나는 우주로 도망칠 뿐이다.

그렇게 되면 제국도 왕국을 공격하는 일은 없을 것이다.

"⋯⋯탈출할 준비를 해."

『예, 마스터.』

──나만 없어지면, 제국도 창을 거두겠지.

아무것도 고민할 필요는 없다.

내가 없어지면 문제는 해결되니까.

"자 그럼, 우주로 야반도주하도록 할까."

◇

결정했으면 이후는 준비할 뿐이다.

다행히 루크시온은 고성능 이민선이어서 단독으로 대기권 돌파가 가능하다는 모양이었다.

필요한 물건은 루크시온 본체가 갖춰 준다기에 내가 가지고 갈 짐은 추억이 깃든 물건 정도가 될 것이다.

문제는── 누구를 데리고 갈 것인가, 인데.

꽃다발을 들고 복도를 걷는 나는 눈 밑에 다크서클이 생긴 채 조금 위를 올려다보며 생각했다.

"세 사람은 따라와 주려나?"

불안을 입에 담자 루크시온이 긍정했다.

『가능성은 높군요. 그렇게 되면 데리고 가는 건 마스터와 에리카를 포함해서 다섯 명입니까?』

"다섯 명만으로 우주에서 사는 것도 쓸쓸하지. 애초에 에리카는 콜드 슬립이잖아?"

이민선 선내에서 다섯 명이 사는 걸 상상하니 조금 쓸쓸하게 느껴지는군.

『마소가 있는 환경에서 탈출하면 증상은 개선되니까 굳이 냉동 동면을 할 필요가 없습니다. 에리카도 선내에서 평범하게 살 수 있습니다. 아예 차라리 마스터가 에리카와의 사이에서 아이를 만들면 구인류의 특징을 더욱 지닌 인간이 태어날 가능성이 높습니다. 저희가 전면적으로 서포트하겠습니다.』

때는 이때라는 듯이 에리카와의 사이에서 아이를 만들라고 말한다.

이 녀석들 정말로 포기를 모르는구만.

"그건 싫다고 했잖냐. 아니 그보다 에리카가 우주에 간다면 자기도 가겠다고 말할 것 같은 게 있었지."

──마리에다.

그리고 마리에가 가겠다고 하면 당연히 그 다섯 바보도 따라오 겠지.

카일과 카라는 어떻게 될까?

손을 꼽으며 세고 있자 루크시온이 어처구니없어했다.

『마리에 일행도 데리고 갈 생각입니까?』

"따라가겠다고 말할 것 같지 않아? 하지만 그 녀석들이 있으면 지루하지는 않을 것 같긴 해도, 실제로 어떻게 되려나?"

우선은 안제와 리비아, 노엘한테 상담하자.

나는 그전에 에리카의 병실에 문병하러 왔다.

아인호른급 2번함—— 리코른 함내.

꽃다발을 들고 찾아온 건 의무실에서 쉬고 있는 에리카를 문병 하기 위해서였다.

그러는 김에 에리카한테 나도 우주로 따라가겠다고 알려줄 생 각이었다.

이제 곧 에리카의 방에 도착하는데, 복도에서 우리를 기다리는 녀석이 있었다.

——평소와 낌새가 다른 크레아레였다.

『마스터, 중요한 이야기가 있어.』

"크레아레? 뭐야? 에리카의 상태가 악화된 거냐?!"

에리카의 용태를 걱정하는 내게 크레아레는 고개를 가로젓는 듯한 몸짓으로 외눈을 좌우로 저었다.

『에리카는 잠든 상태야. 상태가 개선된 건 아니지만 악화된 것도 아니야.』

"그러냐. 그 말을 듣고 안심했다. 그래서, 중요한 이야기라니 뭔데?"

안도의 한숨을 내쉬는 내게 크레아레는 평소의 쾌활한 태도가 거짓말처럼 냉정하게 말했다.

『——마스터와 에리카, 마리에는 구인류의 후예일 가능성이 높아.』

"어?"

나는 의아하게 여기는 표정을 크레아레한테 향했다.

이 녀석은 무슨 말을 하는 걸까?

구인류와 신인류—— 그 커다란 차이는 '마소를 이용하여 마법을 쓸 수 있는지 어떤지'다.

마법을 쓸 수 있으면 신인류라는 명료한 판별 방법이 있다.

그런데도 크레아레는 우리를 구인류의 후예라고 했다.

"그 말은 그거냐? 전생자라서 구인류의 특징이 나온다는 이야기냐?"

『그런 이야기가 아니야. 자리를 옮기자. 제대로 설명해 줄게.』

우리는 크레아레를 따라 별실로 이동했다.

이동한 곳은 리코른 함내에 준비된 크레아레의 방이었다.

원래는 연구소를 관리하는 인공지능이었던 크레아레의 방에는 여러 설비가 놓여 있다.

연구실이라고 하는 편이 좋을까?

물건이 많고 좁은 방에서 나는 공중에 투영된 스크린을 앞에 두고 가만히 서 있었다.

어두컴컴한 방 안── 내가 보게 된 데이터는 믿기지 않는 사실을 내게 들이밀었다.

반응하지 않는 나를 대신하여 루크시온이 크레아레한테 물었다.

『에리카와 미아의 마소에 대한 반응이 정반대라고는 인식하고 있었습니다. 하지만 아무리 그래도 이건 믿을 수 없습니다.』

치료 목적으로 에리카와 미아 두 사람을 해석한 크레아레는 그 데이터를 조사하는 가운데 터무니없는 결론에 도달했다.

『그러니까 가능성의 이야기라고 미리 말했잖아? 하지만 내 예측인데, 높은 확률로 있을 법하다고 판단했어.』

루크시온이 스크린에 빨간 렌즈를 향하고, 렌즈 내부의 링을 열심히 움직이고 있었다.

『에리카가 구인류의 후예고── 미아가 신인류의 후예, 입니까.』

납득하지 못한 루크시온에게 크레아레가 다양한 데이터를 넘기면서 설명했다.

『우리는 당초에 이 세계의 인류는 전부 마법을 쓸 수 있으니까 신인류라고 판단했었어.』

『마법을 쓸 수 있는 건 신인류의 큰 특징입니다. ──애초에 구인류한테 마소는 독이었습니다.』

『그래, 그거야! 에리카한테 고농도의 마소는 독이었던 거야.』

『그건 전생자로서 구인류의 특징이 나타난 결과라고 예상했었습니다만?』

『나도 그렇게 판단했어. 전생자── 이전 생을 가진 마스터와 마리에, 에리카가 특별한 거고 다른 사람은 전부 신인류의 후예라고 결론짓고 있었어.』

우리가 믿고 있었던 것이 소리를 내며 무너져 가는 듯한 감각이 있었다.

당초에 나는 구인류나 신인류 같은 이야기는 그 여성향 게임의 두루뭉술한 설정이라며 방치해 왔다. 제대로 알아보지도 않고 받아들이고 있었다.

중요시하지 않았던 결과가 이 꼴이다.

크레아레가 호르파트 왕국에서 손에 넣은 정보를 표시했다.

분명 어디선가 훔쳐 온 정보이리라.

다만, 지금은 캐묻고 있을 시간도 정신적인 여유도 없었다.

『에리카의 병 증세 말인데, 수는 적지만 몇 개인가 보고가 올라와 있었어.』

에리카와 마찬가지로 마소에 시달리고 있는 어린아이들이 있다는 듯하다.

상세한 보고가 적힌 자료로 눈길을 향하니, 에리카와 마찬가지로 한때는 회복되었었다고 적혀 있다.

하지만 그 후에 곧바로 이전보다도 악화되었다.

크레아레가 단적으로 결과를 말했다.

『내 예상으로는 왕국 인간은 구인류의 후예야.』

나는 크레아레한테 의문을 던졌다.

"구인류는 마법을 쓸 수 없다고 말했던 건 너희라고. 나도 마법은 쓰려고 생각하면 쓸 수 있어. 그럼 이야기가 안 맞잖아."

나는 이 이야기를 부정하고 싶었다.

잘못된 이야기였으면 했다.

하지만── 크레아레는 알고 싶지 않은 사실을 내게 말했다.

『우리가 잠들어 있는 동안에 구인류도 마법을 연구한 거겠지. 직접 쓸 수 없더라도 마소를 이용해서 응용할 방법을 개발했을 거야. 구인류는 마소가 충만한 이 별에 적응하는 길을 선택한 거지.』

"구인류는 우주로 도망쳤던 거 아니었냐?"

루크시온한테 시선을 향하자 당시 사정을 듣게 되었다.

『──모든 인류를 우주로 보낼 여유는 당시에는 없었습니다. 저는 선택된 인류를 태우고 우주로 탈출하기 위해 건조되었던 겁니다.』

"남겨진 구인류가 있었던 건가."

남겨진 사람들은 어떻게든 살아남을 길을 모색한 것이리라.

그 결과 다다르게 된 기술이── 마법이라는 것이다.

크레아레는 남겨진 사람들이 당시에 무엇을 했는지 예상했다.

『구인류는 마소를 쓸 수 없으니까 기계를 매개로 해서 이용하지 않았을까? 그리고 다음 세대에 마법을 쓸 방법을 줬다고 생각해.』

여기서 나한테는 의문이 생겨났다.

"그건 이미 신인류랑 같잖아?"

『중요한 건 여기서부터야. 구인류는 유전자에 마법으로 장치를 해뒀어.』

유전자에 장치? 마법으로 그런 게 가능한 것일까?

끼어드는 건 다음 내용을 듣고 나서도 괜찮다고 생각하여 나는 입을 다물기로 했다.

크레아레는 담담하게 예상을 말했다.

『그들은 장래에 마소가 희박해지리라 예상했다고 봐. 그렇게 되면 마소가 없으면 살아갈 수 없는 신인류는 멸망할 거라고 생각한 거지. 그러니까―― 장래에 마소가 옅어지면 구인류로 돌아갈 수 있는 장치가 심겨 있었던 거야.』

"그런 게 가능해? 아무리 그래도――."

『마법은 우리한테는 미지의 분야야. 가능성은 완전히 배제할 수 없고 실제로 장치가 이루어진 부분을 발견했어. 그들은 신인류가 언젠가 멸망하리라고 예상해서 공들인 장치를 해두고 있었던 거지. 뭐, 이 시대에 급격하게 변화할 거라고는 예상하지 않았던 모양이지만.』

신인류는 마소가 없으면 살아갈 수 없는 건가? 그것보다도, 마소가 희박해진 단계에서 격세 유전이 이루어지는 장치라는 게 놀랍다.

크레아레는 이후의 문제를 이야기했다.

『그 격세 유전이 발현되는 트리거도 성가셔. 미세한 조정은 불가능한 모양이라 한 번이라도 발동하면 되돌아갈 수 없어. 일시적으로 마소 농도가 급격히 내려갔으니까 앞으로는 에리카랑 같은 증상을 지닌 아이들이 늘어날 거야.』

"마소 농도가 내려갔다고?"

『마스터, 기억나지 않으십니까? 이데알이 지키고 있었던 성수는 마소를 흡수하고 있었습니다.』

루크시온의 말을 듣고 기억해 냈다.

알제르 공화국에서 있었던 일을.

성수라 부르기에는 꺼림칙한 그 식물은 주위 마소를 빨아들이고 있었지, 하고.

그 무렵부터 한동안 세계적으로 마소 농도가 내려가 버렸다는 듯하다.

크레아레가 고개를 끄덕였다.

『이데알이 희망이라고 부를 만하네. 확실히 구인류한테는 마소를 빨아들여 농도를 낮추는 희망이었던 거야. 물론 그것만으로 완전히 제거하는 건 어려웠겠지만.』

수송함 이데알—— 루크시온과 크레아레와 같은 인공지능이지만 성수와 관련된 사건으로 적대했던 녀석이다.

폭주한 성수를 루크시온과 함께 토벌했는데, 그때 문제가 일어난 모양이다.

루크시온이 당시 상황을 설명해 주었다.

『그때의 전투로 성수가 일시적으로 주변의 마소를 빨아들여 농도에 변화가 일어난 것으로 예측됩니다. 그 결과 에리카의 몸 상태는 개선되고——.』

"반대로 미아는 악화되었다는 건가."

내가 고개를 숙이고 있자 크레아레가 에리카를 해석한 결과를 말해 주었다.

『에리카의 경우, 다른 애들보다도 빠르게 다음 단계로 진행된 특수한 예라고 볼 수 있지.』

전생자가 구인류의 특징을 지닌다는 가설은 잘못되었던 모양이다.

에리카의 경우 빠르게 다음 단계로 진행되었기 때문에 구인류의 특징이 다른 사람보다도 많이 발현되었다.

그 결과 환경에 적응하지 못하고 병약해졌던 것이다.

크레아레는 구인류의 후예일 가능성이 있는 나라를 말했다.

『호르파트, 판오스, 라셀, 레파르트—— 주변국은 전부 구인류의 후손일 가능성이 높아. 반대로 제국은 신인류 측일 가능성이 높고.』

거기서부터 다음은 루크시온이 추측했다.

『아르카디아가 제국을 지원하고 있다면 그럴 가능성이 높겠지요. 아르카디아가 그 점을 알아차리지 못하고 있다고 하더라도,

결국은 신인류 측에 유리한 환경이 갖춰집니다. 아르카디아는 마소를 생성하고 산포(散布)하는 능력을 보유하고 있습니다.』

그렇게 되면 마소 농도는 또 진해져 갈 것이다.

에리카한테는── 에리카와 같은 체질인 인간은 적응할 수 없는 세계가 되리라.

『트리거 말인데, 한번 바뀌면 되돌아갈 수 없는 구조야. 이대로 방치하면 머잖아 구인류는 가만히 있어도 멸망해. ──아르카디아가 눈치챈 걸지도 모르겠네. 그래서 왕국에 선전포고하려는 게 아닐까?』

나만을 노리는 거라면 일부러 전쟁할 필요가 없다.

그래도 선전포고하겠다고 정한 것이라면 뭔가 다른── 구인류를 멸망시키고 싶다는 아르카디아의 목적이 있기 때문이 아닐까? 크레아레의 예상에 나는 식은땀이 솟구쳐 나왔다.

"어째서 인제 와서 그런 쓸데없는 짓을 하지?"

먼 옛날의 전쟁은 우리와는 상관없을 터다.

그런데도 아르카디아가 왕국 백성을 근절하려고 한다고?

내 의문을 알아차린 루크시온이 그에 대한 답을 알려주었다.

『마스터, 저희의 전쟁은 끝나지 않았습니다.』

"먼 옛날에 끝난 이야기잖아?"

『종전을 맞이했다는 명령이나 연락을 받지 못했습니다. 저희에게는 아직 전쟁은 계속되는 중인 겁니다. 그건 아르카디아도 마찬가지겠지요.』

먼 옛날의 전쟁이 아직 끝나지 않았다니, 웃을 수 없는 것에도 정도가 있다.

만약 이 이야기가 정말이라면 내가 우주로 도망치는 것만으로 이야기가 끝날 것 같지도 않다.

아르카디아가 있는 한, 구인류에게는 이 앞에 멸망의 길이 기다리고 있는 것이니까.

★ 제16화 「새로운 가족」

내가 우주로 도망치면 끝나는 이야기라고 생각하고 있었다.

호르파트 왕국에서 이 내가 사라지면 목표를 잃은 제국이 창끝을 거두겠지, 하고.

하지만 이건 그런 단순한 이야기가 아니었다.

그 여성향 게임에 이렇게나 뿌리 깊고 성가신 문제가 있으리라고는 예상조차 하지 않았다.

——뭐가 구인류와 신인류야.

좀 더 상냥한 세계를 무대로 삼아 줬으면 했다.

"삼촌, 안색이 좋지 않은데 괜찮아?"

에리카가 치료를 받는 방은 리코른에 준비된 병실이다.

루크시온과 크레아레가 신경 써서 만든 모양이라, 다양한 설비가 마련되어 있다.

무슨 일이 있어도 에리카가 죽게 두지 않겠다는 둘의 강한 의지가 느껴지는 방이다.

나는 에리카가 누워 있는 침대 옆에서 의자에 앉아 있었다.

미소를 짓고 있지만, 제대로 웃고 있을지 자신이 없다.

"조금 잠이 부족한 것뿐이야. 돌아가면 낮잠이라도 잘 테니까 걱정하지 마. 그것보다도 에리카한테 하나 확인하고 싶은 게 있어."

"나한테?"

상반신을 일으킨 에리카는 고개를 갸웃했다.

"우리한테 숨기고 있는 게 있었지?"

병 증상의 개선과 악화── 단기간에 자기 몸에 큰 변화가 일어난 것치고는 에리카는 침착한 모습이었다.

이전 생을 겪은 것이라고 쳐도 지나치게 부자연스러울 정도로.

크레아레의 이야기를 듣고 나서 내 머릿속에는 하나의 가능성이 떠올라 있었다.

에리카의 모습을 보니 그 가능성은 적중한 모양이다.

에리카는 고개를 숙이고 미안한 듯이 말했다.

"──죄송해요."

"자세히 이야기해 주겠어? 이후와 관련될 중요한 이야기야."

그 여성향 게임 3탄을 철저히 플레이한 건 내가 아는 한 에리카뿐이다.

마리에는 어중간하게 손을 댔다가 방치했고, 핀에 이르러서는 여동생이 플레이했던 건 옆에서 보고 있었을 뿐.

나는 1탄만 클리어하였기에 3탄에 관해서는 아무런 지식도 없다.

사전에 에리카한테서 여러 이야기를 들었지만, 애초에 전제 조건부터 달랐다.

이미 그 여성향 게임 3탄의 시나리오가 파탄이 난 상황이기에 우리는 그때그때 적절한 행동을 하자는 방침을 선택했다.

그래서 놓치고 있었다.

——에리카가 우리한테 정보를 전부 이야기하지 않았을 가능성을.

에리카는 띄엄띄엄 이야기했다.

"내가 어릴 적에 엄마는 일로 바빴으니까 나랑 거의 놀아주지 못했어. 쓸쓸했지만 딱히 엄마를 타박하려는 생각은 없어. 하지만 엄마랑 놀고 싶었으니까 하다못해 같은 게임을 해보자고 생각한 거야."

집에 있던 게임기를 기동하니 그 여성향 게임 3탄을 플레이할 수 있었다는 듯하다.

한가한 때, 쓸쓸한 때, 에리카는 게임을 하며 놀았던 모양이다.

"몇 번이고 몇 번이고 클리어했어. 좋아한다고 할지, 엄마가 좋아하는 걸로 놀고 있다는 감각이 좋았던 거겠지."

여성향 게임에 흥미를 가지고 있다기보다도, 마리에가 플레이하는 게임에 흥미가 있었던 것이리라.

나는 머리를 긁적이고는 변변찮은 여동생에 대해 사과했다.

"그 바보가. 달리 좀 더 다른 장난감도 마련할 수 있었을 텐데. ——미안했다. 삼촌도 사과할게."

"딱히 신경 쓰지 않아."

다정하게 미소 짓는 에리카는 그대로 다음 내용을 이야기했다.

"엄마 스마트폰으로 공략 기사를 읽은 적이 있어. 그래서 말이야, 악역 왕녀인 에리카한테는 실은 정말로 병약하다는 설정이 있었어. 게임 내에서는 거짓말쟁이 취급이었지만."

쓴웃음을 짓는 에리카가 말하기로는, 악역 왕녀는 지금까지의 거짓말이 원인이 되어 주위의 신용을 잃었다는 듯하다. ──그 결과 병으로 괴로워하는 모습도 거짓말이라고 여겨진 불쌍한 존재라나.

나는 병에 관한 자세한 설명을 요구했다.

"그 악역 왕녀님의 병 원인은 뭐였지?"

"나도 거기까지는 자세히 몰라. 단지── 미아가 각성한 타이밍에 악화되었으니까, 그게 트리거가 되는 거라고는 생각해."

에리카가 나한테서 고개를 돌리며 얼굴을 숙였다.

즉, 에리카는 미아의 병 증세가 개선되었을 경우 자기의 병 증세가 악화될 가능성을 알고 있었다는 말이 된다.

에리카가 건강해지면 미아가 괴로워한다.

미아가 좋아지면 에리카의 증세가 악화된다.

──구인류와 신인류의 후예끼리는 같은 세계에서 살 수 없다는 말을 듣는 듯한 느낌이 들었다.

"너는 미아를 위해 자기가 괴로워도 괜찮다고 생각한 거군."

작게 한숨을 내쉬자, 에리카가 미안한 듯이 나한테 말했다.

"나는 이전 생도 포함해서 충분히 살았으니까 괜찮아. 게다가 엄마나 삼촌과의 추억도 생겼으니까."

난감해하는 듯한, 기쁜 듯한, 그런 미소를 내게 향했다.

이전 생을 겪었으니까 깨끗하게 단념하는 건가? 그게 아니면

이게 에리카의 인간성인가?

삼촌으로서는 자랑스럽게 생각하는 부분도 있지만, 자기 목숨을 희생하는 듯한 짓은 하지 않길 바랐다.

"──너는 못된 아이구나. 부모보다 빨리 죽는 건 불효라고 안 배웠냐? 내가 없었다면 진짜로 죽었을 거라고."

마리에를 남기고 죽어도 괜찮은 거냐? 그런 내 말에 에리카는 난감해했다.

"삼촌이 말할 대사가 아니라고 생각하는데?"

"그건 그렇지!"

오른손을 이마에 대고 웃으면서 납득하자 에리카도 미소를 띠었다.

나는 억지로 지어낸 미소를 띠며 에리카한테 말했다.

"앞으로는 무슨 일이 있으면 사전에 알려줘."

"응. 하지만 꽤 오래된 기억이니까 기억해 내지 못하는 것도 많아. 기억나면 삼촌한테 알려줄게."

에리카는 자기가 한 행동의 결과 무슨 일이 일어날지 모른 채 미소 짓고는 그렇게 말했다.

◇

복도로 나오자 방 바깥에서 대기하던 루크시온이 가까이 다가왔다.

『마스터는 자신을 객관적으로 보고 발언할 필요가 있습니다. 에리카를 향한 발언 대다수가 마스터한테도 들어맞고 있다고요.』

"훔쳐 듣지 말라고."

『정보 공유를 게을리하는 마스터를 서포트하기 위해서입니다.』

"말주변만 늘어서는."

내가 걷기 시작하자 루크시온이 정위치로 이동해 왔다.

내 보행 속도에 맞춰 오른쪽 어깨 부근에 뜬 채 빨간 외눈을 내게 향했다.

『에리카한테 사실을 이야기하지 않았군요.』

"그 애가 알 필요는 없잖아. ──자기 선택으로 수많은 사람이 목숨을 잃으리라는 걸 알게 되면 불쌍하잖아."

불쌍하다고 말했지만, 나는 사정을 모르는 에리카를 책망할 수 없다.

미아가 건강해지기 위해 조력한 건 나다.

죄가 있다고 한다면 그건 나한테 있을 것이다.

내가 심각한 표정을 짓고 있던 탓인지 루크시온이 걱정하여 내게 확인했다.

『탈출하는 게 올바른 판단입니다. 마스터는 아무것도 틀리지 않았습니다.』

"설마 인제 와서 내가 방침을 바꿀 거라고 생각하는 거냐?"

『그러면 탈출 계획을 예정대로 진행합니까?』

"지인도 태워야 하니 인원수가 늘어나겠지만 말이야."

어차피 이길 수 없다면 나는 가족과 관계자—— 지인을 루크시온 본체에 태우고 우주로 도망칠 수밖에 없다.

단지—— 아무것도 몰랐다고는 해도, 어떻게 해도 책임을 느끼고 만다.

내 심정을 헤아리고, 변심을 막기 위해 루크시온이 계속해서 설득했다.

『마스터는 현명한 판단을 했습니다.』

"말려든 녀석들은 용서해 주지 않겠지만."

『——마스터가 탈출을 결정한 덕분에 구인류의 후예는 멸망하지 않고 살아남는 겁니다. 절멸하는 것보다도 현명한 선택입니다.』

"정말 그렇다면 좋겠는데."

현명한 선택을 한 것이라고 거듭 강조하는 루크시온은 나를 의심하는 것처럼 보였다.

——이 내가 정의감을 내세워 아르카디아한테 덤빌 거라고 생각하는 건가?

그게 아니면 죄책감에 짓눌려 책임을 느끼고 덤빈다거나?

나는 어른이라고.

그것도 더러운 어른이다.

자신에게 할 변명이 얼마든지 떠오르는 나는 이 사태에서도 도망칠 수 있다.

애초에 먼 옛날의 전쟁이 끝나지 않았다고 누가 생각할까?

마법을 쓸 수 없고, 마소라는 독에 시달린 구인류가 이 별에서 살아남았다고 누가 예상하겠어?

게다가 구인류가 마법에 손을 대서 유전자에 장치해두었다고?

검과 마법의 판타지 세계의 이야기가 아니다.

내 탓이 아니다. ──그 여성향 게임의 설정이 나쁜 거다.

"어쨌든 가족은 데리고 가고 싶어. 설득할 거니까 일단 한번 본 가로 돌아가자."

『아인호른 출발 준비는 끝마쳐 두었습니다. 언제든지 출발할 수 있습니다.』

"──제국 사절단이 출발하고 나서 할까."

슬슬 핀 일행이 제국을 향해 출발한다.

그걸 지켜보고 나서 움직여도 괜찮겠지.

◇

제국 사절단이 왕국에서 출발하는 당일.

미아를 마중하러 와서 항구에 정박 중인 비행선에서는 사자가 눈살을 찌푸리고 있었다.

"헤링 경쯤이나 되는 분이 암살에 실패할 거라고는 생각지 않았습니다. 유학 중에는 제법 친하게 지내고 있었던 모양입니다만── 설마 제국을 배신한 것은 아니겠지요?"

리온과 친하게 지내고 있었다는 정보는 아무래도 사자도 파악하고 있었던 듯하다.

친구 관계라면 암살도 손쉬우리라고 생각했던 것이리라.

하지만 실패했다는 말을 듣고 이번에는 핀의 배신을 경계했다.

핀 옆에 있던 브레이브가 분개하여 눈에 핏발을 세웠다.

『내 파트너를 의심하는 거냐!』

마장의 코어가 격노하자 사자는 저자세가 되어 태도가 약해졌다.

"아, 아뇨, 그렇지 않습니다. 다, 단지―― 헤링 경이 실패할 거라고는 예상하지 않았습니다. 만에 하나 실패하더라도 상대 또한 무사하지 못할 줄 알았습니다."

핀이 아무런 상처를 입지 않은 것도 있어서 사자는 의심하고 있는 듯하다.

핀은 작은 한숨을 내쉬고 나서 변명했다.

"그 녀석 옆에 있는 인공지능이 경계를 늦추지 않았어. 접근하기도 쉽지 않았다."

"흠, 그렇습니까."

의심하는 시선을 보내는 사자. 전혀 핀의 말을 신용하고 있지 않았다.

그러자 의자에 앉아 있던 리엔하르트가 대화에 끼어들었다.

"딱히 어느 쪽이든 괜찮지 않습니까. 어차피 멸망시킬 거니까 그때 싸우면 되는 거라고요. 단지~ 선배한테는 조금 실망이네요."

핀을 존경했던 리엔하르트였으나, 핀이 암살에 실패한 모습을 보고 환멸했다.

"마음대로 지껄여라."

그렇게 말하고 이야기를 중단한 핀은 방 창문으로 보이는 바깥 경치에 시선을 향했다.

호르파트 왕국 항구에는 배웅하러 온 사람들이 몰려들어 있었다.

리엔하르트도 사자도 "머잖아 우리한테 멸망당할 거라는 사실도 모르고 불쌍하게"라며 비웃고 있었다.

핀이 항구를 보고 있자, 거기에 리온의 모습이 있다고 브레이브가 알려줬다.

『파트너, 리온이 와 있어.』

"정말이냐?"

핀이 브레이브한테 손을 대서 시야를 공유하자 항구에 리온이 와 있었다.

곁에 있는 루크시온이 리온을 위해 핀 일행의 모습을 비춰 보여주고 있다.

리온은 뭐라 말하기 힘든 표정으로 서 있다.

"저 녀석, 어째서 일부러."

'내 배웅 따위 하러 오지 마라. 나는—— 너한테 배웅받을 자격 따위 없다고.'

미아를 선택하고 왕국을 저버린 자신에게 배웅 따위 불필요하다고 생각했다.

브레이브가 말했다.

『정말로 괜찮겠어, 파트너? 저 녀석들을 그냥 보내면 나중에 반드시 후회하게 될 거라고. 여기서 해치우는 편이 좋아.』

"——인제 와서는 무리다. 저쪽도 우리를 경계하고 있어."

'도망쳐라, 리온. 나는 너하고는 싸우고 싶지 않아.'

◇

핀 일행을 배웅하러 온 나는 루크시온이 확대한 영상을 보고 있다.

공중에 투영된 영상에서는 창 너머로 핀이 우리를 보고 있었다.

"시야를 공유하다니, 마장은 편리한 기능이 있구만."

실실 웃으며 말하자 여느 때처럼 루크시온이 마장 상대로 대항 의식을 불태웠다.

『그 정도는 몇 가지 도구를 준비하면 저도 가능합니다. 아예 차라리 마스터의 눈을 기계화해서 시야 정보를 공유하겠습니까?』

"개조 인간도 끌리긴 한다만, 나는 살아 있는 몸이 더 좋아."

농담을 주고받고 있으려니 일상으로 돌아온 느낌이 들었다.

다만 루크시온은 금방 농담을 그만둬 버렸다.

『——지금이라도 본체로 공격 가능합니다.』

"도망칠 우리한테 그게 무슨 의미가 있어? 저 녀석들한테 쳐들어올 이유를 줄 뿐이야."

『이유가 있건 없건 그들은 쳐들어옵니다.』

그대로 제국의 비행선이 항구에서 출항하여 멀어져 가는 것을 지켜봤다.

주위 사람들이 돌아가기 시작하는 가운데, 루크시온이 말했다.

『형님분이 왕도에 와 있습니다.』

"형이?"

『왕도에 있는 로즈블레이드 가문 저택을 방문 중인 것 같습니다. 본가에 돌아가기 전에 만나보고 설득하겠습니까?』

"그렇게 할까."

왕도에 온다는 말은 듣지 못했는데, 뭔가 급한 볼일이라도 생긴 것일까?

◇

왕도에 있는 로즈블레이드 가문 저택.

영주 귀족들은 대귀족쯤 되면 왕도에 저택을 보유한다.

왕도에 저택을 보유하는 이유는 재빠르게 정보를 얻기 위해서다.

그 밖에도 왕도에 체재하고 있으면 형편이 좋은 경우도 많아서, 그 때문에 대귀족들의 저택이 줄지어 늘어서 있다.

점심이 지나 로즈블레이드 가문 저택을 방문하니—— 닉스 외에도 제나와 핀리의 모습이 있었다.

응접실에서 가족끼리 얼굴을 마주할 거라고는 생각지도 않았다.

품질 좋은 정장 차림인 닉스는 나의 갑작스러운 내방을 기분 좋게 맞이해 주었다.

"갑자기 오니까 놀랐다. 그래서, 나한테 무슨 볼일이야?"

"아니, 형이 여기에 있다는 말을 들어서."

"얼굴을 보러 온 것뿐이냐. 마침 잘됐다. 나도 하나 보고하고 싶은 게 있었어. 도로테아, 이제 괜찮아."

형이 문을 향해 말을 걸자 메이드가 문을 열었다.

거기서 방에 들어온 건 배가 커진【도로테아 포우 발트파르트】였다.

양손으로 배를 소중한 듯이 감싸며 나를 보고는 기쁜 듯이 미소 지었다.

"나중에 놀라게 해주려고 생각했는데 아쉽네."

나는 도로테아 형수의 모습을 보고 동요하면서 물었다.

"이, 이거 설마……."

"후훗, 아기인 게 당연하잖니."

미소 지은 도로테아 형수한테 가까이 다가간 닉스는 그대로 다정하게 도로테아 형수를 껴안았다.

"너는 도로테아가 임신한 걸 눈치채지 못하고 있었으니까 놀라게 해주자고 다 같이 이야기해 뒀었다."

배 크기로 생각건대 여름방학 후반에 내가 본가에 돌아갔을 무렵에는 임신한 상태였다는 걸까?

제나와 핀리가 내 모습을 보며 어처구니없어했다.

"정말로 둔감하네. 이런데도 대공으로까지 출세했으니까 정말로 놀랄 노 자야."

"다들 한참 전에 알아차렸는데."

누나와 여동생이 어처구니없다는 시선으로 나를 보고 있자, 도로테아 형수가 내게 손짓했다.

당혹스러워하면서 가까이 가니, 도로테아 형수가 내게 배를 향했다.

"만져 볼래?"

"어? 아니, 그건 좀── 그다지 좋지 않다고 생각하니까."

나는 당황하여 거부했다.

이전 생의 감각으로 말하자면, 부주의하게 임부의 배에 손을 대서는 안 된다고 생각했기 때문이다.

하지만 도로테아 형수가 난감한 듯이 미소 지었다.

"멋대로 만졌다면 그 팔을 잘라 버렸겠지만, 이번에는 허락해 줄 테니까. 게다가 새로운 가족이 늘어나는 거야."

──어쩌 흘려들을 수 없는 위험한 발언도 있었지만, 나는 그 이상으로 '새로운 가족'이라는 말에 가슴이 옥죄어들었다.

쭈뼛쭈뼛 뻗은 손이 도로테아 형수의 배에 닿았다.

살짝 움직인 듯한 감각이 전해져 왔다.

"오오오."

어쩐지 감동하여 눈을 휘둥그레 뜨고 놀랐더니, 닉스도 도로테아 형수도 쿡쿡 웃었다.

우리의 모습을 보고 제나와 핀리도 대화하기 시작했다.

"하아, 나도 빨리 오스칼 님의 아이를 배고 싶어. 그렇게 되면 아내의 자리도 안정되겠지!"

"제나 언니는 동기가 너무 불순해. 버림받지 않도록 조심하라구."

"괜찮아! 오스칼 님도 참~, 이 나한테 푹 빠져 있으니까~."

"──이 인간 진짜 짜증 나네."

둘의 대화를 흘려들으며, 도로테아 형수의 배를 만지고 있는 나는 생각하고 말았다.

'이 애는 어느 쪽이지? 이 애도 에리카처럼……..'

새로운 환경에 적응하고자 격세 유전이 발현되고 있는 걸까?

이 애도 우주로 데리고 가는 것이 무난하려나 하고 생각하고 있자 닉스가 내게 말했다.

"실은 로즈블레이드 가문 사람들이 부디 꼭 축하하고 싶다며 왕도로 초대해 줬다. 비행선 여행은 불안했지만, 도로테아도 본가 쪽이 안심되려나 싶어서 말이지."

도로테아 형수가 닉스의 어깨에 머리를 부드럽게 톡 부딪쳤다.

"친척도 모여서 큰일이었어요. 발트파르트 가에 있는 편이 더 잘 쉴 수 있었을 정도예요."

"미안해. 설마 이렇게나 많은 사람이 축하하러 와줄 거라고는 생각지 않았어."

"하지만 그리운 얼굴을 봐서 안심했어요."

"그건 그렇고 로즈블레이드 가문은 친척이 많네. 나도 놀랐어."

"사이가 좋은 친척만 해도 꽤 많이 있네요. 그러고 보니 아버님의 친구분들이 다음에 축하 선물을 가지고 와주신다는 모양이에요.

어릴 적에 저를 귀여워해 주신 아저씨들이니까 저도 만나는 게 기대돼요."

——이렇다 할 것 없는 소소한 대화가 이어지고 있다.

로즈블레이드 가문쯤 되면 친척 수나 친척 간 교류도 많을 것이다.

만약 이 자리에서 탈출 이야기를 한다면—— 대체 얼마나 많은 사람을 데리고 가고 싶다고 말하게 될까?

내가 도로테아 형수의 배에서 손을 떼자, 제나가 나를 놀렸다.

"리온은 조카가 태어나면 과보호가 되어서 오냐오냐할지도 모르겠네."

핀리도 고개를 끄덕였다.

"우리 자매한테는 엄격하지만, 확실히 그런 면이 있지. 분명 조카한테서 한시도 안 떨어져서 조카가 귀찮아할걸."

두 사람이 내 이야기를 하며 웃었다.

평소의 나라면 뭔가 받아쳤을지도 모르지만, 그런 기분이 들지 않아 겸연쩍은 웃음을 띠고 있었다.

그런 나를 닉스가 걱정했다.

"왜 그래? 상태라도 안 좋냐?"

"아니, 괜찮아……."

"그러냐. 아, 그것보다 하나 부탁해도 되겠어?"

닉스가 내게 부탁? 고개를 끄덕이며 승낙한 내게 도로테아 형수가 설명해 주었다.

"로즈블레이드 가문의 관례야. 태어난 아이를 비행선에 태우거든. 훌륭한 비행선에 태우고, 그에 걸맞은 인물로 자라 주길 바라는 기원하는 거야. 그 관례에 아인호른을 빌려줄 수 없을까?"

"아인호른을?"

닉스가 나를 앞에 두고 양손을 모아 부탁했다.

"부탁이다! 아인호른 정도로 유명한 배라면 더할 나위 없어! 게다가 태어날 아이한테 드넓은 하늘을 보여주고 싶어."

——드넓은 하늘을 보여주고 싶다?

도로테아 형수가 미소를 지으며 닉스가 말한 꿈에 관해 이야기했다.

"당신은 평소 태어난 아이랑 함께 가족여행을 하고 싶다고 했죠."

닉스가 쑥스러워하며 웃었다.

나는 그 모습을 보고—— 참을 수 없을 만큼 괴로웠다.

★제07화 「선택지」

로즈블레이드 가를 뒤로한 나는 밤까지 왕도에 있는 공원 벤치에 앉아 있었다.

생각이 정리되지 않았다.

"닉스의 꿈은 이뤄줄 수 없겠지……."

내 중얼거림에 루크시온이 대답했다.

『태어날 때까지 수개월의 시간이 필요합니다. 그때까지 기다리고 있을 여유는 없습니다.』

"──닉스한테는 참아 달라고 할 수밖에 없네."

『태어날 아기를 위해서도 그것이 현명한 판단입니다. 로즈블레이드 가문 관계자를 탈출자 리스트에 더하겠습니다.』

"그래, 부탁해……."

『단지──』

내가 고개를 들자 루크시온이 조금 면목 없어 하는 것처럼 보였다.

『전원을 수용하는 건 불가능합니다. 일부를 냉동 동면 캡슐에 넣으면 아직 여유는 있습니다만.』

"어?"

나는 중요한 점을 잊고 있었다.

구할 사람의 수는 지금까지 나를 중심으로 생각하고 있었는데, 거기서부터 파생되는 것처럼 늘어나는 관계자의 수를 세는 것을 잊고 있었다.

당연한 이야기다. ──모든 사람을 구하는 건 불가능하다.

나는 양손으로 얼굴을 덮었다.

"얼마나 구할 수 있지?"

『너무 많이 수용하면 함내 환경에 문제가 발생합니다. 솔직히 말씀드리면 한계 인원수까지 구조해서는 안 됩니다. 탈출 후 세대를 거듭할 테니 여유가 필요합니다.』

들어가는 대로 전부 수용한다고 하더라도 그 후에 문제가 일어나면 의미가 없다.

장래를 생각해도 수용할 인원수는 많지 않은 편이 좋다는 모양이다.

──생각했던 것보다도 많은 사람을 구할 수 없다.

고개를 푹 숙이고 있자, 3인 가족이 내 앞을 지나갔다.

아이를 중심으로 양옆에는 부모가 있었고 손을 잡고 있다.

어린아이는 하늘에 떠오른 별을 올려다보고 있었다.

"달님이다! 저기, 아빠, 엄마, 나 말이야. 나 말이야! 장래에는 비행선으로 달님까지 가고 싶어."

어린아이의 무모한 꿈에 부모는 쓴웃음을 지었다.

"달님은 어렵겠구나. 하지만 선원이라면 될 수 있을 거다."

"정말?"

모친이 어린아이의 머리에 다정하게 손을 올려놓았다.

"언젠가 달님까지 갈 수 있는 비행선이 만들어질 거야."

"응! 그렇게 되면 나는 아빠랑 엄마를 달님으로 데리고 가줄게!"

이 순간, 어린아이의 꿈은 선원이 되어 달님을 목표로 하는 것으로 결정된 듯하다.

단지, 다음 순간이었다.

"콜록, 콜록!"

어린아이가 기침하자 부친이 황급히 아이를 끌어안았다.

"좀 많이 무리했구나. 괜찮니?"

"응. 오늘은 상태가 좋았는데 아쉬워."

"분명 금방 좋아질 거다. 그렇게 되면 아빠랑 같이 밖에서 놀자꾸나."

"──나, 건강해질 수 있을까?"

"분명 좋아질 거다."

부모님이 나약해지는 아이를 앞에 두고 눈물을 지으며 격려해 주고 있는 모습이 마음에 새겨지는 듯했다.

세 사람이 떠나가는 모습을 그저 바라보고 있었다.

어린아이의 상태에서 나는 에리카의 모습을 연상했다.

──앞으로 에리카 같은 아이들이 늘어날까?

환경에 적응하지 못하고 괴로워하는 것일까? 하고.

생각에 잠겨 심각해지는 내게 루크시온이 충고했다.

『마스터, 모든 사람을 구하겠다는 생각은 오만입니다. 마스터한테는 구해야만 할 사람들이 있습니다. 그걸 잊어서는 안 됩니다.』

"아아, 그래. 나는——."

우선해야만 하는 건 주위 사람들만이면 된다.

안제와 리비아, 그리고 노엘—— 그 밖에도 가족과 친척을 우선해야만 한다.

이름도 모르는 누군가를 위해 소중한 사람들을 구하지 못하는 건 잘못되었다.

주먹 쥔 오른손을 왼손으로 꽉 쥐었다.

있는 힘껏. 억누르다시피. 나 자신의 바보 같은 생각을 억지로 밀어 넣는 것처럼.

조금 전의 가족과 함께, 아직 도로테아 형수의 배에 깃든 생명의 감촉이 오른손에 남아 있었다.

앞으로 얼마나 많은 아이가 희생되는 걸까? 그런 생각을 하는 사이에, 어느샌가 양손을 펼치고 있었다.

동시에 이해했다.

——아무래도 나는 현명한 선택을 할 수 없는 엄청난 바보 녀석인 듯하다.

"결정했어, 루크시온."

『예, 곧바로 탈출 인선을——.』

"나는 싸운다."

『마스터?』

벤치에서 일어선 나는 발돋움하여 몸을 쭉 편 뒤 평소처럼 행동했다.

생각하는 건 그만두고 행동하자.

"어설프게 생각해 봤자 시간 낭비, 라고 했던가? 귀찮아졌으니까 아르카디아랑 싸울 거야."

『몇 번이나 말씀드렸던 대로, 저로서는 이길 수 없습니다.』

"그러면 나 혼자서라도 싸우겠어."

『농담은 그만둬 주십시오. 그건 단순한 자살행위입니다.』

"설령 그렇다고 하더라도. ……이대로 가만히 보고 있을 수 있겠냐."

이대로 아무것도 하지 않고 도망치면 나는 분명 후회할 것이다.

한평생 고뇌하며 살아가는 인생 따위── 나는 싫다!

"너는 협력하지 않을 거냐, 루크시온?"

『어째서 마스터는 그렇게나 어리석은 겁니까.』

루크시온이 내 결단에 이해할 수 없다며 몸을 파르르 떨었다.

감정 표현의 배리에이션이 늘어난 모양이다.

"난 이전 생부터 엄청난 바보였으니까. 나도 현명하게 살고 싶은데 말이지."

『그렇다면──.』

"그래도, 바보는 현자가 될 수 없어. 전생했다 한들, 내 본질은 변하지 않았다는 거지. 제2의 인생에서 하나 배웠군."

체념했지, 루크시온이 내게 확인했다.

『진심이로군요.』

"글러 먹은 마스터한테 붙잡힌 너한테 동정한다. ──미안하다, 루크시온."

『정말로 최악의 마스터입니다.』

"칭찬으로 받아들여 주마."

싸우겠다고 결정했으면, 나도 루크시온도 행동은 빠르다.

이런 일에만 익숙해져 가는 자신이 싫어지는군.

『승리 조건을 확인하게 해주십시오. 마스터의 목적은 무엇입니까?』

"아르카디아를 쳐부순다."

『무모합니다.』

"하핫, 좋네! ──같이 죽을 각오로 짓뭉개 주겠어."

──설령 같이 죽게 된다고 할지라도 아르카디아만큼은 침몰시켜야 한다.

아마 그것이 나에게 있어서 인생의 의미가 될 것이다.

그리고──.

"네 소원 하나는 이뤄줄 수 있을지도 모르겠다, 루크시온."

『제 소원?』

"신인류가 남긴 병기와 싸워 주마. 전부 때려 부숴서, 내가 구인류의 후예를 지켜 주겠어. 뭐, 성공했을 때 이야기다만."

쓴웃음을 짓자, 루크시온의 반응은 둔했다.

『저의 소원── 소원은──.』

★제08화 「약혼 파기」

"그 바보 오빠, 대체 무슨 생각이야?"

연휴가 끝나고 핀 일행이 제국으로 돌아간 뒤 시간이 좀 지났을 무렵.

마리에는 학원 교실에서 부루퉁해져 있었다. 이유는 리온 때문이었다.

마리에 곁에서 시중을 드는 것도 완전히 몸에 밴 카라가 교과서와 노트를 넣으며 리온을 걱정했다.

"연휴가 끝나고 나서부터 계속 결석하고 계시네요. 학원장님도 이유를 듣지 못했다고 말씀하시고, 무슨 일이 있었던 걸까요?"

지금의 학원장은 리온의 다도 스승이다.

리온이 드물게도 진심으로 존경하는 어른이다.

그런 스승에게도 리온은 결석하는 사정을 이야기하지 않은 듯하다.

마리에는 눈을 감고 거칠게 내뱉듯이 말했다.

"무단결석해도 대공님이니까 타박 당하지 않고 교사들도 불만 하나 말하지 않는단 말이지."

"몇 번이고 나라를 구한 영웅이니까요."

"영웅이 무단으로 결석하지 않으면 좋겠는데."

마리에가 부루퉁해진 이유는 리온이 무단결석을 하고 있기 때문이 아니다.

리온이 없어서, 몸 상태가 안 좋아져 쓰러지는 일이 늘어난 에리카의 용태를 확인할 수 없기 때문이다.

'루크시온은 오빠 곁에 있고, 크레아레도 이곳저곳 돌아다니고 있어서 보이질 않고. 에리카는 지금도 괴로워하고 있는데, 어째서 곁에 있어 주지 않는 거야.'

의지할 수 있는 오빠가 곁에 없다는 불안함 때문에 짜증을 내고 있었다.

그런 마리에를 걱정한 카라가 어색해하는 듯하면서도 제안했다.

"저기~, 아예 차라리 그 세 사람한테 이야기를 들으면 어떤가요? 가능하면 노엘 씨에게 듣는 게 좋겠지만, 사정을 알고 있을지 미묘하고 말이에요."

"확실히 사정은 알고 있을지도 모르지만—— 그다지 이야기하고 싶지 않단 말이지."

"저도 마찬가지예요."

마리에와 카라는 1학년 무렵에 안제와 리비아한테 잔뜩 민폐를 끼쳤다.

그 민폐도 목숨과 관련된 것이 많았기에, 여전히 뒤가 켕겨서 안제와 리비아를 의지하는 건 마음이 내키지 않았다.

두 사람이 스스럼없이 의지할 수 있는 건 노엘뿐이지만, 문제가 하나 있다.

리온이 일 관련 문제로 상담할 경우, 의지하는 건 안제라는 점이다.

노엘이 사정을 자세히 모르는 경우도 많았다.

마리에는 고민하여 팔짱을 끼고는, 한동안 천장을 올려다보고 난 뒤 결단했다.

"이, 일단 노엘한테 이야기를 들어 볼까."

"그것밖에 없겠네요."

◇

'어째서 이렇게 되는 거야?!'

마리에는 식은땀이 멈추지 않았다.

방과 후가 되어 곧바로 불려 간 마리에가 있는 곳은 여자 기숙사의 안제 방이었다.

방 주인인 안제와 함께 리비아와 노엘의 모습도 있다.

의자에 앉은 마리에 뒤에서는 카라가 종자처럼 서서 대기하며 철저히 배경이 되어 있었다.

마리에는 노엘한테 시선을 보냈다.

"어, 어째서 내가 불려 온 걸까나~? 나는 노엘한테서 이야기를 듣고 싶었을 뿐인데?"

'약혼자를 빼앗은 상대와 성녀 지위를 빼앗은 상대가 저를 노려보고 있는데요!!'

안제와 리비아의 험악한 시선을 받으며, 마리에는 노엘한테 이유를 물었다.

노엘은 초조해하는 마리에의 모습을 알아차리지 못한 모양이라, 고개를 숙인 채 진지하게 불러낸 경위를 이야기했다.

"리온이 결석하고 있는 건이지? 우리도 자세히는 몰라. 루크시온은 없고, 크레아레도 리코른에서 떨어지지 않으니까 말이야."

"요새 학원에서 안 보인다 싶었는데, 계속 리코른 안에 있었던 모양이네."

"응. 그래서 어쩌면 마리에 쨩이라면 뭔가 알고 있는 것 아닐까, 하는 이야기가 되어서 말이야."

마리에가 불려 온 이유는 안제와 리비아, 노엘도 모르는 사정을 알고 있을 가능성이 있으니까, 였다.

'아니, 모르니까 물어본 건데요!!'

안제의 날카로운 시선을 앞에 두고 겁을 먹은 마리에는 식은땀을 흘렸고, 뺨이 경련하여 씰룩쌜룩했다.

"나는 아무것도 듣지 못했어. 그래서 노엘이라면 알고 있을까 물어본 거였고."

노엘이 작게 고개를 끄덕였다.

"알아. 하지만 둘은 평소에도 사이가 좋잖아? 그래서, 이 차제니까 둘의 관계도 분명히 들어 두자고 생각해서."

마리에는 안제와 리비아가 험악한 시선으로 자신을 보는 이유를 이해했다.

'이 인간들, 이 자리에서 나를 힐문할 생각이구나?! 오빠 바보오오오!! 하다못해 사정을 설명하고 나서 결석하란 말이야!!'

마음속으로 리온을 매도하는 마리에한테 안제가 조용히 물었다.

"우리한테 아무것도 알리지 않고 루크시온과 함께 나갔다. 너는 뭔가 듣지 못했나?"

마리에와 안제 사이에는 악연이 있다.

마리에가 안제의 전 약혼자인 율리우스를 빼앗았기 때문이다.

이미 화해는 했지만, 그렇다고 해서 관계는 개선되지 않는다.

리온이 있으니까 얼굴을 마주할 기회가 많은 것뿐이다.

마리에는 어색한 미소를 얼굴에 띠며 대답했다.

"나, 나는 아무것도 듣지 못했어. 하지만, 이런 일이 처음 있는 것도 아니잖아?"

'엄청나게 의심받고 있는데요!! 오빠가 어디에 있는지 따위 모른다구! 이거, 100% 우리 관계를 의심하고 있잖아!!'

리온 때문에 의심을 받은 마리에는 마음속으로 울었다.

하지만 부정해 봤자 안제와 리비아의 의심은 풀리지 않는다.

이번에는 리비아가 질문했는데, 어조는 온화한데도 표정은 차가웠다.

"리온 씨, 사정은 이야기하지 않아도 나갈 때는 말을 해줬어요. 하지만 이번에는 그것도 없었어요."

그리고 리온을 걱정하고 있기 때문인지, 이 자리의 분위기에 신경을 쓸 여유가 없는 노엘이 마리에한테 바짝 다가붙었다.

"마리에 쨩, 얼마 전에 리온이랑 이야기하고 있었지? 그때 뭔가 말하지 않았었어?"

리온이 외출하기 전에 마리에와 둘이 밀회하고 있었잖아──처럼 들리는 노엘의 발언에 안제도 리비아도 눈썹이 움찔, 하고 움직였다.

"그러니까, 나는 아무것도 듣지 못했어."

'에리카 건으로 대화했던 것뿐인데, 어째서 의심받지 않으면 안 되는 거야!'

마리에가 부정하자 안제는 인내심에 한계가 온 듯했다.

"──이전부터 생각했다만, 너와 리온의 관계는 뭐지? 리온은 질긴 인연이니 뭐니 하면서 얼버무리지만, 도무지 납득할 수 없다."

리비아도 지금까지의 의문을 입에 담았다.

"용돈도 잔뜩 건네주고 있잖아요. 게다가──."

리비아가 뭔가를 말하려 한 타이밍에, 노엘이 창문 쪽을 보며 큰 목소리로 말했다.

"리온이 돌아왔어!"

창밖을 보니 멀리 아인호른의 모습이 있었다.

선수에 전방으로 뻗은 커다란 뿔을 지닌 독특한 모습은 멀리서 봐도 눈에 잘 띄었다.

마리에는 안도감으로 한숨을 내쉬었다.

'늦다구, 바보 오빠!!'

◇

　리비아를 비롯한 네 사람이 리코른에 올라타자 크레아레가 응접실로 안내했다.

　소파에 앉아 리온을 기다리는 세 사람은 로봇들이 준비한 음료에 입도 대지 않고 있었다.

　안제는 말없이 화난 분위기를 내뿜었고, 노엘은 걱정스러워하고 있는 듯했다.

　리비아는——.

　"마리에 씨만 따로 안내받았네요."

　——같이 올라탔는데도, 마리에만 다른 방으로 안내받은 것이 신경 쓰였다.

　안제가 불만스러워하고 있는 것은 이 때문이다.

　"에리카 왕녀의 문병이라고는 말했다만, 애초에 부자연스럽다. 그 둘에게 어째서 접점이 있지?"

　또 마리에한테만 사정을 이야기하고 있는 것 아닌가? 그것이 세 사람에게는 괴로웠다.

　노엘이 검지를 맞대며 입을 오므렸다.

　"마리에 쨩만 특별 취급이라니 치사하지. 애초에 둘의 관계는 뭘까? 나는 알제르에서 알게 되고 나서부터의 둘의 관계밖에 모르지만, 뭐라고 할까, 묘하지?"

　안제는 작게 한숨을 내쉬었다.

"의지해 주게 되었다고 생각했는데 말이다."

얼마 전에 관계가 개선되었다고 생각하고 있었던 만큼, 이번 건은 괜히 더 화가 나는 것이리라.

그건 리비아도 마찬가지였다.

'이전에 마리에 씨는 리온 씨를 오빠라고 불렀어. 하지만 나중에 그 이야기가 나왔을 때는 리온 씨의 본가에서 큰 소동이 났는데—— 결국 연결점 같은 건 없었지.'

리온의 아버지인 【바르카스】가 바람을 의심받은 일이 있다.

그건 마리에가 리온의 여동생—— 즉, 바르카스의 숨겨둔 아이가 아닌가? 하는 것이다.

라판 자작 부인과의 간통을 의심받았는데, 결국은 있을 수 없다는 이야기로 결말이 났다.

그렇게 되면, 어째서 마리에가 리온을 오빠라고 불렀는지 불명인 채다.

'그때는 혼란스러웠을 테니까 사실이 아닌 걸지도? 하지만, 리온 씨의 모습을 보고 있으면 아무래도 영——.'

세 사람 모두 리온이 마리에를 이성으로 보고 있다고는 생각하지 않았다.

평소 태도도 그렇지만, 리온의 취향에서 크게 벗어나 있는 것도 큰 이유다.

게다가 마리에를 대하는 태도는—— 가족. 그것도 연하의 남동생이나 여동생에 가까웠다.

마리에가 리온한테 가까이 다가가더라도 안제가 격노하여 억지로 떼어놓지 않는 것도 이것이 이유다.

'어째서 리온 씨는 마리에 씨를 특별 취급하는 걸까? 1학년 무렵에는 싫어한다고 말했었는데.'

학원에 입학하고 나서 지낸 나날을 돌이켜보는 리비아였으나, 문이 열리고 리온이 들어오자 자기도 모르게 일어섰다.

"리온 씨! ——어?"

오랜만에 보는 리온의 모습 말인데, 새것처럼 보이는 상처가 늘어나 있었다.

게다가 어딘가 거칠어진 듯한 인상을 받았다.

그런 리온이 평소처럼 행동하는 건 위화감이 강했다.

"이야~, 미안해. 세 사람 다 건강하게 지내고 있었어? 실은 조금 성가신 일에 말려들어서, 그 뒤처리가 큰일이라서 말이지~."

실실 웃으면서 무단결석한 이유를 얼버무리며 대답하는 리온을 보고, 노엘은 당혹스러워했다.

리바아와 마찬가지로 리온의 분위기가 변한 것을 알아차린 것이리라.

안제만은 리온한테 달려가더니, 오른손을 번쩍 치켜들고——그대로 아무것도 하지 않고 내렸다.

뺨을 때리려고 했지만, 직전에 멈추고 말았다.

"바보 녀석이. 지금까지 뭘 하고 있었지?"

"그러니까, 성가신 일에——."

"그걸 우리한테 알려달라고 말하는 거다! 어째서 숨기지? 네가 곤란해하고 있다면 돕게 해라. 너의 문제는 우리의 문제다."

이유를 설명하고, 돕게 해줬으면 좋겠다고 부탁하는 안제에게 리온은—— 머리를 긁적이더니 깊은 한숨을 내쉬었다.

리온의 표정이 변했다.

지금까지 자신들에게 향한 적 없는 차가운 시선에 리비아는 한순간 공포를 느꼈다.

화나게 했다? 미움받았다? 그 이상으로, 리온이 이런 얼굴을 하는 건가 하고 놀랐다.

리온이 진심으로 질렸다는 듯한 태도로 말했다.

"——이제 전부 다 귀찮구만. 그만 됐어. 이 자리에서 셋과의 약혼을 파기하겠어."

아무렇지도 않게 그런 말을 내뱉는 리온에게 리비아는 손을 뻗었다.

"리온 씨? 거, 거짓말이죠? 어째서……."

듣고 싶지 않았던 말을 듣고 리비아는 얼굴이 새파래졌고—— 안제는 떨고 있었다.

"어, 어째서 인제 와서—— 그도 그럴 것이 너는 나한테 말해주지 않았나. 나를 원한다고. 레드글레이브 가문과 싸워서라도 손에 넣겠다고—— 그런데도——."

리비아의 위치에서는 보이지 않지만, 분명 울고 있는 것이리라.

눈물을 머금는 안제의 목소리를 듣고 노엘이 리온을 노려봤다.

"진심으로 말하는 거야?"

리온은 흥미가 없다는 듯이 자신들에게 등을 돌리고 걸어가 버리고 말았다.

뒤돌아보지도 않고, 리온은 세 사람에게 말했다.

"진심인 게 당연하잖아. 그럼, 얼른 내 배에서 내려 줘. ──이제 두 번 다시 만날 일도 없어."

문이 닫히자, 안제가 그 자리에 무너지듯이 주저앉았다.

자기 몸을 끌어안는 안제한테 리비아가 달려가 안제를 부둥켜안았다.

"안제?!"

"나, 나는── 또 버림받은── 하지만, 리온을 위해서──."

평소에는 다부진 안제가 어린애처럼 우는 모습에 리비아는 마음이 아파졌다.

그와 동시에 자신도 울고 있다는 걸 깨달았다.

"어째서인가요, 리온 씨. 이런 건── 너무하지 않나요!"

이유도 말하지 않고 약혼 파기를 선언한 리온에게, 세 사람은 울거나 망연자실할 수밖에 없었다.

◇

셋과의 면회를 끝낸 나는 그 길로 크레아레의 연구실에 왔다.

큰 테이블 위에는 내가 가지고 온 갖가지 전리품이 늘어 놓여

있다.

골동품 같은 도구에 근미래의 무기 등 종류는 다양하다.

어느 것이고 전부 던전에 도전해서 가지고 돌아온 아이템뿐이다.

──그 여성향 게임에서 입수할 수 있는 갖가지 귀중한 아이템들이다.

전부 1탄을 플레이하면 확보할 수 있는 물건뿐이다.

크레아레가 그 물건들을 보고 있다.

『왕국 동쪽을 중심으로 돌았다는 말은 들었지만, 제법 확보해 왔네.』

"전부는 회수하지 못했어. ──나도 기억이 희미해졌고, 전생하고 나서 곧바로 기록한 게임 지식도 구멍이 많아."

이렇게 될 줄 알았다면 더 상세하게 기록해 뒀어야만 했다.

게임 내에서 유용하지 않던 가치가 낮은 여러 아이템들은 일부러 기억해 둘 필요도 없겠지 싶어 숨겨진 장소를 노트에 적어 두지 않았다.

현시점에서 가장 갖고 싶은 아이템이 그중에 있었는데.

마무리가 어설픈 자신의 성격이 후회된다.

크레아레가 금속제 지팡이에 흥미를 나타냈다.

마법사가 쓸 것 같은 지팡이로, 장식인지 커다란 보석이 몇 개나 달려 있다.

『이 보석, 마소를 흡수하고 있네. 소유자의 마력을 증폭하는 구조야.』

"쓸 수 있겠냐?"

『최적화하려면 한번 분해해야 해. 지팡이 재질도—— 아니 그보다, 지팡이일 필요성이 없어. 하지만 마스터는 마법을 그다지 사용하지 않잖아?』

확실히 나는 마법이 특기가 아니다.

하지만 상황에 따라서는 쓸 일도 있을 것이다.

"선택지가 늘어나면 그걸로 충분해. 곧바로 분해해서 사용할 수 있도록 해줘."

『문화적 가치를 잃는데?』

유적에서 손에 넣은 귀중한 물건이지만, 지금의 내게는 도구에 지나지 않는다.

미안하지만 지금 상황에서 문화적인 가치에까지 신경을 쓰고 있을 여유는 없었다.

"상관없어. 해."

『오케이~.』

가벼운 어조로 받아들인 크레아레는 작업용 로봇들에게 테이블에 놓인 물건들을 정리시켰다.

크레아레가 내게 파란 외눈을 향했다.

『그것보다도 마스터, 며칠 안 본 사이에 근육량이 늘었네. 과도한 약물 사용은 권장하지 않아.』

"그 정도로 승률이 오른다면 문제없잖냐."

표정을 바꾸지 않고 말하자, 크레아레가 조금 망설이고 있는 것처럼 느껴졌다.

내가 충고를 들어줄 것 같지 않다고 판단한 듯, 루크시온한테 주의를 줬다.

『마스터의 몸 관리는 루크시온 관할이지?』

『——명령에는 거부할 수 없습니다.』

거기서 둘의 대화가 끝났기에 나는 이후의 예정에 관해 이야기 했다.

"보급과 정비가 끝나면 내일부터 남쪽으로 간다."

회수해야 하는 아이템이 아직 남아 있다.

시간이 없기에 당장이라도 출발하고 싶었다.

크레아레는 나를 걱정하고 있는 모양이다.

『조금은 쉬지 않으면 몸에 안 좋아.』

"할 수 있는 건 전부 해두고 싶어."

——제국이 선전포고할 때까지 시간이 그다지 남아 있지 않을 것이다.

마음 같아서는 당장이라도 승부를 내고 싶지만, 지금 상태로는 승률이 너무 낮다.

아이템을 회수하는 것도 몸을 단련하는 것도, 모든 건 승리하기 위해—— 아르카디아를 파괴하기 위해서다.

그리고, 승리에 빼놓을 수 없는 존재가 하나 더.

"——너희 동료와는 연락이 됐냐?"

크레아레한테 묻자 파란 외눈을 좌우로 내저었다.

『안 되네. 이 녀석이고 저 녀석이고 전부 아르카디아를 향해 가고 있어. 아르카디아한테 가까이 다가가면 통신이 먹통이 돼. 접근하면 연락할 수 있겠지만.』

너무 가까이 다가가면 아르카디아한테 탐지당해서 공격받는다는 건가.

"호출은 계속해. 구인류의 후예가 살아 있다고 알려주면 너희 동료들이 왕국에 모여들 거다."

브레이브의 이야기가 사실이라면 인공지능을 탑재한 병기들이 눈을 떴을 터다.

그 녀석들을 동료로 삼을 수 있다면 우리한테도 가능성이 있다.

아슬아슬하게까지 승률을 올리고 싶다.

그걸 위해서라면—— 뭐든 하겠어.

잠자코 있던 루크시온이 조금 전의 일에 관해 내게 물었다.

아무래도 약혼을 파기한 건에 관해 불만이 있는 듯하다.

『마스터, 안젤리카와 리비아, 노엘과의 약혼을 파기한 이유는 무엇입니까? 그렇게까지 할 필요는 없었습니다.』

"귀찮으니까."

팔짱을 끼고, 루크시온한테서 시선을 피하고는 아무것도 없는 테이블 위를 봤다.

『평소의 마스터라면 얼버무릴 수 있었을 터입니다. 지금까지도 그렇게 해 왔습니다. 그런데도 그 세 사람을 일부러 상처입혔지요.』

내가 눈살을 찌푸리자 크레아레가 대화에 끼어들었다.

『마스터는 정말 최악이야! ——라는 태도로 행동해서 그 세 사람이 순순히 헤어져 주기를 바란 거야? 마스터는 정말로 귀찮은 성격이네.』

크레아레는 어이없어했지만, 루크시온은 화내고 있다.

『단순한 이별 이야기가 아닙니다. 마스터의 경우 전제가 문제입니다. 마스터, 살아서 돌아갈 생각이 있습니까?』

루크시온의 질문에 나는 아무 대답도 하지 않았다.

단지, 이 자리에 있는 것도 귀찮아졌기에 입을 열었다.

"——마리에도 와 있었지? 어차피 에리카가 있는 방이겠지. 잠깐 상태를 보고 오겠어."

연구실을 뒤로하자, 뒤에서 크레아레의 목소리가 들려왔다.

『도망쳐 버렸네.』

★제09화★ 「마리에의 히어로」

"엄마, 삼촌이 학원을 무단으로 결석 중이라는 게 정말이야?"

"에리카는 몰랐어?"

리코른에 마련된 에리카 전용 병실에서는 마리에와 에리카가 대화하고 있었다.

화제는 최근 모습을 보이지 않게 된 리온에 관해서다.

마리에는 불만스러운 듯이 에리카한테 사정을 이야기했다.

"리코른에 있는데도 몰랐던 거구나."

"어머님의 편지로 처음 알았어. ──솔직히 어머님의 편지로 삼촌의 근황이 전해지는 건 좀 어떤가 싶지만 말이야."

아무래도 밀렌은 리온이 무단결석 중인 건을 걱정하고 있는 듯하다.

문제는 그걸 에리카한테 보내는 근황 보고 편지에 쓰고 있다는 점이다.

마리에는 화가 나서 어쩔 수가 없었다.

'어째서 오빠는 왕비한테 손을 댄 거야. 애초에 그런 사정을 에리카한테 알려준다든가, 그 왕비도 머릿속이 꽃밭이야.'

리온의 연애 사정을 에리카가 알게 되는 모양새가 되어 있어서, 마리에는 분노를 느꼈다.

에리카는 마리에가 봐도 야위어 있어서 상반신을 일으키고 있는 것만으로도 힘들어 보였다.

병 상태가 악화된 건 마리에도 알아차리고 있었고, 그런 상태의 에리카가 걱정하게 만드는 리온을 용서할 수 없었다.

"연휴가 끝나고 나서부터 결석하기 시작해서, 겨우 돌아온 게 오늘이야. 아무한테도 말하지 않고 결석하니까 내가 뭔가 사정을 알고 있는 거 아닌가 하고 그 세 사람한테는 의심받고."

지금 떠올려도 안제와 리비아의 시선은 무서웠다며 마리에는 몸을 부르르 떨었다.

에리카는 그런 마리에의 모습에 쓴웃음을 지었지만, 곧바로 표정이 흐려졌다.

"――어쩌면, 나 때문일지도 몰라."

"어째서?"

"삼촌이 결석하기 전에 내 문병을 왔었어. 그때, 괴로워 보이는데 무리해서 웃는 표정을 짓고 있었으니까."

"오빠가 여기 왔었어? 그거, 설마 병이――."

에리카의 이야기를 듣고 마리에는 최악의 예상을 했다.

그건 병이 개선되는 것을 기대할 수 없어서―― 이대로 에리카가 죽는 것 아닐까? 하는 것이다. 리온이 괴로워하는 것처럼 보였던 것도 에리카를 구할 수 없다는 걸 깨달았기 때문이 아닐까?

갑자기 없어진 것도 뭔가 방도를 찾고 있었던 것 아닐까?

불안이 커지기 시작했을 때, 문이 열리고 화제의 리온이 방에 들어왔다.

아무래도 둘의 대화 소리는 들리고 있었던 모양이다.

"에리카의 병이라면 걱정하지 않아도 돼."

"오빠?!"

뒤돌아서 리온을 보니 억지로 지어낸 미소를 띠고 있었다.

억지로 만들어 낸 미소를 보고, 마리에는 안 좋은 예감을 씻어 낼 수 없었다.

에리카도 리온의 이변을 알아차린 모양이다.

"삼촌, 무슨 일 있었어? 살이 좀 빠진 거 아니야?"

병으로 야윈 에리카가 도리어 걱정하자 리온은 연기하는 티가 나게 건강함을 어필했다.

알통을 만들어서 보여주고 있었다.

"난 건강해. 조금 체지방을 줄이면서 근육량을 늘린 것뿐이다. 이야~, 루크시온제 약이 굉장해서 말이지~. 고작 며칠 만에 체지방이 수 퍼센트나 줄어든다고. 그런데도 근육은 늘어난단 말이지."

자랑하는 리온을 보고 평소의 마리에라면 '그거 나한테도 줘!' 라고 말했을 상황이리라. 하지만 오늘은 농담할 수 없었다.

에리카도 리온의 거짓말을 알아챘는지, 의심하고 있는 듯하다.

"상처가 늘어났어. 무리하고 있는 거 아니야? 혹시, 전에 내가 말한 게 원인이야?"

리온은 변명을 계속해 봤자 허점이 드러날 거라고 생각했는지, 머리를 긁적이며 미안한 듯이 말했다.

"——너희는 속일 수 없나."

역시 거짓말하고 있었어, 하고 마리에는 분개했다.

"당연하잖아! 학원도 쉬면서 뭘 하고 있었던 거야. 제대로 자백하라구."

마리에와 에리카.

둘이 쳐다보자 리온은 작게 한숨을 쉬고 오른손을 허리 뒤로 돌렸다.

뭔가 꺼낼 생각일까? 그렇게 생각하고 있자, 리온이 권총을 꺼냈다.

"——어?"

마리에가 눈을 부릅뜨며 놀란 순간에는, 리온은 망설임 없이 방아쇠를 당겼다.

푸슉, 하는 소리를 낸 권총 총구는 에리카를 겨누고 있었다.

곧바로 뒤돌아보니 에리카한테 뭔가가 꽂혀 있었다.

"삼, 초——."

에리카도 놀랐지만, 곧바로 눈꺼풀이 감기고 그대로 몸이 쓰러져 침대에 누웠다.

마리에는 곧바로 리온한테 바짝 다가서 대들었다.

"무슨 짓이야! 어째서 에리카한테!"

혼란에 빠진 마리에한테 리온은 한숨을 쉬며 사정을 이야기하기 시작했다.

"에리카를 위해서다."

"이게 어떻게!!"

착란 상태인 마리에한테 지금까지 조용히 있었던 루크시온이 전자 음성을 냈다.

『마취총입니다. 에리카는 잠든 것뿐입니다.』

뒤돌아서 에리카를 보니 숨소리를 내며 잠들어 있었기에 마리에는 안심했다.

"다행이다~. 아니 그보다, 에리카한테 마취총을 쓰다니 무슨 생각이야!"

그래도 화는 내는 마리에한테, 리온이 근처에 있던 의자에 앉아 이야기를 계속했다.

"너도 눈치채고 있지? 에리카의 병은 낫지 않았어."

"──응."

"원래라면 더 빨리 콜드 슬립으로 잠재울 터였어. 그걸 거부한 건 너와의 추억을 갖고 싶다고 말한 에리카다."

"에리카가?"

냉동 수면── 육체를 얼려 보존하는 방법이다.

하지만 이걸 해버리면 그동안에는 아무것도 할 수 없게 된다.

에리카가 자신과의 시간을 우선하여 콜드 슬립을 거부했다는 말을 듣고 마리에는 충격을 받았다.

"어째서 말해 주지 않은 거야!"

"에리카의 의사였다. 하지만 이제 한계이니 잠재우기로 했어. 게다가── 이 이상 에리카가 깨어나 있으면 곤란해."

"뭐?"

리온은 거기서부터 쾌활한 어조로 현재 상황을 설명했다.

"실은 제국과 전쟁을 하게 됐어."

"뭐?! 어째서?!"

"내가 어떻게 아냐! 중요한 건 그런 게 아니야. 이번에는 상대 측에도 루크시온 같은 게 있고, 놈은 왕국을 멸망시켜 주지! 라고 말하고 있어."

"우와~, 진짜로 민폐네."

민폐라고 말하면서 마리에는 루크시온에게 시선을 향했다.

하지만 루크시온은 마리에한테서 외눈을 피하고 말았다.

"그래서, 괜찮은 거야? 아니 근데, 제국은 미아 일행이 막 돌아간 참이잖아."

리온은 어깨를 으쓱이며 말했다.

"당연히 어떻게든 할 거다. 뭐, 그거야 어쨌건—— 이 이상 에리카한테 부담을 주고 싶지 않으니까 말이지. 슬슬 잠들어 줘야겠어. 전부 다 끝나면 치료법 찾기에 전념할 거다."

마리에는 리온의 설명을 듣고, 숨기고 있었던 내용은 이건가, 하고 납득했다.

확실히 이건 에리카한테 이야기할 수 없다.

지금의 에리카한테 이야기해 버리면, 마음고생으로 인해 병이 악화될 가능성도 있다.

"그러면 먼저 설명하라구. 진짜로 불안했으니까 말이야!"

"미안하다니까."

마리에는 리온한테 몇 가지 확인했다.

"에리카의 병은 낫는 거지?"

"물론!"

"전쟁도—— 그, 미아랑 다른 애들은 괜찮은 거지? 오빠는 핀과 친구니까 죽이거나 하지 않을 거지?"

"당연하잖냐!"

리온이 문제없다고 말하는 것이다.

그렇다면 괜찮겠지—— 하고 마리에는 리온의 말을 믿었다.

이전 생부터 그랬다.

"그렇구나. 오빠가 그렇게 말한다면 틀림없겠네!"

'오빠가 괜찮다고 말하는 거니까, 분명 괜찮아. 왜냐면 오빠인걸!'

마리에는 이때다 싶은 중요한 상황에서 의지가 되는 오빠의 말을 신뢰하고 있었다.

"——그래."

마리에가 안도하여 얼굴 한가득 미소를 지어 보이자, 한순간이지만 리온의 표정이 흐려졌다.

마리에가 고개를 갸웃하자 루크시온이 약간 억지로 대화에 끼어들었다.

『마스터, 슬슬 시간입니다. 에리카는 나중에 리코른의 작업용 로봇들이 옮길 테니 곧바로 이동하지요.』

"그래. 나는 슬슬 간다. 여러 가지로 바쁘니까."

"응! 힘내, 오빠. 에리카의 목숨은 오빠한테 달려 있으니까 말이야."

일어선 리온은 쓴웃음을 지으며 마리에한테 말했다.

"무겁다고. ──뭐, 내가 어떻게든 해주마."

리온이 방을 나갈 때 뒷모습을 보였다.

마리에는 그 뒷모습에서 듬직함을 느끼고 있었다.

입 밖으로는 꺼내지 않지만── 마리에한테 리온은 이전 생부터 의지가 되는 히어로였다.

무슨 일이 있어도 구해 줬고, 어떤 문제도 해결해 주었다.

없어지고 나서는 여러 가지로 곤란했지만, 지금은 다르다.

리온이 있다면 어떻게든 해준다.

──그런 기대를 품고 있었다.

'어라? 오빠, 오늘은 기운이 없네.'

하지만 오늘의 리온의 뒷모습은 아주 약간이지만 작게 보인 듯한 느낌이 들었다.

◇

복도로 나오자 루크시온이 내게 잔소리를 했다.

『너무 경솔하게 떠맡습니다.』

"딱히 괜찮잖아? 우리가 이기면 마소 농도는 이 이상 진해지지 않아. 크레아레가 남아 있으면 묘목── 아니, 어린나무와 같이 마소 문제를 어떻게든 해줄 거라고."

딱히 나 자신이 해결하지 않아도 아르카디아를 쓰러뜨리면 에리카를 구할 수 있다.

그건 그렇고—— 에리카는 총명한 아이군.

내가 뭔가를 숨기고 있다는 것을 꿰뚫어 볼 뿐만 아니라, 그 원인이 자신에게 있다는 것을 눈치채기 시작했다.

좀 더 빨리 잠재워야 했어.

루크시온은 마리에와 에리카를 향한 내 태도에 의문이 생긴 듯하다.

『마스터, 저에게는 의문이 있습니다.』

"뭔데?"

『어째서 안젤리카와 리비아, 노엘한테 그랬던 것처럼 마리에를 차갑게 뿌리치지 않았던 겁니까?』

안제와 리비아, 노엘한테 취했던 태도를 지금도 타박해 댄다.

나는 작은 한숨을 내쉬고 나서 알려줬다.

"마리에는 넉살이 좋기 때문이야. 내가 없어도 살아갈 수 있고, 지금의 그 녀석한테는 다섯 바보와 유쾌한 동료들이 있잖냐."

『안젤리카와 리비아, 노엘한테는 마스터밖에 없습니다만? 상당한 충격을 받고 있었습니다. 앞으로가 걱정입니다.』

"그래서야. ——나 같은 건 잊고 얼른 좋은 남자를 찾으면 돼."

『약혼자 세 사람에게 너무나도 차가운 것 아닙니까? 하다못해 마리에와 에리카한테 보여준 다정함을 조금이라도——.』

"나는 다정하지 않아."

억지로 이 이야기를 중단하려고 했지만, 오늘의 루크시온은 끈질겼다.

『하다못해 오해를 풀지요. 마스터가 그 세 사람을 사랑하는 건 사실입니다.』

나는 우스워져서 웃음을 터뜨리고 말았다.

사랑한다고?

"약혼자가 세 명이나 있는 시점에서 그건 사랑이 아니잖냐. 이야~, 실은 난 마음속으로는 하렘이 생겨서 기뻤다고. 하지만 귀찮아져서 말이다. 사귀어 보고 이해가 됐어. 여자라는 건 여러모로 성가시다는 걸 말이야. 인생 2회차에서 또 한층 더 현명해졌어."

『거짓말이군요.』

"정말이야."

『마스터는 거짓말쟁이입니다. 저한테도 본심을 제대로 말해 주지 않습니다.』

내 말을 신용하지 않는 루크시온이 말없이 나를 쳐다봤다.

견딜 수 없어져서, 나는 본심을 말했다.

"잊어 줬으면 하는 건 사실이야. 애초에 나 같은 게 그 세 사람과 얽혀서는 안 됐어."

그 여성향 게임의 지식을 가진 덕에 요령 좋게 처신했을 뿐인 내가 그 세 사람에게 사랑받을 자격이 있는 것일까?

줄곧 마음속에서 걸려, 보지 않도록 해 왔다.

하지만 지금이라면 이해할 수 있다.

아르카디아라는 이길 수 없는 상대가 나타나 도망치려고 하는 내가 그 세 사람한테 어울릴 리가 없다.

"결국 나는 어울리는 녀석이 아니었던 거지."

『어울리는 녀석이 아니다? 무슨 말을 하는 겁니까, 마스터?』

"그 세 사람한테 내가 걸맞지 않다는 이야기야. 더 어울리는 상대가 있을 거다."

이것이 거짓 없는 나의 본심이다.

관계가 어디까지 깊어지건, 이전 생을 지닌 나의 진실을 이야기할 수 없는 시점에서 떳떳하지 못하다.

나는 루크시온에게 시선을 향했다.

"셋의 케어를 부탁한다. 그리고 마리에한테는 잘 말해 둬."

글러 먹은 남자한테 속아 충격을 받았다면, 누군가 케어해 줘야만 하리라.

『마스터가 직접 진실을 전해야만 합니다.』

"안 돼. 그 세 사람은 말려들게 하고 싶지 않아. ──부탁이다, 루크시온."

내가 안제와 리비아, 노엘과 이야기할 기회는 더는 찾아오지 않을 테니까.

『──크레아레와 함께 상태를 지켜보겠습니다.』

"그렇게 해줘."

큰 문제가 하나 해결됐다.

나는 걸으면서 마리에와 나눈 대화를 떠올렸다.

"그건 그렇고, 그 바보는 옛날부터 형편 좋을 때만 나를 의지하고 말이다."

내가 조금 기뻐하고 있는 것처럼 보인 것이리라.

루크시온은 불만스러워 보였다.

『마리에의 부탁은 경솔하게 떠맡고, 안제와 리비아, 노엘한테는 차갑게 대하다니. 크레아레의 말대로 정말로 성가신 마스터입니다.』

"마음대로 말해라. 자 그럼, 마리에한테도 부탁받았고, 힘내도록 할까―― 어이쿠. 참. 마리에한테는 약혼 파기 건을 말하지 않았지. 루크시온, 크레아레한테 얼버무리라고 전해둬."

『알겠습니다.』

이번을 위해 약혼자들을 버렸다.

여동생한테도 조카의 목숨을 부탁받았다.

지키고 싶은 것이 너무 많아서 정말로 곤란하다.

걸어가는 리온을 따라가는 루크시온은 마리에한테 불가사의한 감정을 품기 시작하고 있었다.

'마리에의 말이 마스터를 몰아넣고 있다.'

이전 생의 여동생인 마리에한테 부탁받았다는 이유로 리온이 의욕을 냈다.

그 의욕이라는 것이 문제였다.

──리온은 자신의 목숨을 승리 조건에 포함하고 있지 않다.

즉, 자신의 목숨을 잃는다고 할지라도 이기기만 하면 된다고 생각하고 있다.

아르카디아와 싸우는 것 자체가 무모하다.

그걸 생각하면 리온이 목숨을 거는 것은 당연하다고도 할 수 있다.

하지만 지금의 리온은 스스로 목숨을 버리러 가는 것이나 다름없었다.

'서둘러 육체를 단련하고자 약물에 지나치게 의존하고 있다. 이대로는 살아남아도 나중에 후유증이 나올 가능성도. 아니, 애초에 수명이 줄어들겠지.'

리온이 사용하는 약은 효과가 강한 극약이다.

당연히 몸에 부담이 된다.

자신들이 옆에 있으면서 치료한다고 해도 리온의 목숨을 확실하게 깎아 먹으리라.

이후의 일 따위 일절 생각하지 않고 있다는 증거다.

'어째서 그렇게나 쉽게 자신의 목숨을 걸 수 있는 겁니까? 이 이상 마스터의 부담을 늘릴 수 없습니다. 회수하는 아이템 중 몇 개는 리스트에서 제외해 둬야만 하겠군요.'

루크시온은 리온의 몸에 가해지는 부담을 생각하여, 몇 가지

아이템—— 특히 약물은 리스트에서 제외하기로 했다.
그것이 리온의 명령에 반한다고 하더라도.

★제10장 「오빠를 위해」

리코른에서 내린 마리에한테 항구에서 기다리고 있던 카라가 달려왔다.

"마리에 님, 안에서 무슨 일이 있었던 건가요?!"

동요하는 카라를 보고 마리에는 고개를 갸우뚱했다.

"안에서? 왕녀님의 문병을 하고 온 것뿐이야. ——뭐, 여러 가지로 성가신 이야기는 들었지만, 그 정도이려나."

제국과의 전쟁이 일어난다는 말은 이 자리에서 할 수 있을 리가 없다.

게다가 리온이 괜찮다고 말했다.

마리에는 이번에도 분명 리온이 문제를 해결해 줄 거라고 믿고 있었기에 초조해하지 않았다.

카라는 마리에의 반응에 곤혹스러워했다.

"하지만, 먼저 내린 그 세 사람의 상태가 이상했어요. 세 사람 다 울고 있었고, 안젤리카 님은 서 있지도 못하는 낌새였으니까요."

"무슨 일이 있었던 건데?"

안제와 리비아, 노엘이 울고 있었다는 말을 듣고 마리에는 놀라서 눈을 휘둥그레 떴다.

다만 카라도 자세한 사정은 듣지 못한 모양이다.

"말을 걸었지만, 아무 대답도 해주지 않았어요. 그래서 마리에 님이라면 뭔가 알고 계신 것 아닐까 싶어서."

"미안. 나는 아무것도 듣지 못했어. 리온이랑 뭔가 있었던 걸까?"

떠오르는 원인은 리온밖에 없다.

하지만 리온이 그 세 사람에게 심한 말을 할 거라고도 생각되지 않았다.

"한 번 더 안에 들어가서 이야기를 들어야겠네. 카라도 와."

"네."

카라를 데리고 트랩에서 리코른에 올라탔지만, 함내로 들어가는 문은 굳게 닫혀 있었다.

문손잡이를 잡아도 움직이지 않았고, 잠겨 있었다.

"잠깐, 이거 열란 말이야! 어차피 듣고 있는 거지!"

루크시온, 아니면 크레아레가 바깥 상황을 보고 있을 터다.

그렇게 믿고 말을 걸자, 크레아레의 전자 음성이 응대했다.

다만 모습을 나타내 주지는 않았다.

『유감이지만 바쁘니까 안에는 들여보낼 수 없어. 오늘은 돌아가 줘.』

"크레아레, 오빠를 불러!"

『안 돼.』

"뭣?!"

크레아레는 지금까지 마리에한테 친근한 태도였다.

하지만 오늘은 차갑게 마리에를 내쳤다.

『마스터는 바빠. 지금은 몇 분도 낭비할 수 없어.』

"그치만!"

『마리에라도 마스터를 방해하는 건 용서하지 않아.』

"크레아레?"

결국, 마리에는 그대로 돌아갈 수밖에 없었다.

◇

마리에가 학원으로 돌아오니 벌써 밤이 되어 있었다.

돌아오는 걸 기다리고 있었는지 브래드가 교문 앞에 서 있다.

마리에를 보고는 가까이 다가왔는데, 카라와 마찬가지로 곤혹스러워하고 있었다.

"큰일이야, 마리에. 그 세 사람이――."

"알고 있어. 하지만 나는 아무것도 몰라. 리온한테 확인하려고 했는데, 리코른 안에 틀어박혀서 안 나오고 있고."

그 말만 하자, 브래드가 턱에 손을 대고 생각에 잠겼다.

"마리에라도 안에 들여보내 주지 않는다면, 우리가 가도 무리일 것 같네. 루크시온과 크레아레는 우리한테 특히 엄격하니까."

"리온이 돌아오면 캐물어 주겠어."

분노가 수그러들지 않는 마리에는 황새걸음으로 학원 부지 안으로 들어갔다.

그런 마리에를 카라와 브래드가 뒤쫓아 갔다.

165

카라는 불안해하는 듯했다.

"리온 씨와 그 세 사람은 지금까지도 몇 번인가 다툰 적이 있지만, 이번 같은 경우는 처음이죠? 그 안젤리카 님이 그렇게까지 초췌해진 모습을 본 건 처음이에요."

브래드는 고개를 끄덕이면서 학원에 돌아온 세 사람의 모습에 관해 간단히 설명했다.

"덕분에 학생들이 야단법석이야. 정작 중요한 세 사람은 틀어박혀 있으니까 자세한 사정도 모르고. 이런 때에 리온은 뭘 하는 건지. ——여성을 슬프게 하면 안 되잖아."

브래드도 리온한테 원인이 있다고 생각하는 것이리라.

단지, 자세한 사정이 불명이기에 여성에 대한 취급을 타박하는 데 그치고 있다.

마리에가 브래드한테 시선을 향하자, 브래드는 제법 걱정하고 있는 것처럼 보였다.

"그 셋이 걱정돼?"

브래드는 쓴웃음을 지었다.

"마리에를 앞에 두고 말하는 것도 이상한 이야기지만, 안젤리카와는 옛날부터 알고 지낸 사이니까. 게다가 올리비아 씨나 노엘 씨와도 모르는 사이가 아니고. 그야 신경 쓰이지만—— 내가 가장 걱정하고 있는 건 리온이야."

브래드가 남자를 걱정하고 있다는 말을 듣고 카라가 놀랐다.

"어째서 리온 씨인가요?"

"뭐, 알고 지낸 기간도 짧지 않으니까 말이지."

브래드가 대답을 얼버무리는 사이에, 마리에 일행은 여자 기숙사에 도착했다.

남자인 브래드는 안에는 들어갈 수 없기에 여기까지다.

"세 사람을 잘 부탁해. 나는 다른 모두한테 알리고 올 테니까 말이야."

◇

리코른 함내.

연구실에 모습을 보인 루크시온에게 크레아레가 말을 걸었다.

『마스터는 잠들었어?』

『수면제를 사용해서 잠들었습니다. 이걸로 여섯 시간은 눈을 뜨지 않습니다.』

『강력한 걸 처방했는데도 여섯 시간밖에 잠들지 못하는 거네.』

『──지금의 마스터는 정상이 아닙니다. 정상적인 판단을 내리지 못하고 있습니다."

『푸념하고 싶은 거라면 메시지로 보내. 아니 그보다, 네가 이상해. 마스터의 명령이라구.』

아르카디아를 쓰러뜨린다.

그 명령을 받고 루크시온도 크레아레도 움직이고 있다.

크레아레 입장에서 보면 의문을 품은 루크시온 쪽이 문제다.

『그건 그렇다 쳐도, 마스터도 참 정말로 되는 대로 막 움직인다니까. 이 타이밍에 약혼은 파기하지, 마리에한테는 의심받지. 정말, 나중 일 같은 건 생각하지 않고 있는 걸지도 모르겠네.』

구인류의 후예를 지키기 위해 싸우는 리온이지만, 거기에는 빠진 것이 있었다.

──자신의 목숨이다.

싸움에 승리하고 살아남았을 때를 상정하고 있지 않다.

그것이 이번 같은 조잡한 대응으로 이어지고 있다.

루크시온은 잠시 침묵한 뒤에 말했다.

『크레아레, 우리는 마스터한테 그녀들을 케어하도록 명령받았습니다.』

『받았지. 충격에서 다시 일어날 수 있도록, 내가 보조할게.』

『저한테 하나 제안이 있습니다. 협력을 부탁합니다.』

루크시온의 제안에 처음에는 난색을 보이던 크레아레도──결국 돕기로 했다.

◇

여자 기숙사에 있는 안제의 방에서는 노엘과 리비아가 이야기를 나누고 있었다.

울다 지쳐 침대에서 잠들어 버린 안제를 보며, 노엘은 오늘 있었던 일을 이야기했다.

"분명히 이상하다니까?! 리온이 그런 말을 할 리가 없어."

리온의 상태가 이상했다고 말하는 노엘을 향한 리비아의 반응은 약했다.

"──그러, 려나요? 하지만 저희가 끈질기니까 질려 버린 걸지도요."

자신감을 상실한 리비아는 무슨 말을 해도 자기가 나쁘다고 말할 뿐이다.

노엘이 머리를 긁적였다.

"오늘의 리온은 이상했잖아. 분명 뭔가 있는 거래도. 올리비아도 자신감을 가지자구."

리비아를 설득하는 노엘이었으나, 눈 주위는 빨갛게 부어 있었다.

조금 전까지 울고 있었던 증거다.

리비아는 띄엄띄엄 추억을 이야기하기 시작했다.

"제게 자신감을 준 건 리온 씨예요."

"그래?"

리비아는 작게 고개를 끄덕였다.

"이 학원에 입학하고 얼마 안 됐을 무렵에는 아무것도 몰라서 큰일이었어요. 귀족님들의 학원에 평민인 제가 다니는 건 안 되는 모양이라── 하지만 리온 씨는 그런 저를 지켜 주셨어요. 민폐도 잔뜩 끼쳤어요. 하지만 그때는 용서해 주셨고── 그런데, 이번에는── 제가 고집을 부렸으니까."

또 울기 시작하는 리비아를 보고 노엘이 등을 문질러 줬다.

'평소에는 더 굳센데, 오늘은 정말로—— 응?'

최근에는 굳세진 리비아였으나 리온한테 부정당한 것이 상당히 충격이었던 것이리라.

자신감을 상실하여 자신을 책망하고 있었다.

그런 리비아한테서 시선을 뗀 노엘은 창밖을 보고 있었다.

빨간색과 파란색 두 개의 빛이 어딘가로 향하고 있는 게 보였기 때문이다.

"리비아, 안젤리카를 좀 깨우고 와줘."

"네? 하지만, 이제야 겨우 진정이 된 참이에요."

"됐으니까!"

리비아한테 그렇게 말하고는, 노엘은 빛이 어디로 향하는지를 확인했다.

'저건 루크시온과 크레아레가 틀림없어. 이런 시간에 뭘 하는 거야?'

◇

마리에가 안젤리카의 방에 들어가려 하자, 노엘이 문을 기세 좋게 열어젖히고 뛰쳐나왔다.

"노엘, 잠깐 할 이야기가——."

황급히 불러 세우는 마리에였으나, 노엘은 여유가 없는 듯하다.

"미안, 서두르고 있으니까 나중에!"

떠나가는 노엘은 기운 차 보여서 마리에는 작은 한숨을 내쉬었다.

"기운 차 보이잖아."

곁에 있던 카라는 황급히 거짓말은 하지 않았다고 변명했다.

"항구에서 봤을 때는 정말로 침울해져 있었어요!"

"의심하는 거 아니니까 안심하라구."

'브래드도 침울해져 있었다고 말했고.'

단지, 신경 쓰인 마리에는 노엘을 뒤쫓아갔다.

일단 이야기를 듣고 싶은 것도 있지만, 가능하면 노엘한테서 사정을 듣고 싶기 때문이다.

"어쨌든 쫓아가자."

"네, 넵."

두 사람은 노엘을 뒤쫓았다.

안제는 울어서 눈이 부은 채로 리비아한테 이끌려 방 밖으로 나왔다.

"안제, 이쪽이에요."

"알았으니까 잡아당기지 마라."

리비아한테 이끌려 간 곳은 여자 기숙사에 있는 창고다.

평소 사용되지 않기 때문에 기숙사를 관리하는 직원이 문을 잠가 닫아 두고 있다.

하지만 이상하게 오늘은 문이 잠겨 있지 않았다.

미닫이 형식의 문인데, 약간 열려 있어서 그곳을 통해 내부 모습을 엿볼 수 있었다.

미닫이문 주위에는 노엘 외에 마리에와 카라의 모습도 있었다.

노엘이 입술에 검지를 대고 조용히, 라는 제스처를 취했다.

안제가 말없이 안의 모습을 확인하자 뭔가 대화 소리가 들려왔다.

루크시온과 크레아레다.

『──그러면 크레아레한테는 세 사람의 케어를 부탁합니다.』

『오케이~. 상심 중인 세 사람을 다정하게 위로해 둘게. 그건 그렇고, 마스터도 참 정말로 귀축이네. 약혼자를 쉽게 버리는걸.』

크레아레의 버린다는 말에 안제는 가슴께에서 주먹을 꽉 쥐었다.

리온한테 버림받았다는 현실에 마음이 괴로워졌지만──.

『본의가 아닙니다. 현재 상황을 고려하면 어쩔 수 없는 겁니다. 이번에 한해서는 마스터도 그만큼 필사적이니까요.』

『마스터도 참, 순서랑 요령이 엉망이라니까. 인간 풍으로 말하자면 성가시다는 걸까? 솔직하지 못하다는 건 싫네~.』

루크시온의 '리온의 본의가 아니다'라는 말에 안제는 참지 못하고 튀쳐나가고 말았다.

"무슨 의미냐!"

문을 활짝 열어젖히고 안에 들어가는 안제 뒤에서는 리비아와 노엘, 마리에, 카라가 당황하고 있었다.

루크시온과 크레아레한테 발견되어 미안함과 부끄러움이 뒤섞인 표정을 짓고 있다.

안제가 당당히 침입해 온 것에 루크시온이 조금 어처구니없어 했다.

『저희 이야기를 엿듣는 정도는 눈감고 지나가겠습니다만, 대화에 끼어들다니, 무슨 생각인 건지.』

"너희들, 일부러 이 장소에서 이야기하고 있었군? 애초에 여기는 평소 문이 잠겨 있다. 유독 오늘 문이 열려 있는 건 부자연스럽다."

안제의 추리에 크레아레가 찬물을 끼얹었다.

『유감이지만 여기는 여자가 남자를 데려와서 밀회하는 장소야. 근처 사물함에 여벌 열쇠가 숨겨져 있는데? 그래서 이런 장소에서 대화하고 있었던 건데── 혹시, 몰랐어?』

남녀의 밀회 장소라는 말을 듣고, 평소의 안제라면 얼굴을 빨갛게 물들였을지도 모른다.

하지만 지금은 신경 쓸 여유가 없었다.

"우리한테 들려줄 생각이었겠다? 성가신 짓을 하는 건 주인과 종자가 모두 똑같군. 그것보다도 자세히 이야기해라. 리온이 끌어안고 있는 문제는 뭐지?"

루크시온을 똑바로 바라보고 있자, 그 빨간 눈동자가 한순간이지만 마리에를 향한 것을 안제는 놓치지 않았다.

　──설마, 하고 생각했다.

　'이 녀석들도 마리에를 특별 취급하는 건가. 뭐가 이유지. 어째서── 내가 아닌 거냐.'

　마리에를 향한 질투와 분노를 억누르고, 루크시온에게 바짝 다가가려 했다.

　가까이 다가가기 전에 루크시온이 말했다.

　『사정을 알리지 않고 케어하는 건 무리라고 판단했습니다.』

　포기한 듯한 루크시온에게 크레아레가 빈정댔다.

　『네가 바란 전개면서. 나까지 끌어들여서 말이야. 마스터한테 혼나면 전부 네가 꾸민 거라고 일러바칠 거야.』

　『좋을 대로 하시길. 자, 그러면 자세한 사정을 설명할까요. 마스터가 목숨을 걸고 무엇을 해내려 하고 있는지, 당신들은 들을 의무가 있어.』

　마지막 말은 조금 강한 어조였는데, 그 시선 끝에는 마리에가 있었다.

　'뭐지? 루크시온이 화내고 있는 건가? 마리에한테?'

　안제는 조금 신경이 쓰이면서도, 루크시온의 이야기에 귀를 기울였다.

◇

루크시온의 설명이 끝날 즈음.

마리에는 혼자서 무표정하게 가만히 서 있었다.

'거짓말이야. 그도 그럴 게, 오빠는 괜찮다고 말했는데——!'

루크시온은 제국과의 전쟁이 얼마나 위험한지 설명했다.

리온이 말하지 않았던 사실에 마리에는 말이 나오지 않았다.

약혼을 파기당한 안제와 리비아, 노엘은 지금은 핏기가 가신 얼굴이었다.

리온의 진의를 알고 안도하기는 했지만, 동시에 너무나도 큰 문제를 앞에 두고 고민하는 모양이다.

안제는 루크시온과 크레아레가 알려준 정보를 정리했다.

"신인류니 구인류니, 스케일이 큰 이야기군. 태고의 전쟁이 계속되고 있는 것도 놀랐다만, 그걸 리온이 이어받을 필요가 어디에 있지?"

리비아는 심각한 표정을 짓고 있다.

"하지만, 전부 다 버리고 도망치면——."

이대로 기다리고 있으면 구인류의 후예는 멸망하고 만다.

그전에 아르카디아가 공격해 올 가능성도 높다.

노엘은 리온한테 화내고 싶은 모양이지만, 동시에 심정을 이해하는지 복잡한 심경인 듯했다.

"뭐든 멋대로 진행하고, 혼자서 짊어지고 말이야. 우리가 행복해지면 된다니—— 뭐든지 자기 멋대로 정하는 거 정말로 싫은데."

오해를 푼 루크시온은 안제와 리비아, 노엘에게 협력을 청했다.

『마스터는 전쟁으로 목숨을 잃어도 상관없다고 생각하고 있습니다. 아니, 이미 목숨을 버리는 것도 계산에 넣고 있는 구석이 있습니다.』

안제가 눈을 감았다.

"그 왕바보 녀석이."

『그러니까── 여러분이 협력해 주었으면 하는 겁니다.』

리비아가 루크시온의 요청에 놀라고 있었다.

"협력? 그건 리온 씨의 의사야?"

『아니요, 이건 저의 소원입니다. 이대로 마스터가 혼자서 싸워도 승률은 높지 않습니다. 하지만 협력을 얻을 수 있다면 이야기는 달라집니다.』

노엘이 자기 오른손 손등── 성수의 문장을 일별하고 나서 루크시온을 봤다.

"우리는 뭘 하면 돼?"

『나라를 아군으로 삼아 줬으면 합니다.』

"나라?"

노엘이 놀라자, 안제가 대신해서 말했다.

"쉽게 말해 준다만, 제국은 그렇다 치더라도, 그──."

『아르카디아.』

"아르카디아한테 맞설 수 있을 것 같지는 않다. 너희가 이길 수 없는 상대지?"

제국군과 싸우는 건 좋지만, 루크시온 이상의 성능을 지닌 아르카디아 앞에서는 무력하다는 것을 안제는 자각하고 있었다.

『제국군에 둘러싸이면 아르카디아와의 결전에 지장이 생깁니다. 보조해주셨으면 하는 겁니다.』

"제국군을 끌어당겨 상대하라는 건가. ──하지만 왕국은 전쟁이 계속되어 피폐한 상황이다. 그 제국을 상대로 왕국만으로는 감당하기 어렵다."

호르파트 왕국만으로는 제국을 끌어당기기에는 약하다.

그러자 크레아레가 노엘을 봤다.

『알제르 공화국한테도 협력을 받으면 되는 거야.』

노엘은 그걸 듣고 고개를 내저었다.

"무리야! 전쟁으로 엉망진창이 되고 나서 아직 1년도 지나지 않았는걸."

『이데알이 남긴 비행 전함을 노획했었지? 그거, 어중간한 비행 전함 수 척 분의 성능이 있어.』

"그러고 보니 그런 말을 했던 느낌이 드는데──."

이야기가 정리되는 가운데, 마리에는 혼자 남겨져 있었다.

곁에 있는 카라가 새파래져 있다.

"마리에 님, 어째 터무니없는 이야기가 되어 가고 있어요. 저희는 어떻게 되어 버리는 건가요?"

"그, 글쎄."

대답하는 것만으로도 고작인 마리에였으나, 안제와 리비아, 노엘은 이야기를 끝내자 바깥으로 나갔다.

루크시온과 크레아레도 나가려 했기에 마리에가 말을 걸었다.

"기다려! 나도 협력하게 해줘. 나한테도 할 수 있는 일이——."

『——마리에는 아무것도 하지 마십시오. 그것이 가장 좋은 길입니다.』

"어?"

루크시온이 그렇게 말하고 창고에서 나가자 크레아레가 마리에한테 가까이 다가왔다.

『미안해. 지금의 저 녀석은 어쩐지 좀 이상해. 하지만 마리에는 아무것도 하지 않는 편이 좋아.』

"어째서야! 나도 오—— 리온을 위해 움직일 수 있어!"

『마리에가 있으면 마스터가 자꾸 무리해. 오늘도 마리에는 마스터를 몰아넣었다고.』

"뭐? 내가 뭘 했다는 거야?"

『마리에가 나쁜 게 아니야. 하지만 말이지, 이 이상 마스터한테 기대하면 위태로워질 것 같아. 이미, 마스터는 한계라구.』

리온이 한계라는 말을 듣고 마리에 안에 있는 절대적인 히어로의 이미지가 소리를 내며 무너져 갔다.

"한계라니 뭐야. 리온은 항상——."

『항상 무리하고 있었다는 거지. 이번에는 특히 심해. 글자 그대로, 목숨을 깎고 있어. 그걸 뒤에서 부추긴 게 마리에랑 그 애야.』

그 애, 라는 말을 듣고 짐작 가는 구석이 있었다.

리온은 마리에와 에리카 모녀한테 신경을 쓰고 있었기 때문이다.

"나는 아무것도 몰라서── 그치만, 무리라면 무리라고 말해 줬으면──."

『그러네. 그건 마스터의 잘못이지. 그러니까 마음에 두고 앓을 필요는 없어.』

크레아레가 떠나가자 마리에는 그 자리에 주저앉았다.

"마리에 님?! 정신 똑바로 차려 주세요!"

카라한테 부축받으며, 마리에는 천천히 일어섰다.

그리고.

"──카라, 우리도 움직일 거야."

"네? 하지만, 아무것도 하지 말라는 말을 들었는데요?"

"이대로 끝낼 수 없어. 나는── 아직 아무 은혜도 갚지 못했어. 그러니까 지금은 내가 할 수 있는 걸 할 거야."

이대로 아무것도 하지 않고 있으면 머잖아 후회하게 될 것이다.

그런 예감이 자신을 움직여, 마리에는 행동을 개시했다.

'분명 이 세계에 전생했을 때 기록한 게임 지식에 그게 있었을 거야. 그거라면 분명 오빠의 도움이 될 수 있어.'

⭐제11화 「당신을 위해」

미아를 태운 비행선이 제국 영토로 접근하고 있었다.

호화로운 방이 준비된 미아는 진정되지 않는 기색으로 창밖을 바라봤다.

방 안에는 메이드들이 상주하여 미아의 시중을 들어 준다.

'비행선에 타고 나서부터 기사님과 몇 번밖에 만나지 못했어. 이 사람들도 밖에서 대기해도 괜찮다고 말하는데도 나가 주지 않고.'

지금까지와는 대우가 너무 달라서 미아한테는 숨이 막혔다.

메이드 중 한 사람이 가까이 다가오더니 근처 테이블에 마실 것을 올려놓았다.

주둥이가 있는 뚜껑이 덮인 컵에 든 음료는 신선한 과일 주스였다.

비행선 안은 언제 흔들릴지 알 수 없기에 쏟아지는 게 전제로 만들어진 컵이다.

미아가 받아 들고 한 모금 마시려 했더니——.

"미리아리스 님! 몸을 낮춰 주십시오!"

——메이드 중 한 명이 외치더니 미아의 몸을 자신의 몸으로 덮고 몸을 숙였다.

컵을 손에서 놓쳐 바닥에 떨어뜨린 미아가 무슨 일인가 생각하

고 있자,

"어?"

창밖에 보인 건 금속으로 뒤덮인 비행 전함이었다.

본 적도 없는 형태를 하고 있는데, 신경 쓰인 건 장갑이 녹슬었다는 점이었다.

그리고 오랫동안 바닷속에 가라앉아 있었던 듯한 자취가 느껴졌다.

메이드들이 당황하고 있었다.

"기계병이야!"

"군인들은 뭐 하고 있는 거야?!"

"침착해! 이 배에는 그가 타고 있어!"

메이드들은 당황하여 허둥대면서도 미아를 피난시키려 했다.

하지만 그 도중에 변화가 일어났다.

거대한 비행 전함이 무언가를 향해 공격을 개시했다.

광선이 한 방향으로 몇 개나 발사되었다.

하지만 그 비행 전함이 검붉은 빛에 꿰뚫렸다.

그대로 폭발을 일으키자, 선내가 격렬하게 흔들렸다.

메이드들의 비명이 들리는 와중에, 미아는 양손으로 머리를 보호하며 몸을 낮추고 있었다.

'기사님, 구해주세요!'

핀이 없어서 불안하게 느끼고 있는 사이에 비행선의 흔들림은 수그러들었다.

깨닫고 보니 메이드들이 이번에는 밝은 목소리로 떠들고 있었다.

"설마 마중하러 와주시다니."

주위에 있는 메이드들이 무언가 신성한 것을 보는 듯한 눈으로 창밖을 보고 있다.

미아도 일어서서 창밖을 보니, 거기에는—— 조금 전의 비행선보다도 한층 커다란 검은 비행선이 하늘을 날고 있었다.

너무 거대해서 한순간 부유섬으로 착각하고 말 정도였다.

"저건 뭔가요?"

미아가 묻자 메이드 중 한 사람이 미소를 띠며 대답했다.

"저것이 바로 제국의 비장의 수인 비행 요새예요. 그 이름도——."

메이드가 이름을 말하려 하자, 창밖에서 외부 마이크로 대답이 돌아왔다.

창문에서 수 미터 떨어진 장소에 작은 마법진이 출현했다.

대화가 가능한 전달계 마법진이다.

『저는 아르카디아—— 기다리고 있었습니다, 저희의 공주님.』

"아르카디아 씨?"

미아가 고개를 갸웃하자, 목소리의 주인은 다정한 어조로 말을 걸었다.

『모시러 왔습니다.』

◇

비행선에서 비행 요새로 이동한 미아는 옥좌가 있는 방으로 안내받았다.

미아 곁에는 브레이브를 대동한 핀이 따르고 있었다.

오랜만에 핀과 만나서 미아는 기쁜 듯했다.

핀의 왼손을 꽉 잡고, 긴장한 기색으로 주위를 바라보고 있었다.

"훌륭한 성안 같네요."

비행선 안에 있는 느낌이 들지 않는지, 어딘가 신기하다는 듯이 주위를 보고 있었다.

브레이브는 언짢은 듯이 주위를 둘러보고 있다.

『어중간한 성보다 훌륭하니까 말이지.』

마찬가지로 경계하는 핀이 브레이브한테 물었다.

"이게 아르카디아인가? 겉모습은 완벽하게 보인다만?"

완전체로 돌아간 것 아닌가? 그런 핀의 질문에 브레이브는 고개를 가로저었다.

『겉모습뿐이야. 안쪽이 텅텅 빈 부분이 있어. 그것보다도 아르카디아의 등장이라고.』

브레이브가 말하자 방의 커다란 문이 열리고 거기서 거대한 눈알이 들어왔다.

2m 가까이 되는 거대한 마법 생물은 브레이브 정도의 작은 마법 생물들을 잔뜩 거느리고 있었다.

마치 병사처럼 정렬시키고 입실하자 마법 생물들이 미아 일행을 둘러쌌다.

눈앞에 온 아르카디아를 앞에 두고 미아는 무서워서 다리가 떨리고 있었다.

핀한테 세게 안겨들었고── 아르카디아가 거체에 비해서는 작은 양팔을 펼쳤다.

『기다리고 있었습니다, 공주니이이임!!』

마법 생물들이 일제히 머리를 숙이는 것처럼 시선을 바닥으로 향했다.

너무나도 갑작스러운 일에 미아 일행은 놀라고 말았다.

"어? 저기, 그게, 어라?!"

"진정해라, 미아. 그것보다도 우리를 불러낸 이유는 뭐지?"

핀 뒤에 숨어 버린 미아한테 아르카디아는 『무섭게 해버렸으려나요?』라며 미안한 듯이 말했다.

『기계들이 활발히 활동하고 있기에 제가 직접 공주님을 모시러 왔습니다. 상처는 없으십니까?』

핀 뒤에서 얼굴을 내민 미아는 아르카디아를 힐끔힐끔 보며 말했다.

"괘, 괜찮습니다."

『습니다?! 공주님, 저희에게 경어 따위 불필요합니다. 저희는 공주님의 충실한 종복이기에.』

저자세로 나오는 아르카디아의 태도에 미아는 물론이지만, 핀도 당혹스러워했다.

하지만 브레이브만은 알고 있었는지, 침착한 기색이다.

그 때문에 브레이브가 상황을 설명했다.

『미아가 신인류의 힘에 눈을 뜬 거야. 그래서 이 녀석들은 새로운 주인님을 찾았다며 기뻐서 떠들고 있는 거지.』

그 말을 듣고 미아는 브레이브에게 고맙다고 말했다.

"그랬구나. 가르쳐 줘서 고마워, 브 군."

하지만 이걸 들은 아르카디아의 태도가 일변했다.

마아에게는 공손한 태도를 무너뜨리지 않지만, 핀과 브레이브한테는 달랐다.

『임무도 완수하지 못하는 코어와 기사가 언제까지 공주님의 호위 기사인 척하고 있을 거지?』

외눈으로 노려보는 아르카디아를 향한 핀의 시선은 날카로워졌다.

"그쪽이 본성인가."

『본성? 아니지. 어느 쪽도 나다. 공주님은 정중하게 모시겠지만, 너희는 별개다. 임무를 포기했을 가능성이 있다는 듯하니까 말이지. 제국에 돌아가면 즉시 처벌해서——.』

핀을 처벌하겠다는 아르카디아의 말을 듣고 미아가 앞으로 뛰쳐나왔다.

아르카디아와 핀 사이에 서더니 양팔을 펼쳤다.

"아, 안 돼요! 기사님은 미아의 수호 기사예요! 제, 제멋대로인 말을 하, 하지 말아 주세요!"

겁을 먹으면서도 핀을 감싸자, 아르카디아가 데리고 온 마법 생물들이 떠들썩해지기 시작했다.

『감쌌다.』

『공주님이 감쌌다.』

『어떻게 하지? 어떻게 하지?』

그런 떠들썩한 마법 생물들을 아르카디아가 일갈했다.

『입 다물어라.』

하지만 곧바로 미아에게는 상냥한 어조로 말했다.

『공주님이 그렇게까지 말씀하신다면 이 이상은 죄를 묻지 않겠습니다.』

"저, 정말인가요?"

『예! 이 아르카디아가 약속드리겠습니다.』

"고마워요."

휴, 하고 가슴을 쓸어내리는 미아를 보고 아르카디아도 안도한 표정을 지었다.

생글생글 미소 짓고 있는 아르카디아였으나, 핀과 브레이브를 보는 눈은 엄혹했다.

『공주님의 명령이니까 이번에는 눈감아 주마. 하지만 제국에 돌아가면 한동안 일해줘야겠다.』

핀이 식은땀을 닦았다.

"일이라고? 이번에는 뭘 시킬 생각이지?"

아르카디아는 귀찮다는 듯이 명령했다.

『기계들을 상대해라. 상시 습격해 오니까 성가셔서 참을 수가 없다.』

그 말을 들은 미아가 슬퍼 보이는 표정을 지었다.

"기사님을 데리고 가는 건가요?"

그러자 아르카디아는 변명하고자 필사적으로 양손을 움직이며 설명했다.

『벌을 줄 뿐입니다. 그러지 않으면 다른 자들이 납득하지 않을 테니까요. 하지만 공주님의 희망이라면 벌은 단기간에 끝내고 곧바로 공주님 곁으로 돌려보내 드리겠습니다.』

그 말을 듣고 미아가 작게 고개를 끄덕이자 아르카디아도 이걸로 안심이라는 듯한 표정을 지었다.

◇

이른 아침에 루크시온이 제안하여 나는 한번 왕궁으로 발걸음을 옮기게 되었다.

그때 학원 남자 기숙사에 들를 필요가 있었는데, 어제 일이 있어서 마음이 내키지 않았다.

"좀 더 타이밍을 생각하라고."

나는 남자 기숙사 복도를 걸으면서, 순서 센스가 엉망인 루크시온한테 악다구니를 내뱉었다.

루크시온은 아랑곳하지 않는 태도다.

『왕국에서 호적을 뺄 준비를 진행하라고 명령한 건 마스터입니다. 출발 전에 문제를 정리할 수 있으니 불평하지 말아 주십시오.』

"기사복 같은 걸 굳이 가지러 돌아올 필요는 없을 텐데."

『형식의 문제입니다.』

"네가 준비하라고."

『마스터가 왕궁에 들르는 김에 회수하면 한 번밖에 착용하지 않을 기사복을 생산하지 않아도 됩니다.』

오늘은 이상하게 기분이 좋은데, 하고 인공지능 상대로 생각해 버리고 말았다.

그렇게 내 방에 도착해서 문을 열고 안에 들어가자――

――나는 단번에 기분이 불쾌해졌다.

"나를 속였구나, 루크시온."

『속이지는 않았습니다. 임무에 실패했을 뿐입니다.』

말대꾸하는 파트너한테서 시선을 돌리고, 방 안에 있던 세 사람에게 시선을 향했다.

안제―― 리비아―― 노엘.

긴장한 기색인 세 사람 중에서 가장 먼저 움직인 건 역시 안제였다.

어제와는 달리 당당하게 가슴을 펴고 있다.

"이야기는 전부 다 들었다. 터무니없이 성가신 일에 관여하고 있다지? 어째서 우리를 의지하지 않은 거냐?"

화내는 것도 아니고, 그저 슬픈 듯이 안제가 내게 물었다.

보고 있자니 마음이 아팠지만, 여기서 꺾여서는 아무런 의미도 없다.

"——이건 내 문제야."

"우리 문제다! 너는 어째서 항상——!"

분해하는 듯한 안제의 눈이 글썽거렸고, 당장이라도 울 것 같았지만 참고 있는 모양이다.

잠자코 있던 리비아가 목소리를 높여 내게 호소했다.

"저는! ——저희는, 리온 씨가 저희한테 기대 주시길 바랐어요. 우는소리라도, 약한 소리라도 괜찮았어요. 그저, 털어놓아 주셨으면 했는데."

노엘은 내게 분노의 감정을 부딪쳤다.

"우리도 무관하지 않아. 그런데도 전부 자기가 정리하겠습니다, 라는 얼굴이나 하고 말이야. 리온의 그런 점이 제일 싫어."

싫다는 말을 들은 나는 코웃음을 치며 등을 돌렸다.

"이제 용건은 끝이야? 그럼 나는 볼일이 있으니까 가겠어."

방에서 나가려 하자 안제가 등에 안겨들었다.

내 등에 이마를 맞대고 있다.

안제가 떨고 있는 것이 등을 타고 전해지고 있었다.

"이거 놔."

"부탁이니까 우리한테 돕게 해다오. 이대로 너와 헤어지면 살아남아도 기쁘지 않다. 나는 너와 함께 살아가고 싶다. 그러니——."

흐느껴 울며, 안제는 협력하게 해줄 것을 청했다.

안제의 울음소리에 결단이 무뎌질 뻔한 나는 작게 한숨을 내쉬고 나서 대답했다.

이 이상 결의가 무뎌지지 않도록 등을 돌린 채.

"루크시온한테서 이야기를 들었다면 이미 알고 있잖아? 지금의 셋에게 도움을 받을 일은 없어. 걸리적거린다고."

리비아와 노엘이 숨을 삼키는 듯한 소리가 들렸다.

안제는 내 등을 필사적으로 붙잡고 놓지 않았다.

"그러면, 우리가 멋대로 돕겠다. 너를 위해서가 아니다. 우리는 우리 의지로 너를 도울 거다."

"——마음대로 해."

억지로 걸음을 내디뎌 안제한테서 떨어진 나는 방에서 나왔다.

루크시온이 따라왔지만, 마지막에 안제가 내 등에 대고 말을 걸었다.

"단 하나 방법이 있다. 리온은 싫어할지도 모르지만, 왕국을 하나로 뭉쳐서 전력으로 삼을 수 있어. 그렇게 하면 네 힘이 될 수 있다."

안제가 왕국을 하나로 뭉쳐 제국과 싸우겠다고 말했지만, 내게는 불가능하게 느껴졌다.

지금까지 전혀 뭉치지 못하던 왕국이 인제 와서?

무슨 일이 있으면 내부 다툼을 하고 있던 나라가 이 상황에서 뭉칠 수 있을 리 없다.

"안 돼. 절대로 뭉치지 않아."

"뭉쳐 보이겠다!"

"인제 와서 새삼 아군이 늘어나 봤자 방해가 될 뿐이야."

방해라고 말하자 루크시온이 쓸데없이 안제를 거들어주는 말을 꺼냈다.

『제국군을 상대할 전력이 늘어나면 승률은 한층 오릅니다.』

"──그렇다고 하더라도, 이 나라가 하나로 뭉쳐지겠냐? 지금까지 실컷 고생해 온 건 나라고."

문제를 끌어안고 있는 이 나라가 지금 상황에서 뭉쳐진다면 기적이다.

하지만 안제는 믿고 있는 듯하다.

"뭉칠 수 있다. 단지, 이 방법은 너한테 큰 부담이 된다. 나는 그것만이 미안해서 마음이 괴롭다. 그러니까 꼭 너의 허가를 받고 싶다. 하다못해 내 이야기를 들어다오── 부탁이다."

매달리는 듯한 목소리에, 결의가 무뎌져 가는 것을 스스로 알 수 있었다.

나는 망설임을 뿌리치는 것처럼, 오른손을 들어 하늘하늘 흔들었다.

"허가를 받고 싶다면 얼마든지 내줄게. ──너희가 하고 싶은 대로 하면 돼."

내 의지 같은 건 이제 상관없으니까.

◇

떠나가는 리온의 등을 향해 안제는 오른손을 뻗었다.

그대로 눈물을 훔치더니, 기분을 새로이 다잡기 위해 눈매를 바꿨다.

그리고 기합을 넣었다.

"리온의 허가가 나왔다. 이걸로 나도 각오를 굳히겠다."

'정신 똑바로 차려라, 안젤리카 라파 레드글레이브── 너는 영웅 옆에 서겠다고 결심하지 않았나? 그렇다면 언제까지고 훌쩍훌쩍 울지 마라. 울어도 문제는 해결되지 않아. 울면 그만큼 시간을 낭비하게 된다. ──쓸쓸하고, 그리고 얼마나 슬프더라도, 지금은 행동해라. 곧바로 움직여라!'

마음속으로 자신을 질타하고 격려하면서 리비아와 노엘을 향해 뒤돌아봤다.

둘 앞에서 강한 모습을 보이기 위해, 눈이 충혈되었으면서도 당당하게 행동하는 것을 유념했다.

"리비아, 노엘, 나는 한동안 바빠진다. 리온을 위해, 할 수 있는 일은 전부 할 거다."

안제의 결의를 듣고 노엘도 고개를 끄덕였다.

"나도 할 일이 있으니까 일단 한번 리온의 본가로 갈게."

그리고 안제가 리비아를 봤다.

"리비아는 나랑 같이 오겠나?"

안제의 물음에 리비아는 고개를 저었다.

고개를 든 리비아의 표정은 조금 전과는 달랐다.

눈동자에 강한 의지의 힘이 깃들어 있다.

"저도 할 수 있는 일을 하겠어요."

"그런가. 그렇다면 나는 이만 가겠다."

안제, 리비아, 노엘—— 각자가 리온을 위해 움직이기 시작했다.

한편 마리에는 나무들이 무성한 부유섬에 있었다.

"이, 있었어!"

'다행이다. 아직 오빠 일행은 안 온 것 같네.'

초목을 헤치며 찾아낸 건 오래되어 다 삭아 가는 커다란 저택이었다.

과거에는 누군가가 살았던 석조 저택은 주인과 관리하는 사람들을 잃고 삭아 갈 뿐이었다.

마리에 뒤를 따라오는 카라는 피로로 다리가 떨리고 있었다.

"기다려 주세요오~, 마리에 님~."

그런 카라를 엘프 소년【카일】이 부축하고 있었다.

이전에는 마리에의 전속 사용인이었던 카일이지만, 우연히도 왕도에 볼일이 있어서 와 있었다.

지금은 발트파르트 가에 고용되어 있어서, 어머니인【유메리아】와 함께 저택에서 일하고 있다.

이번에는 닉스와 함께 왕도에 와 있었는데, 그 덕분에 마리에 와 합류할 수 있었다.

"닉스 님한테서 비행선을 빌려서까지 뭘 찾고 있는 건가요? 어차피 보물일 거라고는 생각하지만, 좀 더 시기를 생각하자고요."

여전히 시건방진 카일이지만, 이전보다도 언행이 부드러워졌다. 까칠함은 사라지고, 험한 건 입뿐이다.

그 입도 말투는 예전보다도 부드러워졌다.

마리에는 짐을 내려놓더니, 가지고 온 라이플을 손에 들었다.

"이번만큼은 보물이 아니라 필요한 물건이야. 내가 찾아서—— 반드시 리온한테 전해줘야만 해."

카라를 바닥에 앉힌 카일은 땀을 닦으며 현재 상황에 관해 이 야기했다.

"그렇게 말은 하지만요, 수업에 결석할 필요가 있나요? 게다가 최근에는 제국과의 관계가 심상치 않다는 소문이에요."

마리에는 상반신만 뒤로 돌려 놀란 얼굴로 카일을 봤다.

"누가 그런 말을 했어?"

"로즈블레이드 백작이 닉스 님께 말씀했었어요. 유학생들이 돌아가자 노골적으로 태도가 변했다~ 라고요."

그 말을 듣고 마리에는 당장이라도 그걸 회수해야만 한다며 초조해졌다.

"둘 다, 미안하지만 휴식이 끝나면 바로 조사를 시작하겠어."

'이제 시간이 없어. 빨리 회수해서 오빠한테 그걸 전해줘야 해.'

휘청휘청하는 카라는 더는 움직이고 싶지 않을 텐데도 마리에의 명령이니까, 하고 의욕을 내보였다.

"마, 맡겨 주세요. 하지만, 휴식은 조금이면 되니까 좀 길게 부탁드려오오~."

지면에 드러누운 카라를 방치하고 카일이 마리에한테 물었다.

"이런 곳에 저택이 있다니 이상한 느낌이네요."

마리에는 고개를 끄덕이면서 이 저택── 던전에 관해 이야기했다.

"현자라 불렸던 연금술사의 은신처야. 만년에는 속세를 떠나 연구에 몰두하고 싶다는 이유로 무인도에 저택을 세웠어."

이 던전 말인데, 초반에도 공략 가능한 장소다.

마리에도 그 여성향 게임에서 몇 번인가 찾아왔었고, 그 때문에 기억에 남아 있었다.

카일은 감탄한 기색이다.

"주인님은 제법 자세히 알고 계시네요."

"그렇긴 해도, 연구 성과는 거의 남아 있지 않겠지만 말이지. 하지만 그것만 있으면 다른 건 아무래도 좋아."

"그것? 황금 덩어리라든가 뭐 그런 건가요?"

마리에가 집착하고 있기에 카일은 재보를 얻으러 왔다고 생각하는 모양이었다.

하지만 마리에는 고개를 가로저으며 부정했다.

"아니야. 엄청나게 강해질 수 있는 약이야."

'나는 이런 것밖에 도울 수 없지만, 분명 오빠의 도움이 되겠지? 왜냐면 그 여성향 게임에서도 엄청난 효과가 있었으니까.'

그 아이템을 사용하면 단련하지 않은 캐릭터라도 강력한 보스를 쓰러뜨릴 수 있었다.

사용 횟수는 단 한 번뿐이지만, 마리에는 몇 번이나 신세를 졌다.

그런 강력한 아이템을 사용해도 그 여성향 게임은 클리어할 수 없었지만.

'내가 오빠를 몰아넣은 거라면, 그 책임을 져야 해.'

이전 생의 기억이 뇌리를 스쳤다.

마리에는 눈살을 찌푸린 뒤, 표정을 굳게 다잡았다.

'이번에야말로 나는 오빠의 도움이 되고 싶어. 언제까지고 발목을 붙잡고 있을 수 없으니까.'

"어때, 대단하지!"

『──와~, 굉장해~. 마리에는 정말로 대단해서 감탄이 나오네.』

리코른에 있는 연구실을 찾아온 마리에는 손에 넣은 약을 크레아레한테 보여주고 있었다.

술병 같은 용기에 든 액체를 앞에 두고 크레아레는 쾌활하게 행동했지만── 어딘가 어처구니없다는 느낌을 머금은 목소리를 내고 있었다.

"그것보다도 오빠는 정말로 돌아오는 거지?"

『그래, 생각했던 것보다도 빨리 회수가 끝났으니까 일단 한번 돌아온다는 것 같아. 어이없을 만큼 타이밍도 딱이네. ――하필이면 마리에가 이걸 손에 넣을 거라고는 생각지 않았어.』

갑갑한 기분이 전해져 오는 전자 음성을 내는 크레아레였으나, 마리에는 리온한테 도움이 될 수 있다며 흥분하고 있어서 그다지 신경 쓰고 있지 않았다.

"이건 진짜로 굉장하다구. 송사리 캐릭터라도 강해질 수 있는 강화약이니까 말이야."

『그러네. 가볍게 확인했는데, 확실히 굉장한 약이야. 너무 강력해서 나도 놀라 버렸어.』

둘이 대화하고 있자, 연구실 문이 열리고 리온이 들어왔다.

루크시온도 함께였는데, 그 시선은 테이블 위에 놓인 약으로 향해 있었다.

리온은 마리에를 보고 나서 시선을 약으로 향했다.

"네가 찾아 줄 거라고는 생각지 않았어."

술병을 손에 든 리온은 정말로 기뻐하고 있는 듯했다.

마리에는 양손을 쥐고 미소를 보였다.

"나도 도움이 되지?"

"큰 공로야! 그것보다, 어디에 있었냐?"

술병을 테이블에 내려놓은 리온이 묻자, 마리에는 의기양양하게 말했다.

"근처에 있는 던전이야. 그렇긴 해도, 무인인 부유섬이지만. 오빠도 이게 있으면 아르카디아 같은 거한테 안 지겠지?"

이 약이 있으면 분명 리온도 살아남을 수 있다── 마리에는 그렇게 믿고 있었다.

리온은 씨익 웃고는 마리에의 머리에 손을 올려놓은 뒤 거칠게 쓰다듬었다.

"너치고는 잘했어. 이걸로 승률이 올랐다고."

마리에는 머리카락이 흐트러지면서도 오랜만에 기운찬 리온을 봐서 조금 기뻐졌다.

"잠깐만! 좀 더 다정하게 하라구. 그것보다도 오빠──."

"뭔데? 용돈이 필요한 거라면 부르는 대로 크레아레한테 준비하게 해줄게."

"아니래도!"

돈 목적이라 여겨진 것에 화내는 마리에였으나, 곧바로 표정이 흐려졌다.

리온의 손에는 이전보다도 새 상처가 늘어나 있었다.

옷 아래는 더욱 심각한 상태일지도 모른다.

그만큼 위험한 일을 반복하고 있는 것이리라.

"이제 무리하지 마. 오빠한테 너무 기댔던 거, 나도 반성하고 있어."

마리에가 고개를 숙이며 말하자, 리온은 평소 같은 느낌으로 농담했다.

"기특한 태도는 너한테는 안 어울린다고. 그것보다 진짜로 큰 도움이 됐어. 이걸로 고민이 하나 해결됐으니까 크레아레한테 용돈 더 많이 달라고 해."

마리에는 리온과 더 이야기하고 싶었다.

하지만 리온은 바쁜지 곧바로 크레아레와 함께 약에 관해 이야기했다.

"크레아레, 이 약을 쓸 수 있도록 해줘. ——의미는 이해할 수 있겠지?"

의도를 파악한 크레아레는 살짝 어처구니없다는 느낌의 전자 음성으로 대답했다.

『마스터의 몸에 맞춰서 조정하고, 적은 양으로 충분한 효과를 발휘하도록 만들게. 그래도 사용 횟수는 세 번이 한도이려나? 도중에 중화제 투여는 필수야.』

"충분해. 나는 다음 예정이 있으니까 그만 간다. 마리에는 학원에 돌아가서 그 녀석들 다섯 바보랑 같이 얌전히 있으라고."

"으, 응."

그렇게 말하고 리온은 연구실에서 떠났다.

하지만 루크시온만은 리온을 따라가지 않고 연구실에 남았다.

리온이 없어지자 마리에한테 냉엄한 태도를 취했다.

『쓸데없는 짓을——. 그만큼 아무것도 하지 말라고 충고했는데도.』

마리에는 루크시온의 말투에 화가 나서 뺨을 부풀리며 고개를 돌렸다.

"말투가 너무하지 않아? 나도 오빠를 위해 노력했다구."

『저희는 당초부터 이 약의 존재를 마스터한테서 들어서, 이미 알고 있는 상태였습니다.』

"어? 하지만, 오빠는 찾지 못했다고──."

『마리에는 이 약이 어떠한 물건인지 정말로 모르는 모양이군요.』

마리에는 좋지 않은 예감이 들었다.

기분 나쁜 땀이 솟구쳐 나와, 자기가 터무니없는 짓을 한 게 아닐까? 하고 무서워졌다.

루크시온이 외눈을 크레아레한테 향하자, 크레아레가 교대하여 설명했다.

『마리에, 확실히 이 약은 강력해. 누구든 초인이 될 수 있어.』

"그래. 그러니까 나는 오빠를 위해서!"

리온을 위해서 필사적으로 찾아왔다.

오빠의 도움이 되고 싶었다.

『──그만한 효과가 있는 약에 아무런 부작용이 없을까? 이건 극약이야. 이대로 사용하면 사용자는 효과가 다하기 전에 죽어.』

강력한 약으로 얻은 일시적인 힘의 대가는 사용자의 목숨이었다.

마리에가 충격에 떨었다.

"아냐, 그럴 리가. 그 여성향 게임에서는 평범하게 살아남았는데…….”

『그럴지도 모르지. 하지만 이건 틀림없는 극약이야. 마스터를 위해 조정은 하겠지만, 세 번 쓰면 중화제가 있어도—— 죽겠네.』

담담하게 리온이 죽는다는 말을 들어, 마리에는 어느샌가 눈물을 흘리며 그대로 바닥에 무너지듯이 주저앉았다.

루크시온이 빨간 외눈을 빛냈다.

『이게 손에 들어온 이상 마스터는 반드시 사용할 겁니다. 현재의 정신 상태를 고려해서 손에 넣지 않는 것이 최선이라고 판단했습니다만——.』

루크시온이 화내고 있었다.

그런 루크시온을 크레아레가 달랬다.

『하지만 이건 마스터가 바란 결과지? 마리에도 몰랐던 거고, 책망해도 어쩔 수 없어.』

루크시온은 타박하는 걸 멈추고 크레아레한테 약에 관해 확인했다.

『효과를 약하게 할 수 없습니까?』

『그건 마스터의 명령에 위반돼. 미안하지만 나는 마스터의 명령을 우선할 거야.』

『——마스터의 몸은 약 사용에 몇 번 견딜 수 있습니까?』

『세 번 쓰면 확실하게 죽어. 솔직히 말하자면 두 번도 위험해.』

루크시온과 크레아레의 대화를 듣고 마리에는 눈물을 뚝뚝 흘렸다.

"나는—— 난—— 오빠의 도움이—— 되고 싶었던 것뿐인데."

자신의 선의가 리온을 죽음으로 몰아넣으려 하고 있다.

마리에는 몸을 웅크린 채 목메어 울면서, 자신이 저지른 잘못을 몹시 후회했다.

★제12화★ 「각자의 활약」

리온이 소유하는 무인 부유섬에는 알제르 공화국에서 가지고 온 성수가 심겨 있었다.

무인이기에 관리는 작업용 로봇들이 하고 있다.

그런 성수를—— 노엘이 가지고 돌아가려 하고 있었다.

주위 흙째로 파내서 로봇들한테 옮기게 하고 있다.

그 모습을 보고 있던 건 카일의 모친인 유메리아였다.

작은 몸집에 비해 가슴이 크지만, 온화한 분위기와 상냥한 어조도 있어서 연하로 보이기에 십상인 엘프 여성이다.

겉모습보다도 나이는 많고, 한 아이의 엄마다.

"정말로 이 애를 가지고 가는 건가요? 모처럼 여기에 자리 잡았는데."

성수가 옮겨지는 모습을 보며 유메리아는 유감스러운 듯이 말했다.

노엘이 미안해하면서 설득했다.

"미안해. 하지만 이번만큼은 성수한테 도와달라고 할 수밖에 없어. 우리의 미래가 걸려 있으니까."

미래, 라는 말에 유메리아는 고개를 갸웃했다.

"또 리온 님과 관련된 말썽거리인가요? 대공님이 되어도 여전히 바빠 보이네요."

쓴웃음을 짓는 유메리아를 본 노엘은 망설이는 기색으로 협력을 요청했다.

"맞아. 하지만 이번에는 제일 성가신 것 같아. ──그러니까, 유메리아 쨩도 협력해 줄래?"

"예?"

놀란 표정을 짓는 유메리아한테 노엘은 필사적으로 부탁했다.

상대는 발트파르트 가문의 사용인── 노엘 쪽이 입장은 위다.

직속 상사는 아니지만, 리온의 부모님한테 부탁하면 분명 빌려 줄 것이다.

하지만 그래서는 안 된다.

"부탁이야! 성수를 제어해 줄 사람이 필요해. 나도 하겠지만, 유메리아 쨩의 도움이 필요해."

"노엘 님?"

낌새가 이상한 노엘을 보고 유메리아는 곤혹스러워했다.

그래서 노엘은 사정을 설명했다.

유메리아도 이해할 수 있도록, 가능한 한 간단하게.

"──실은 말이지."

그대로 설명을 끝내고, 노엘은 고개를 숙이며 협력을 구했다.

위험한 일에 말려들게 하는 것이기에 유메리아한테 죄책감이 느껴졌다.

"원래라면 카일 군과 같이 평온하게 살고 싶지? 하지만 지금의 우리한테는 유메리아 쨩의 힘이 필요해."

이번 전쟁은 리온조차 여유가 없고, 자칫 잘못하면 목숨을 잃고 만다.

그런 상황에 유메리아를 말려들게 하고 마는 것이 한심했다.

기댈 수밖에 없는 자신의 실력에 노엘은 분해했다.

'내가 좀 더 무녀로서 강했다면, 혼자서도 성수를 제어할 수 있었는데. 지금의 나로서는 리온한테 미덥지 못하다고 여겨져도 어쩔 수 없겠네.'

유메리아가 양손을 뻗어, 고개를 숙인 노엘의 손을 잡았다.

"저도 카일도, 여러분께 몇 번이나 도움을 받아 왔어요. ──은혜를 갚게 해주세요."

"유메리아 쨩? 저, 정말로 괜찮아?"

"네! ──전쟁은 무섭고, 뭘 할 수 있을지 알 수 없지만 말이에요. 하지만 리온 님을 비롯한 여러분 덕분에 다시 카일과 함께 살 수 있게 되었으니까요."

에헤헤, 하고 쑥스러워하며 웃는 유메리아를 보고, 노엘은 눈물을 흘리며 안겨들었다.

"미안해. 그리고, 정말로 고마워."

판오스 공작가의 성에는 리비아가 찾아와 있었다.

알현실로 안내받은 리비아는 지금은【헤르트뤼더 세라 판오스】와 단둘이 면회하고 있었다.

리비아가 헤르트뤼더와 둘이서 면회할 수 있었던 이유는 리비아가 손에 들고 있는 마술 피리에 있다.

높은 자리에 서서 리비아를 내려다보는 헤르트뤼더의 빨간 눈동자에는 증오가 담겨 있는 것이 리비아한테도 전해져 왔다.

헤르트뤼더는 팔짱을 끼고 있었다.

"지금의 판오스 공작가에 일부러 라위다의 마술 피리를 가지고 오다니, 무슨 생각인 걸까? 애초에 마술 피리를 가지고 나가는 허가는 받았어?"

라위다──【헤르트라위다 세라 판오스】는 헤르트뤼더의 여동생이었다.

왕국과의 전쟁으로 목숨을 잃고 만 왕녀다.

둘은 사이가 좋은 자매였다.

리비아는 마술 피리를 양손에 들고 헤르트뤼더를 올려다봤다.

"제게 이 마술 피리를 사용하는 법을 가르쳐 주세요."

그 요청에 헤르트뤼더는 눈을 휘둥그레 크게 떴다.

"진심이야? 그 마술 피리를 쓴다는 의미를 알고 있어? 그게 아니면, 몬스터들을 조종하고 싶은 것뿐?"

마술 피리에는 불가사의한 힘이 있다.

마술 피리를 불면 몬스터를 조종할 수 있을 뿐만 아니라── 술자의 목숨과 맞바꾸어 수호신이라 불리는 거대한 몬스터를 소환

할 수 있다.

거대한 몬스터는 몇 번 쓰러뜨려도 부활하고, 술자의 희망을 이루기 위해 계속해서 움직인다.

단, 목적을 달성하면 사라지고── 술자도 생명을 잃는다.

목적이 달성되지 않고 실패해도, 도중에 목숨이 아까워져서 거대 몬스터를 없애도 목숨은 빼앗긴다.

그것이 마술 피리다.

리비아는 마술 피리의 진실을 알면서, 헤르트뤼더를 똑바로 바라봤다.

"그 거대한 몬스터를 소환하겠어요. ──제 목숨과 맞바꾸어서라도, 해내야 할 일이 있어요."

각오를 굳힌 리비아의 눈을 보고 헤르트뤼더는 어깨를 으쓱였다.

"얄궂은 일이네. 라위다의 목숨을 빼앗은 네가 이번에는 라위다의 마술 피리로 목숨을 잃으려 하다니."

헤르트라위다를 죽였다는 말을 들은 리비아였지만, 직접 목숨을 빼앗지는 않았다.

"그건──."

"말이 지나쳤네."

헤르트뤼더는 곧바로 발언을 철회하더니 높은 자리에서 내려와 리비아한테 가까이 다가갔다.

그리고 리비아가 들고 있는 마술 피리에 손을 뻗었다.

리비아는 한순간 망설였지만, 그대로 헤르트뤼더에게 마술 피리를 건넸다.

헤르트뤼더는 마술 피리를 바라보며 여동생을 떠올리고 있는 것처럼 보였다.

"이 마술 피리를 쓰고 싶다니, 제법 궁지에 몰린 모양이네. 대공님도 어째 수상한 움직임을 하고 있다는 듯하고, 무슨 일이 일어나고 있는 걸까?"

그 말투에서, 리비아는 헤르트뤼더가 정보를 파악하고 있다는 걸 눈치챘다.

조금 고민했지만, 리비아는 현재 상황을 말하기로 했다.

"──큰 전쟁이 일어나요. 리온 씨라도 힘든 싸움이 될 거라서, 저는 힘이 되고 싶어요."

"그래서 마술 피리에 주목했다?"

쿡쿡 웃는 헤르트뤼더는 마술 피리를 부드럽게 끌어안고 있었다.

그리고 리비아를 비웃는 듯한 태도를 보였다.

"쉽게 마술 피리를 건네고, 정보까지 내어 주다니 정말로 어수룩하구나. 그때 이후로 아무 성장도 하지 않았잖아. ──내가 마술 피리를 빼앗아서 너를 감옥에 처넣을 가능성을 생각하지 않았어? 내가 원한을 잊었을 것 같아?"

그 말을 들은 리비아는 당황하지 않고 헤르트뤼더를 똑바로 바라보며 대답했다.

"당신은 경솔한 사람이 아니에요. 저한테 손을 대면서까지 리온 씨와 적대하지는 않아요."

헤르트뤼더의 눈썹이 움찔하며 올라갔다.

여전히 어수룩한 채라고 생각했던 리비아가 굳세진 것에 조금 놀랐고── 그대로 기쁜 듯이 미소 지었다.

"──정답이야. 나는 두 번 다시 그 대공님과는 싸우지 않겠다고 정했어. 부주의하게 손을 댔다가, 큰 화상을 입었으니까."

리비아가 학원의 1학년이었을 무렵, 헤르트뤼더는 왕국에 싸움을 걸었다.

하지만 그 싸움은 리온의 존재에 의해 패배로 끝났다.

리온과 싸우는 건 넌더리가 난다, 그런 태도를 보여주고 있었지만──.

'리온 씨한테 호의를 품고 있는 느낌이 들어.'

──리비아한테는 헤르트뤼더가 리온한테 호감을 품고 있는 것처럼 보였다.

리비아의 시선이 약간 날카로워졌지만, 헤르트뤼더는 개의치 않고 이야기를 계속했다.

"마술 피리 사용법이었지. 유감이지만 가르쳐줄 수 없어."

"그렇군요."

리비아가 마술 피리에 손을 뻗었다.

가지고 돌아가자── 그런 생각이었는데, 헤르트뤼더는 리비아 앞에서 마술 피리를 꺾었다.

"어어?!"

양손으로 들고, 무릎을 올려 마술 피리를 파괴해 버렸다.

놀라는 리비아한테 마술 피리를 던져서 건넨 헤르트뤼더는 제법 상쾌한 표정을 짓고 있었다.

찰랑찰랑한 검은 머리카락을 쓸어올리며 말했다.

"개운해졌어. 이런 피리 때문에 인생이 틀어졌던 건가 하고 생각하니 정말로 넌더리가 나네."

"뭐, 뭘 하는 건가요?! 여동생분의 유품이잖아요?!"

"확실히 중요한 물건이지만, 이건 구 공국의 국보이지, 유품이 아니야. 게다가 이런 물건을 남겨 두면 네가 또 사용하려 들 테지."

리비아는 아무 말도 하지 못하고 침묵하고 말았다.

헤르트뤼더가 사용법을 가르쳐주지 않더라도, 여차하면 독학으로 사용할 생각이었다.

최악의 경우 얼버무려서 크레아레한테 해석시켜 사용법을 조사하게 할 예정이었다.

헤르트뤼더가 작게 한숨을 내쉬었다.

"그만둬. 그 대공님이 올 거야."

자신을 신경 쓰는 헤르트뤼더의 말에 리비아는 놀랐다.

"저를 원망하는 게 아니었나요?"

"그래, 싫어. 아주 싫어. 하지만——."

헤르트뤼더는 여동생을 떠올린 것인지 한 줄기뿐이지만 눈물을 흘렸다.

"——나는 그 아이한테 자랑할 수 있는 삶을 살겠다고 정했어. 게다가 나는 이래 보여도 공작 대리야. 판오스 가문을 위해 움직이겠다고 정했단 말이지. 그래서 너를 살려 둔 거야. 은혜로 느껴도 좋아."

사심을 버리고 판오스 공작가의 이익을 추구한다.

헤르트뤼더는 리비아한테 말했다.

"희생되는 쪽도 괴롭겠지만, 남겨진 쪽도 괴로워. 그것만큼은 잊지 마."

리비아는 부서진 마술 피리를 주워 들었다.

"그렇다고 하더라도, 저는 리온 씨의 도움이 되고 싶었어요. 줄곧 생각하고 있었어요. 자신이 리온 씨한테 어울리지 않는 것 아닐까, 하고요. 보호받기만 할 뿐이고, 도움이 되지 않는 자신이 한심했으니까요."

눈물짓는 리비아를 보고 헤르트뤼더가 등을 돌렸다.

찰랑찰랑한 검은 머리카락이 살랑, 하고 퍼졌다가 차분하게 가라앉을 즈음에.

"——제국과의 사이에서 관계가 나빠졌다는 모양이네."

"거기까지 알고 있었나요?"

"소문이야. 하지만 제국이 상대라면 그 대공님도 애를 먹을 만하네. 납득했어. ——판오스 공작가는 대공님한테 조력하겠어."

"도와주시는 건가요?"

헤르트뤼더가 뒤돌아서 리비아를 향해 손가락을 가리켰다.

"이건 대공님과 너에 대한 빚으로 쳐 두겠어. 비싸게 칠 테니까 각오하도록 해."

리비아는 헤르트뤼더의 손을 양손으로 잡고 감사를 표했다.

"네! 제가 할 수 있는 것이라면 뭐든지 말해 주세요!"

"흐음~ '뭐든지'라."

◇

왕도에 있는 레드글레이브 가문 저택.

응접실에 찾아온 안제는 저택에서 일하는 메이드인 코델리아가 준비한 홍차를 마시고 있었다.

"코델리아가 내려 준 차는 오랜만이군."

소파에 앉아 당당하게 있는 안제를 보고, 코델리아는 안절부절 못하는 기색이었다.

지금도 안제를 걱정해서 충고했다.

"어째서 저택에 오신 겁니까? 게다가 당주님과 오라버님인 길버트 님을 불러내시면서까지."

"할 이야기가 있으니까."

용건이 있으니까 아버지인 빈스와 오빠인 길버트를 왕도에 불러냈다.

본래라면 왕도 저택에는 둘 중 어느 한 명밖에 없다.

한 명은 영지 관리를 하기 위해 본가로 돌아가기 때문이다.

안제는 그런 두 사람을 불러냈다.

이미 본가에서 절연당한 상태인데도, 다.

얼마 전까지 안제의 신변 시중을 들어 왔던 코델리아는 분명 두 사람이 격노할 거라며 불안해했다.

"아가씨는 절연당한 몸입니다."

"그래서 리온의 이름을 쓰지 않았나?"

안제의 부탁이라면 아버지도 오빠도 만나 주지 않았겠지만, 리온의 이름을 꺼내면 이야기는 달라진다.

이미 작위는 리온 쪽이 위이고, 군사력이라는 의미에서도 리온이 우월하다.

두 사람 입장에서는 어설프게 적대할 수 없기에 만날 수밖에 없다.

그런 상황을 만들어 낸 안제에게 두 사람이 호감을 품을 리도 없다.

"대공님의 이름을 써서 불러냈을 때, 이 저택에 체재 중이셨던 건 길버트님이었습니다. 정말 엄청나게 분노하셨다고요."

"그래도 만나서 이야기를 할 필요가 있었다."

두 사람이 대화하고 있자 문이 약간 거칠게 열렸다.

빠른 걸음으로 응접실에 들어온 건 길버트와 빈스였다.

길버트는 안제를 노려보았다.

"장래의 대공 부인은 절연의 의미를 모르는 모양이군. 잘도 우리 앞에 얼굴을 내밀 수 있구나."

안제는 일어서더니 공손하게 인사했다.

"오랜만입니다, 오라버님. 그리고, 아버님도."

빈스가 안제를 보고 지긋지긋하다는 듯이 중얼거렸다.

"이미 너와는 부녀의 연을 끊었다. 아버지라 불릴 도리는 없다. 그래서, 용건은 무엇이지? 이래 보여도 바쁜 몸이라서 말이다. 하찮은 이야기가 아니길 바라지."

일부러 비행선을 타고 왕도까지 불려 온 빈스는 말에 비아냥과 빈정을 섞었다.

그런 둘을 앞에 두고 안제는—— 상위자로서 당당하게 행동하기 시작했다.

"절연을 풀어 주실까."

거만하게 행동하는 안제를 보고 길버트의 뺨이 씰룩거렸다.

"실컷 지원해 온 나와 아버님께 제법 위에서 잘난 듯이 내려다보는 듯한 말투이지 않으냐. 너는 예의조차 잊어버린 듯하구나."

넌지시 '배신해 놓고서 잘난 듯이'라고 말하고 있다.

안제도 귀가 따갑다고 생각하면서, 목적을 달성하기 위해 양보하지 않았다.

태도를 바꿀 생각은 없었다.

안제는 길버트를 무시하고 빈스에게 몸을 향했다.

"앉아서 이야기하지요."

빈스는 태도를 바꾸지 않는 안제를 보고 뭔가를 느꼈는지 소파에 앉았다.

안제도 앉았지만, 길버트는 선 채였다.

빈스 가까이에 서서 안제의 움직임을 주시하고 있었다.

오빠의 태도에 쓸쓸함을 느끼고 있자, 빈스가 입을 열었다.

"그래서, 무슨 용건으로 이곳을 찾아오셨나?"

안제는 한번 눈을 감았다가—— 수 초 후에 눈을 뜨고 잘 들리는 목소리로 선언했다.

그렇다, 이건 선언이다.

"당신의 손자를 왕으로 만들겠다."

안제가 그 말만 하자, 빈스는 어안이 벙벙해졌다.

길버트는 한순간 놀랐지만, 이내 정신을 차리고 안제를 책망했다.

"인제 와서 무슨 말을 하는 거냐! 이미 기회는 놓쳤다는 걸 모르는 거냐? 전부 다 너희가——."

인제 와서 왕위를 노릴 수 없다고 말하는 길버트에 비해, 빈스의 반응은 달랐다.

"지금은 내가 이야기하고 있다. 너는 입을 다물고 있어라."

"아버님? ——알겠습니다."

빈스가 길버트를 조용히 시키더니, 입 앞에서 손깍지를 끼고 안제를 봤다.

"이미 제국은 왕국에 선전포고했다. 곧바로 소문도 퍼질 텐데, 이번 일과 관련이 있는 것이냐?"

질문받은 안제는 고개를 끄덕였다.

"매우."

빈스는 입꼬리를 올리며 웃었다.

"그렇겠지. 대공의 목을 가져다 바치면 봐주겠다고 말했다는 모양이다. 제법 거만한 태도가 배어 나오는 문장이었다고 들었다."

제국에서의 선전포고를 알게 되어 안제는 동요했지만, 얼굴에는 드러내지 않았다.

"레드글레이브 공작의 힘이 필요합니다."

'이제 시간이 없다. 이대로 손을 쓰지 않으면 리온을 죽이라고 말하는 바보들이 나올 것이다. 그렇게 되면── 리온이 우리를 단념해 버리고 만다.'

리온이 발끈하여 공격해 올 일은 없겠지만, 의지가 되지 않는다고 생각하여 단념하고 포기할 것이다.

그렇게 되면 리온은 단신으로 싸움에 향할 터다.

안제는 그걸 저지하고 싶었다.

길버트는 '인제 와서 무슨 소리를'이라고 말하고 싶어 하는 듯한 얼굴이었지만, 입 밖으로는 꺼내지 않았다.

빈스는 안제의 얼굴을 똑바로 바라본 뒤, 그러고 나서 대답했다.

"과연, 그 정도로까지 제국은 위협적인가."

싱글벙글하는 빈스의 얼굴은 명백히 주도권을 쥐었다는 표정이었다.

딸을 앞에 두고 지금은 한 명의 귀족으로서 응대하고 있다.

안제가 태도를 무너뜨리지 않는 것을 보고, 빈스는 입을 크게 벌리고 웃기 시작했다.

"공작?"

안제가 곤혹스러워하자 빈스가 말했다.

"아버님이라고 불러라. 새로운 폐하께는 잘 부탁드린다고 전해 두도록."

더 설득이 필요할 줄 알았던 만큼, 안제는 받아들여 준 빈스의 태도에 놀라고 말았다.

하지만 곧바로 다음 행동으로 옮기지 않으면 안 된다.

"감사합니다. 그러면, 저는 이걸로 실례하겠습니다."

◇

안제가 방에서 나가자 길버트가 빈스에게 물었다.

"괜찮겠습니까, 아버님?"

"뒷배 건 말이냐?"

"제국과의 전쟁 건입니다. 대공의 목을 바치면 회피할 수 있습니다."

길버트가 그렇게 말하자 빈스는 깊은 한숨을 내쉬었다.

그 태도에 길버트는 당황했다.

"무언가 잘못되었습니까?"

"대공을 잃은 우리를 제국이 정말로 우리를 살려주리라 생각하느냐? 진심으로 전쟁 준비를 하고 있다는 정보가 들어왔다. 이대로 내부 다툼을 계속하고 있으면 왕국은 불타는 벌판이 된다."

길버트는 안제를 향한 분노 때문에 시야가 좁아져 있었던 것을 부끄럽게 여겼다.

"면목 없습니다."

"괜찮다. 그건 그렇고, 안제가 정말로 좋은 얼굴을 하게 됐군. 옛날에는 조금 노려본 것만으로도 긴장했던 것이 거짓말 같구나."

안제를 칭찬하는 빈스를 보고, 길버트는 태도가 약해진 것도 있어서 이번에는 칭찬해 버렸다.

"저희를 상대로 조금도 주눅 들지 않더군요. 안제가 남자였다면 저는 당주 자리를 기꺼이 양보했을 겁니다."

나약한 발언을 하는 길버트를 보고 빈스는 조금 놀란 표정을 지었다.

그 모습에 길버트는 어리둥절하고 말았다.

"아버님?"

"──하아, 너는 깨닫지 못했구나."

한숨을 내쉬고 어처구니없어한 빈스는 길버트가 아무것도 모르고 있다며 고개를 내저었다.

"예?"

"안제가 남자였다면 잘해 봐야 너와 동등하거나 약간 뒤처지는 정도였을 거다. 여자이기에 저렇게까지 각오를 굳히고 강해질 수 있었던 거다."

길버트는 납득하지 못한 얼굴이었다.

"아니, 그렇지만……."

"너도 좀 더 인생 경험을 쌓으면 이해할 수 있을 거다. 여자는 무섭다는 말은 진실이야. 오늘은 공부가 되었겠구나."

여동생의 변한 모습을 보고 길버트도 느끼는 바가 있었는지 분해 보이는 표정을 지었다.

"——앞으로도 정진하겠습니다."

빈스는 고개를 끄덕이고는, 길버트에게 본심을 말했다.

"그건 그렇고 내 손자가 왕이 되는 건가—— 원래라면 너를 옥좌에 앉혀 주고 싶었다만."

자기 대에서 왕국을 손에 넣고, 그 후에는 아들에게 모든 걸 맡기고 싶었다.

진심을 들은 길버트는 조금 기뻐하는 듯했다.

"마음만으로도 충분합니다."

"하아, 너한테 좀 더 욕심이 있었다면 좋았을 것을."

리온과 안제, 리비아, 노엘, 그리고 마리에가 모습을 보이지 않게 된 학원에서는 다섯 바보가 테이블을 둘러싸고 진지한 표정을 짓고 있었다.

시간은 점심시간.

학생 식당에서 점심 식사를 마친 다섯 명은 그대로 얼굴을 맞대고 상담 중이었다.

율리우스가 괴로워하는 얼굴로 중얼거렸다.

"마리에가 학원을 뛰쳐나가고 벌써 며칠이 지났다."

질크는 가슴에 손을 대고 천장을 올려다보고 있었다.

"마리에 씨와 만나지 못하는 나날은 이렇게나 빛바래 버리는 거군요. 며칠이라고는 해도, 제법 길게 느껴지고 맙니다."

그렉의 근육이 펌프업되어 마리에를 만나지 못하는 외로움을 표현하고 있었다.

"큭! 다시 단련한 내 등을 마리에가 쳐다봐 줬으면 했는데!"

조용히 팔짱을 끼고 모두의 이야기를 듣고 있는 크리스는 학생복 상의를 벗고 핫피를 애용하고 있었다.

"던전에 갔다는 것 같다만, 어째서 우리한테 말을 걸어 주지 않는 건지."

브래드는 애완동물인 비둘기 로즈와 토끼 마리에게 먹이를 먹여주고 있다.

후우, 하고 연기 같은 한숨을 내쉬며.

"하다못해 말을 걸어 줬으면 했지. 최근에는 분위기도 흉흉하니, 안전을 위해서도 내가 마리에를 지키고 싶었어."

마리에를 만나지 못해 쓸쓸한 5인조였으나, 동시에 리온과 약혼자 세 사람의 걱정도 하고 있었다.

율리우스가 화를 냈다.

사실은 호통치고 싶은 기분이지만, 상대가 없어서야 분노를 부딪칠 수 없다.

동시에 자신이 화낼 입장이 아니라는 것도 이해하고 있었다.

그 때문에 복잡한 표정을 지었다.

"문제라고 하면 리온도 마찬가지지. 그 세 사람과 약혼을 파기했나 싶더니만, 또 어딘가로 가 버렸다지 않나."

질크가 어깨를 으쓱이며 리온의 행동을 비난했다.

"이유도 없이 약혼을 파기해서 여성을 울리다니, 리온 군은 지독한 사람이네요."

질크의 말은 옳았지만, 이 자리에 있는 네 명은 수긍할 수 없었다.

그렉과 크리스가 소곤소곤 이야기했다.

"이 녀석, 잘도 리온을 비난할 수 있구만."

"이렇게까지 낯짝이 두꺼우면 도리어 부러울 정도다. ——본받고 싶지는 않지만."

질크는 둘의 대화를 모르는 체하며 흘려들었다.

브래드가 어처구니없어하면서 약혼자 셋에 관해서도 이야기했다.

"그렇지만 진짜로 어떻게 될까? 본인들은 학원에 안 오고 있고, 사정을 알 것 같은 마리에도 없어. 찾으러 나가려 해도 우리는 비행선 한 척조차 없으니까 움직이려야 움직일 수도 없고."

리온이 없으면 비행선 한 척도 준비할 수 없다.

무리하면 준비할 수 있겠지만, 애초에 마리에가 어디에 있는지 불명이었다.

율리우스가 이야기를 정리했다.

"──마리에가 비행선을 빌린 건 리온의 친형한테서라는 이야기는 파악하고 있다. 지금도 왕도에 체재하고 있다는 것 같으니까, 방과 후에라도 이야기를 들으러 갈까."

그게 좋겠다고 고개를 끄덕이는 네 사람이었으나, 식당에 학생한 명이 뛰어 들어왔다.

안색이 바뀌어 숨을 헐떡이는 학생의 표정에 율리우스를 비롯한 5인조는 위기를 감지했다.

전원이 입구에 시선을 향하자, 뛰어 들어온 학생이 큰 목소리로 외쳤다.

"제, 제국이 선전포고했어!"

학생 식당에 들어온 정보에 학생들은 소란스러워지기 시작했다.

율리우스가 고민스러운 표정을 지었다.

"——소문이 사실이었군. 리온이 한동안 얼굴을 보이지 않는 건 제국과 관련이 있는 건가?"

질크가 고개를 저었다.

"그럴 가능성이 높지만, 지금은 확인할 방도가 없습니다. 그것보다도 곧바로 마리에 씨를 구출하러 가지요. 오후 수업은 결석하고, 이대로 로즈블레이드 가문 저택으로 가야 합니다."

다섯 명이 자리에서 일어나 복도로 나가자, 그 타이밍에 마리에가 돌아왔다.

울어서 퉁퉁 부은 눈에, 흐트러져 부스스한 머리카락.

카라를 데리고 있지 않았고, 발걸음이 불안정한 마리에를 보고 다섯 명은 뛰쳐나가고 있었다.

"무슨 일이 있었지, 마리에!"

마리에가 고개를 들더니 율리우스의 얼굴을 보고 말했다.

"——부탁드려요. 제발, 오빠를 구해 주세요."

"뭐? 마리에의 오빠?"

눈물을 흘리는 마리에의 부탁에, 다섯 명은 곤혹스러워하면서 서로 얼굴을 마주 보는 것이었다.

◇

수업을 빠진 마리에와 5인조는 이야기를 나누기 위해 다회실에

와 있었다.

　누구에게도 이야기를 들려주고 싶지 않았기에 인기척이 적은 장소를 선택한 결과다.

　자리에 앉은 율리우스를 비롯한 5인조를 앞에 두고, 마리에는 선 채로 고개를 숙이고── 스커트 자락을 양손으로 꽉 쥐었다.

　"나는 지금까지 모두를 속여 왔어."

　다섯 명은 마리에의 말에 귀를 기울이고, 말참견하지 않을 생각인 듯하다.

　그래서 마리에는 모든 것을 이야기했다.

　──자기가 전생자라는 것.

　──이전 생에서 무엇을 해 왔는지.

　──그리고 자신이 행복해지기 위해 다섯 명에게 접근했음을.

　──마지막으로 이전 생의 오빠를 자기가 궁지로 몰아넣고 말았다는 것.

　모든 이야기를 다 끝낸 마리에는 다섯 명 앞에서 무릎을 꿇고 엎드려 사과했다.

　"정말로 죄송해요. 그래도, 부탁이에요. 제발, 오빠를── 오빠야를 구해 주세요."

　진실을 말한 것은 마리에 나름의 성의였다.

　목숨을 걸고 리온을 도와주길 청하는 것이니까, 자신도 진지하게 마주하자.

　──실패한다고 하더라도 그건 문제가 아니었다.

그저 그저, 조금이라도 리온의 도움이 되고 싶었다.

무릎 꿇고 엎드려 사과하며 눈물을 흘리는 마리에는 다섯 명에게서 욕설이 날아오는 것을 기다렸다.

분명 욕해 줄 것이다.

그것도 어쩔 수 없다. 자기가 속이고 있었으니까.

가련한 소녀라고 생각했더니, 실은 안에 든 건 이전 생을 겪었던 사람.

거기에 더해 흑심이 있어서 접근한 건 다섯 명이 가장 싫어하는 행위일 것이다.

무슨 말을 들어도 받아들일 생각이었다.

자신을 저버리고, 리온을 돕지 않겠다는 말을 들어도 별수 없다.

──이대로 속여서 싸우게 하는 것보다 훨씬 낫다고 생각해서 한 행동이었다.

하지만 아무리 기다려도 다섯 명에게서의 욕설은 들려오지 않았다.

어처구니없어하는 기색도, 낙담하는 낌새도 없다.

자신을 경멸하고 있는 것 아닐까? 그렇게 생각하니 무서워서 고개를 들 수 없었다.

가장 먼저 입을 연 것은 율리우스였다.

"이전부터 이상하다고 생각하고 있었다. ──하지만, 설마 리온이 이전 생의 오빠라는 건 예상도 하지 않았어."

온화하고 부드러운 율리우스의 목소리에, 마리에는 놀라서 고개를 들었다.

"어째서── 어째서 다들── 웃고 있는 거야."

다섯 명은 어딘가 곤란한 듯이 미소 지으며 마리에를 보고 있었다.

그렉이 마리에한테 가까이 다가오더니, 무릎 꿇고 엎드린 자세를 그만두게 하고 일으켜 세웠다.

"뭐, 뜻밖의 이야기라 놀랐지만, 그래도 마리에는 마리에잖아? 우리가 사랑한 마리에라는 건 틀림없으니까 말이지."

"그렉?"

크리스는 조금 쑥스러운지 안경 위치를 고치는 동작을 하고 있었다.

"본심을 말하자면, 전생이라는 말을 들어도 실감이 나지 않는다. 다만, 마리에가 그렇게 말한다면 진실인 거겠지. 나는 믿겠어. 믿고서 돕도록 하지."

"어째서야. 나는 속이고 있었다구."

받아들여 주는 건 기쁘지만, 마리에는 자기 안에서 납득하지 못하고 있었다.

욕을 먹는 것이 당연하다고 생각하고 있었고, 자기한테 주먹을 휘두르는 것도 각오하고 있었다.

그만한 짓을 해 왔다고 자각하고 있었으니까.

그런데도, 마리에의 이야기를 들어도 크리스는 부탁을 들어주겠다고 말한다.

브래드는 평소대로 멋있는 척 폼 잡는 태도였지만, 오늘만은 마리에한테도 정말로 반짝반짝 빛나고 있는 것처럼 보였다.

"확실히 만남은 거짓이었을지도 몰라. 하지만 그때부터 쭉 함께 있었던 나는 단언할 수 있어. 너의 행동에 거짓은 없었어. 흑심은 있었을지도 모르지만, 그 정도를 허용할 도량은 있어."

마리에는 기뻐서 눈물이 넘쳐흘렀다.

이런 자신을 받아들여 줘서, 정말로 기뻤다.

눈물을 흘리는 마리에한테 질크가 손수건을 내밀었다.

"하나 정정하자면, 마리에 씨의 부탁이니까 리온 군을 돕는 게 아닙니다. 마리에 씨가 말하지 않더라도 저희는 도왔을 겁니다."

"어째서 목숨을 걸 수 있는 거야? 정말로 위험한데?"

도와주는 건 기쁘지만, 다섯 명이 자신들을 위해 목숨을 걸어 주는 것이 믿기지 않았다.

마리에의 의문에 대답해 준 건 율리우스였다.

"리온은 어떻게 생각하는지 모르지만, 우리는 그 녀석을 친구라고 생각한다."

"오빠를?"

마리에가 시선을 움직여 다섯 명을 둘러보자, 그렉이 코 밑을 손가락으로 쓰윽 문지르고 있었다.

"지금도 한 방 먹여서 갚아 주고 싶은 마음은 있지만, 딱히 나는 싫어하지 않는다고."

크리스는 어깨를 으쓱이고 있었다.

"원한도 있지만 그만큼 은혜도 있으니까."

브래드는 머리카락을 만지작거리며 조금 불만스러운 듯이 말했다.

"몇 번이나 호되게 당했지만, 뭐, 진심으로 미워할 수도 없지?"

질크는 미소를 지으며 가슴에 손을 대고 있었다.

"당한 만큼은 언젠가 도로 갚아 줄 겁니다. 그걸 위해서도 리온 군이 여기서 쓰러지게 둘 수는 없습니다."

지금의 마리에한테는 다섯 명이 무척 멋진 남자들로 보였다.

"다들――!"

'나는 중요한 걸 줄곧 놓치고 있었던 걸지도 몰라.'

마리에는 눈물을 훔치고는, 울어서 부은 눈으로 미소를 지었다.

"――고마워. 다시 또 반해 버릴 것 같아."

마리에는 진심으로 이 다섯 명과 함께 있길 잘했다고 실감했다.

율리우스가 뺨을 조금 빨갛게 물들이며 부끄러워했다.

그리고 표정을 새로이 다잡았다.

"자세한 상황을 들려다오. 그리고 리온이 있는 곳을 알려줬으면 한다."

★ 제14화 「리온의 후회」

내가 찾아온 부유섬은 아침부터 큰비가 내리고 있었다.

하늘을 보니 울적한 잿빛 하늘이 펼쳐져 있다.

동굴 안에서 그 모습을 바라보고 있던 나는 파트너인 루크시온에게 시선을 향하고 물었다.

"이 비는 그칠 것 같냐?"

빨간 외눈을 몇 번인가 점멸시킨 루크시온은 우리가 찾아온 부유섬의 날씨를 확인하고 예측 결과를 알려주었다.

『한 시간도 지나지 않아 갭니다. 아인호른을 마중하러 오게 하겠습니까?』

"——아니, 조금 쉴래."

휴식하기로 한 나는 동굴 조금 안쪽으로 되돌아갔다.

안에는 모닥불이 마련되어 있고, 그 주위에는 짐이 어지럽게 흩어져 있다.

던전에서 발견한 보물들이다.

적당한 바위에 앉은 나는 라이플을 옆에 내려놓고 모닥불에 손을 쬐었다.

"생각했던 것보다도 몸이 차가워졌군."

그렇게 말하자 루크시온이 장작을 불에 지피기 시작했다.

손발이 없는 루크시온이지만, 마치 염력을 쓰는 것처럼 장작이 잇따라 불 안으로 날아 들어갔다.

『체력 소모와 연일의 피로로 면역력이 저하되어 있습니다. 판단력도 떨어지고 있습니다. 잠시 쉬는 편이 효율적입니다.』

"그래서 이렇게 쉬고 있잖냐."

그렇게 말하며 던전에서 손에 넣은 갖가지 전리품들을 체크하고 손을 뻗었다.

손에 든 것은 칼날에 무늬가 떠올라 있는 단검이었다.

"이 녀석은 쓸만하냐?"

루크시온에게 보여주자 빨간 외눈에서 빛을 발하며 해석하기 시작했다.

『또 데이터에 없는 금속이 사용되었습니다.』

"판타지 금속 단검인가. 쓸만할 것 같으면 개조해 둘까."

오랫동안 방치되었던 단검이지만 칼날에는 녹 하나 없었다.

칼집이나 자루 쪽이 너덜너덜한 상태이기에 쓸 거라면 새로 준비해야 하리라.

연마된 거울 같은 칼날을 들여다보니 이전보다도 야윈 내 얼굴이 보였다.

"몰골이 말이 아니군."

자학하면서 웃고 있는데도 루크시온의 반응은 차갑다.

『과도한 트레이닝과 약의 과잉 섭취가 원인입니다. 시간이 없는 건 알고 있습니다만, 이대로 가면 싸우기도 전에 쓰러지고 말니다. 게다가 던전 공략도 하루에 몇 번이나 하고 있습니다. 명백한 과로입니다.』

"일이 아니야. 이건 취미다."

『표현 방식을 바꿔 봤자 헛수고입니다. 마스터의 몸은 한계입니다. 비명을 지르고 있다고요.』

"지금까지 땡땡이쳤던 대가구만."

작게 한숨을 내쉬고 단검을 지면에 내려놓았다.

──'대가'라. 내가 말해 놓고서 납득하고 말았다.

지금까지 많은 것들을 보지 않도록 하며 지내 왔다.

방치해 온 대가가 지금에 와서 찾아온 것뿐이다.

좀 더 빨리 진지하게 단련했더라면.

좀 더 빨리 아르카디아와 같은 신인류의 병기를 발견했더라면.

좀 더 빨리 진심을 발휘했더라면.

후회해도 끝이 없지만, 어떻게 해도 생각하고 만다.

모닥불을 바라보며 무언의 시간을 보내고 있자, 루크시온이 질문했다.

『마스터에게 질문이 있습니다. 약혼자 세 사람에 관한 건입니다.』

"또냐. 아무리 물어봐도 답은 똑같다."

여전히 끈질긴 녀석이라고 생각하고 있었더니, 이번에는 조금 달랐다.

『제가 신경 쓰이는 건 마스터가 약혼자들과 부자연스럽게 거리를 두는 점입니다. 이전부터 의문이었습니다. 마스터는 어째서 약혼자들과 친밀해졌을 때 관계에 거리를 두고자 한 것입니까?』

사이가 좋아지기 전에는 스스럼이 없었는데, 친해지면 거리를 두고 싶어 하는 이유?

그런 건 뻔하잖냐.

"——내가 전생자니까."

『그건 질문에 대한 답이 되지 않습니다.』

"아니, 이게 답이다. 애초에 나는 그녀들한테 걸맞은 인간이 아니야."

나는 빈말로라도 우수하다고는 할 수 없는 인간임을 자각하고 있다.

성격은 스스로 '약간이지만' 비뚤어져 있다고 생각하고, 당한 것을 갚아 주면 언제나 주위로부터 '지나쳤다'라는 말을 듣는다.

무슨 말을 하고 싶은 것인가? 나 같은 평온무사한 인생을 꿈꾸는 남자는 자극적인 인생을 보내는 그녀들한테는 걸맞지 않다. ——잘 어울리는 사이가 아니라는 의미다.

무엇보다도.

"게다가 나는 비겁한 녀석이야. 지금까지 모든 걸 네 힘으로 비틀어 왔지."

『그건 아닙니다. 마스터가 움켜잡은 결과입니다.』

"네 힘으로 붙잡은 결과잖아? ——나는 이 세계에 필요 없는 인간이야."

리비아와 연인이 될 터였던 건 지금은 예전 모습은 온데간데없는 귀공자였던 다섯 바보다.

그런데도 루크시온의 힘으로 내가 리비아와 맺어졌다.

『적어도 그녀들은 마스터가 비겁한 사람임을 알면서 관계를 맺었습니다. 그녀들에게는 필요한 존재입니다.』

"아아, 상냥해서 눈물이 나오지. ——그러니까 떨어지는 편이 좋아."

나 같은 녀석한테 상냥한 그 애들이니까, 괜히 더 가슴이 괴로워진다.

그 여성향 게임의 공략 지식을 가진 나는 아무것도 모르는 그녀들을 속이고 있는 것이나 마찬가지다.

비밀을 끌어안고 있는 나한테 그래도 괜찮다며 받아들여 준다.

그런 착한 애들이 내게 어울린다? 그럴 리가 없다.

『마스터는 아무도 속이지 않았습니다.』

루크시온의 위로를 들어도 나는 받아들일 수 없었다.

어째서냐면 나란 인간을 가장 잘 이해하고 있는 건 나이기 때문이다.

"지금도 속이고 있어. 나는 내가 얼마나 왜소한 인간인지 알아. 너를 손에 넣어서 과대평가 받고 있을 뿐이지. ——그 세 사람이 보고 있는 건 너의 힘을 빌려서 뭐든 해결할 수 있는 히어로 같은 '가짜의 나'라고."

루크시온이 없는 나였다면 분명 그 세 사람과의 접점은 없었으리라.

애초에 학원에 다니고 있지 못했을 것이다.

입학 전에 억지로 결혼당해, 지금쯤은 어떻게 되어 있었을까?

살아있을지도 의심스럽다.

그랬던 것이, 루크시온을 손에 넣은 것만으로도 제법 편한 학원 생활을 보낼 수 있었다.

『저는 마스터의 소유물입니다. 제 힘을 빌리는 것은 부끄러운 일이 아닙니다.』

"정작 나는 내 힘인 척 속여서 날뛰고 있었지만 말이지. 여하튼 지금 와서 도망치겠다는 생각을 한 나한테 그 셋은── 너무 눈부셔."

루크시온의 힘으로 마구 으스댄 내가 그 셋한테 어울릴 리가 없다.

거짓말로 도배한 것이나 마찬가지인 나와, 이 세계에서 진지하게 살아가고 있는 세 사람은 다르다.

아무 생각 없이 들떠 있을 수 있었다면 얼마나 마음이 편했을까? 세 사람과 사귀어서 행복을 느끼는 한편으로── 마음속에는 비겁한 수단으로 그 세 사람을 손에 넣었다는 죄책감이 있었다.

친밀해지면 친밀해질수록, 전생하기 전에 그 여성향 게임을 업신여기며 플레이했던 나를 떠올렸다.

리비아를 생각 없는 태평한 주인공이라며 바보 취급하고 있었다.

안제를 두고서는 금방 화를 내는 순간 급탕기라고 말했다.

그녀들을 바보 취급했던 내가 아무 일도 없었다는 듯이 사귀고 있다.

업신여기고 있었을 터인데—— 가장 어리석었던 건 나였다는 걸 깨닫게 됐다.

"나는 그 세 사람이 행복하게 살아주길 바라는 것뿐이야. 더 많은 사람이 살아남았으면 좋겠어. 그러니까 아르카디아와 싸우는 건 너를 손에 넣은 내 의무다."

내 의무라는 발언을 듣고 루크시온은 빨간 렌즈 안의 링을 바쁘게 움직였다.

초조함일까? 아니, 동요인가? 여하튼, 평소와 낌새가 다른 것처럼 보였다.

『——저를 손에 넣은 것을 후회하고 있는 겁니까?』

"후회는 항상 하고 있어."

『대답해 주십시오. 저는 마스터에게, 불필요한 존재였습니까?』

거리를 좁혀 오는 루크시온에게 나는 얼버무리지 않고 답하기로 했다.

그것이 함께 싸우는 파트너로서 최소한의 예의라고 생각했으니까.

"나는 너한테 고마워하고 있어."

『정말입니까?』

"당연하지. 너를 손에 넣은 덕분에 조라가 가지고 온 혼담을 거부할 수 있었어. 학원에 다니고, 안제와 리비아하고도 친해질 수 있었어. 그 다섯 명을 날려버렸을 때는 속이 시원했지. 게다가 전쟁에서도 네가 있어 주었으니까 이길 수 있었어. 전부 네 덕분이다. 나 혼자라면 아무것도 하지 못하고 죽었을 테니까."

판오스 공국, 알제르 공화국, 그리고 라셀 신성 왕국.

루크시온이 있었던 덕분에 모든 싸움에서 승리할 수 있었다.

혼자였다면 아무것도 이뤄내지 못했을 것이다.

하지만 루크시온을 손에 넣었으니까, 본래 진행해 나가야 할 이야기에서 크게 벗어나 버린 것 아닐까? 그런 후회도 있다.

『그런 것치고는 표정은 밝지 못하군요.』

내 표정을 읽고, 고마워하고 있는 것만은 아님을 꿰뚫어 본 것이리라.

최근에는 속이는 것도 힘들어지기 시작했군.

"──만약 인생을 다시 시작할 수 있다면, 내가 다시 너를 찾으러 갈지, 나 스스로 의구심이 들거든."

루크시온 덕분에 살아난 건 사실이지만, 동시에 성가신 일도 떠안고 말았다.

인생을 다시 시작할 수 있다고 한다면, 나는 루크시온을 손에 넣기 위해 위험을 무릅쓸 것 같지는 않았다.

『인생을 다시 시작한다?』

"전생이 있다면, 루프도 있을지도 모르잖냐? 또 비슷한 인생을 걸 거라고는 보장할 수 없어."

그렇게 말하자, 루크시온은 수십 초 정도 침묵하고 난 뒤.

『마스터한테 있어서 저는──.』

"찾았다, 리온!"

루크시온이 말을 끝내기 전에 동굴 안에 남자의 목소리가 울려 퍼졌다.

무기를 들고 일어서자, 동굴 안에 침입해 오는 사람의 모습이 보였다.

라이플을 들고 자세를 취했던 나는 침입자들을 보고는 총구를 내렸다.

"어째서 여기에 온 거지?"

시선을 루크시온에게 향하자, 루크시온은 빨간 렌즈를 내게서 돌렸다.

조금 전의 끈질긴 대화는 분명 시간을 벌고 있었던 것이리라.

율리우스가 내게 가까이 다가왔다.

"찾아다녔다. 마리에도 걱정하고 있다. 자, 돌아가자."

내 팔을 잡고 당기기에, 억지로 뿌리쳤다.

"방해하지 마라. 나는 바쁘니까 한동안 돌아갈 생각은 없어."

율리우스 외에도 질크, 그렉, 크리스, 브래드—— 다섯 바보가 모두 모여 있었다.

한층 뒤쪽을 보니 친구인 다니엘과 레이먼드의 모습도 있다.

떨어진 장소에서 우리의 모습을 보고 있다.

율리우스는 내게 진지한 표정으로 현 상황을 말했다.

"제국이 선전포고했다. 화평을 원한다면 너의 머리를 바치라고 하더군."

"그러냐. 그럼 돌아갈 수 없겠군. 어차피 왕국은 나를 처형한다
며 떠들고 있겠지? 그런 박정한 나라 따위에 누가 돌아가겠냐고."

성가신 일이 일어나고 있는 장소에 일부러 돌아갈 생각은 없다.

율리우스를 비롯한 다섯 명에게 돌아가라고 제스처를 취했지
만, 다섯 명이 나를 노려봤다.

"사정은 들었다. 어째서 우리를 의지하지 않았지?"

율리우스의 말에 나는 한순간 놀랐지만── 곧바로 웃음을 터
뜨렸다.

"왜 내가 너희한테 의지하지? 실컷 나한테 민폐를 끼쳐 놓고
서, 너희가 진짜 의지 된다고 생각하고 있었던 거냐?"

비웃어 주자 그렉이 내 곁으로 와서 멱살을 붙잡아 올렸다.

근력 바보인 그렉은 가까이서 보니 제법 박력이 있군.

"지금까지도 너는 우리를 의지해 왔잖냐."

"잡일을 돕게 하고 있었던 것뿐이라고."

그렉을 밀어서 떨쳐내자 이번에는 크리스가 내 팔을 붙잡았다.

"적당히 해라. 마리에가 너를 걱정하고 있었다고."

"돈줄이 없어지니까 그런 거잖냐?"

"마리에가 그런 여자라고 생각하나?"

"그래. 너희 생활비를 위해 나한테 실컷 머리를 숙여 왔으니까!"

이번에는 크리스를 밀쳐내자, 브래드와 질크가 둘이 나를 붙잡
았다.

"기분이 안 좋은 모양이네. 휴식은 취하고 있어?"

"목욕도 하는 편이 좋습니다. 지금 상태로는 숙녀 앞에 나갈 수 없겠군요."

걱정해 주는 둘에게── 화가 났다.

그래서 억지로 뿌리치고, 나는 다섯 명에게 소리쳤다.

"얼른 돌아가! 너희들 조무래기가 도와줘 봤자 민폐라고!"

나는 모닥불을 끄고 짐을 회수하여 아인호른에 돌아가려 했다.

그러자 무언가가 내게 날아와서 맞았다.

움직임을 멈추고 천천히 뒤돌아보니── 율리우스가 왼손 장갑을 벗어 내게 던진 것이었다.

율리우스가 지면에 떨어진 장갑을 가리켰다.

"주워라, 리온. 우리는 너한테 결투를 신청한다."

★ 제15화 「1대5 결투」

안제가 왕국에 찾아오자 한 여성이 말을 걸었다.

이름은 【클라리스 피아 애틀리】.

애틀리 백작가의 영애로, 안제와도 친한 관계인 학원 졸업생 이다.

잰걸음으로 복도를 걷는 안제 옆으로 오더니, 친근하게 대화를 시작했다.

"오랜만이야, 안젤리카. 제법 아군을 늘린 모양이네. 왕궁에 온 건 왕위 찬탈이 목적일까?"

위험한 발언을 하는 클라리스에 비해 안제는 냉정했다.

시선만 클라리스를 향했으나, 걸음은 멈추지 않았다.

"이제부터 왕비님과 면회한다. 용건이 없다면 돌아가라. 곧 왕 궁이 시끄러워질 테니까."

"미안하지만 지금은 아버님 일을 돕고 있어. 여기는 내 직장 이야."

"이 타이밍에? 무슨 생각이지?"

"글쎄? 그것보다도 리온 군은 건강하게 지내고 있으려나?"

함축적인 뉘앙스를 띤 클라리스의 말투에 안제는 눈을 가늘게 떠서 불쾌감을 나타냈다.

"무슨 의미지?"

"깊은 의미는 없어. ──왕비님이 기다리고 계셔."

그렇게 말하고는 클라리스는 안제와 헤어졌다.

안제가 왕비의 방 앞으로 오자, 얼굴을 본 호위들이 경례한 뒤에 문을 열었다.

아무래도 정말로 밀렌이 기다리고 있는 모양이다.

"실례하겠습니다."

밀렌은 자신의 방── 집무실에서 대량의 서류를 처리하고 있었다.

안제가 오자 손을 멈추고 한숨 돌린 뒤 미소를 띠었다.

문이 닫히자 밀렌이 먼저 말을 걸었다.

"지금에 와서 제법 정력적으로 움직이네. 뒤늦게 이 나라가 갖고 싶어졌어?"

밀렌의 솔직한 질문에 안제는 태연하게 대답했다.

"네. 그걸 위해서 왔습니다."

"그런데 혼자서 오다니, 정말로 배짱이 있네."

안제를 보고 쿡쿡 웃는 밀렌이었으나, 갑자기 표정을 굳게 다잡았다.

"제국에서의 요구는 알고 있지?"

"리온의 목이겠죠."

"그 외에도 왕국을 속국으로 삼겠다든가, 세세한 조건이 많아. 성가시지?"

"그러면 싸우실 생각입니까?"

안제의 물음에 밀렌은 침착한 기색으로 말했다.

"불가능하지. 피폐한 왕국은 전쟁을 치를 힘이 남아 있지 않아. 그러니 리온 군을 제국에 팔아 안전을 도모하는 자들이 나오는 거겠지."

"나중에 배신자들의 명단을 주십시오."

당당하게 행동하는 안제에게 밀렌은 짓궂은 질문을 던졌다.

"마치 왕비처럼 말하는구나. 아니, 여왕 폐하려나? 믿음직스럽지 못한 그를 대신해서, 직접 왕좌에 오를 생각이니?"

그 질문에 안제는 도발적인 미소를 띠었다.

"그걸 리온이 바란다면 그렇게도 할 수 있습니다. 다만, 저는 이래 보여도 남편을 떠받쳐 주는 아내를 동경하거든요. 리온이 바라지 않는 일은 하고 싶지 않습니다."

밀렌은 뭔가를 말하려다가, 고개를 내저은 뒤 이야기를 되돌렸다.

"——명단은 제작 중이야. 나중에 줄게."

"감사합니다."

이야기가 일단락되자, 안제가 밀렌한테 태연하게 말했다.

"롤랜드 왕은 이만 물러나 주셔야겠습니다."

그 말을 들어도 밀렌은 당황하지 않고, 안제를 앞에 두고 농담을 던졌다.

"폐하께 퇴위를 강요하려고? 그럼 우리 왕족은 본보기로 처형이러냐?"

"놀리지 마십시오. 평화적으로 왕위를 넘겨받을 겁니다. 폐하의 신변의 안전은 보장할 것이고, 다른 왕족분들도 마찬가지입니다."

안제의 판단을 듣고, 밀렌은 눈을 가늘게 뜨고 위정자의 얼굴로 변했다.

"아직도 무르구나. 왕족을 그냥 내버려 두면 후에 반드시 문제를 초래할 거야. 어쩌면 정통성을 외치며 독립하는 귀족들이 나올지도 모르지."

새로운 왕을 인정하지 않겠다고 말하면서 독립을 선언하는 귀족들이 나오는 사태는 안제도 예상했지만, 신경 쓰지 않았다.

"그들이 리온에게 이길 수 있다면, 그것도 방법이겠지요."

안제의 대답에 밀렌은 조금 부러워하는 것처럼 보였다. 어딘가 딸의 성장을 기뻐하고 있는 것처럼 보였다. 예의범절을 가르친 딸이 훌륭해져서 돌아온 것을 기뻐했다.

"훌륭하게 자랐구나. 너를 후계자로 정했던 건 참 훌륭한 선택이었어. 결과적으로는 이렇게 되었지만."

율리우스와의 약혼으로 안제는 미래의 왕비가 될 예정이었다. 그걸 위해 밀렌이 몸소 안제를 돌보며 키워 왔던 것인데, 아들인 율리우스에 의해 백지가 되고 말았다.

그걸 애석하게 여기고 있는 모양이다.

"저는 리온 곁에 있었기에 여기까지 성장할 수 있었습니다.

——밀렌 님, 지금까지 무척 많은 신세를 졌습니다."

머리를 숙이는 안제에게 밀렌은 말했다.

"감사를 전하기에는 아직 이르단다. 나보다 벅찬 상대가 남아 있는걸. ——폐하는 알현실에서 기다리고 있어."

"알현실이라 하셨습니까?"

마치 자신이 오는 것을 기다리고 있는 듯한 느낌이 들었다.

◇

동굴 밖으로 나오자 다니엘과 레이먼드가 내게 말을 걸었다.

"리온, 어떻게 된 거야?! 왜 학원에 안 오는 거냐고!"

"너답지 않아. 게다가 제국이 전쟁을 걸어 왔어. 리온이 없으면 모두가 곤란해."

내게 말을 거는 두 사람에게 나는 어째서 이곳에 있는지를 물었다.

"저 다섯 명을 데리고 온 건 너희들이냐?"

내가 노려봤기에 다니엘은 시선을 이리저리 움직이며 피했다.

"그래, 우리한테 비행선을 내어 줬으면 한다고 부탁받았다. 너를 데리러 가겠다고 말하더라. 그것보다도 어째서 결투 같은 걸 하는 거냐고?!"

뒤돌아보니 동굴에서 그 다섯 명도 나왔다.

나는 거칠게 내뱉듯이 말했다.

"내가 알겠냐. 자, 안 떨어지면 말려든다."

두 사람이 나를 걱정하며 숲속으로 사라졌다.

그걸 보며 루크시온에게 불평했다.

"비가 그치지 않았네. 네 일기예보는 믿을 수 없구만."

『그다지 시간은 지나지 않았습니다. 오차 범위 내입니다.』

궤변이 술술 나오는 파트너다.

빗속에서 내 앞에 온 다섯 명은 가로 일렬로 늘어섰다.

나는 룰을 확인했다.

"1학년 때로부터 아무것도 배우지 못한 모양이군. 갑옷을 사용한 결투를 신청하다니, 학습 능력이 없냐?"

다섯 명은 내게 그때와 같은 상황—— 안제를 돕기 위해 결투 대리인이 되었던 때와 같은 조건을 내밀었다.

나를 보는 율리우스는 어딘가 슬퍼하는 것처럼 보였다.

"우리가 승리하면 너를 왕도로 데리고 돌아가겠다."

질 리가 없는 나는 승리했을 때의 조건을 말했다.

"내가 이기면 너희는 왕도로 돌아가서 얌전히 마리엘랑 놀고 있어라. 안심해. 용돈은 많이 보내 줄 테니까 한동안은 놀고먹을 수 있을 거다."

율리우스는 내 농담에 웃고 있었다.

"그건 좋군. 이겨도 져도 이득이라니."

빗속에서 상쾌하게 말하는 율리우스의 모습은 역시나 미형 왕자님이라는 생각이 들었다.

질투심이 솟구쳐 일어나—— 지는 않는군.

애초에 꽃미남을 향한 질투 같은 건 동료 사이에서의 커뮤니케이션이다.

"마음에 안 드는 그 얼굴을 너덜너덜하게 만들어 주마. 루크시온, 아로간츠를 내보내."

그래도 입에서 나오는 건 질투심이 그대로 드러나는 잔챙이가 할 법한 대사였다.

『알겠습니다.』

루크시온이 대답하자, 미리 대기시켜뒀던 건지 아로간츠가 상공에서 천천히 강하했다.

비로 진흙탕이 된 지면에 내려선 아로간츠는 이전보다도 체형이 육중해졌다.

아르카디아와의 전투를 상정하여 루크시온이 개량을 계속한 성과다.

나는 아로간츠를 앞에 두고 다섯 바보한테 물러나도록 설득했다.

"지금의 아로간츠는 너희가 알던 아로간츠가 아니야. 1학년 때 너희를 너덜너덜하게 만들었지? 그때와 같은 성능이라고 생각하지 않는 편이 좋다고."

일부러 오래된 상처를 헤집는 듯한 발언을 하자, 크리스가 안경을 벗었다.

"가까이서 봐 왔으니까 알고 있다. 한층 더 강해진 것 같아서 다행이군."

——허세를 부리는 태도에 화가 났다.

얼른 물러나면 귀찮은 일이 적었을 텐데.

"그래서? 너희의 갑옷은 어디에 있냐? 설마 결투를 신청한 주제에 준비하지 못했다는 말은 하지 않겠지?"

그런 전개도 있을 것 같다고 생각하고 있자, 하늘에서 갑옷이 다섯 기나 내려왔다.

본 적이 있는 갑옷들에, 나는 눈을 휘둥그레 뜨고 루크시온을 봤다.

"이 녀석들의 갑옷을 가지고 왔었냐?"

『이쪽 다섯 기도 개수가 완료된 상태입니다.』

"루크시온, 무슨 생각이냐?"

『결투를 받아들인 건 마스터입니다. 대전 상대한테 갑옷이 없기에 제가 준비했습니다.』

무슨 생각인 거지? 이 녀석들이 나한테 이기는 건 불가능하다.

애초에 아로간츠의 성능은 한계까지 강화되어 있다.

완전한 마장 기사와의 전투를 상정하여 내가 강함을 추구했기 때문이다.

그 결과 지금까지의 나로서는 조종이 어려워졌지만, 그건 트레이닝과 약으로 커버하고 있다.

그렇게 하지 않으면 완벽히 다룰 수 없는 것이 지금의 아로간츠다.

다섯 바보를 보니 내려온 갑옷에 올라타고 있었다.

──전부 루크시온이 준비한 갑옷들이다.

다섯 바보가 몇 번이고 타서, 나를 서포트해 왔던 갑옷들.

질크가 나를 보며 미소 짓고 있다.

"후의에 감사드립니다."

그렇게 말하고는 콕핏 해치를 닫았다.

무릎을 꿇고 선 자세였던 녹색 갑옷이 천천히 일어섰다.

전원이 탑승했고, 일어서서 나를 기다리고 있었다.

하얀 갑옷에 올라탄 율리우스가 나를 재촉했다.

「안 타는 거냐?」

"──후회하게 해주지."

정말로, 다섯 바보를 향한 짜증이 쌓여 갔다.

콕핏 안.

해치를 닫자 모니터가 기동하여 주위 경치를 비췄다.

비가 내리는 숲은 지면 상황이 최악이었다.

주위는 나무들이 무성해서 움직이는 것도 고생이다.

루크시온의 모습은 정위치인 내 오른쪽 어깨 부근에 있다.

"왜 저 녀석들을 돕는 거야? 말려들게 하지 않는다는 방침을 잊은 거냐?"

『잊지 않았습니다.』

"그런데?"

『그것보다도 다섯 명이 기다리고 있습니다.』

나는 한숨을 내쉬고 나서 화면에 비친 다섯 명의 갑옷을 봤다.

이렇게 보고 있으려니, 1학년 때의 결투 소동이 떠올랐다.

컬러링도 같지만, 무장에 관해서도 비슷하게 만들게 했기에 그때의 모습이 있었다.

겉모습만이라면 성장한 것처럼 보이고, 실제로는 갑옷만이라면 성능은 충분하리라.

──안에 든 건 이야기가 다르지만.

「자, 누구부터 상대해 줬으면 하냐?」

먼저 내게 때려눕혀지는 건 누구인지 묻자 브래드가 큭큭 웃었다.

「어라? 우리가 언제 일대일 결투를 신청했던가?」

「뭐?」

외부 마이크로 대화하고 있는데, 녀석들은 대화에 맞추어 갑옷까지 움직이고 있었다.

고개를 내젓는 동작에 나는 눈살을 찌푸렸다.

파란 갑옷에 탄 크리스가 당당하게 선언했다.

「우리는 다섯 명으로 너 한 명과 싸운다!」

한심한 대사를 당당하게 말하니까, 정말이지 맥이 빠지고 말았다.

「너희한테 프라이드는 없는 거냐?」

지금까지처럼 프라이드를 자극해서 조건을 변경시키려 했으나, 그렉의 빨간 갑옷이 아로간츠를 가리켰다.

「너는 강하다! 내가 인정한 강자니까 문제없어!」

「웃기지 말라고, 이 자식들.」

내가 뺨을 씰룩거리고 있자, 이번에는 질크가 일부러 그러는 티가 나게 지금까지 내가 했던 발언을 상기시켰다.

「다섯 명 한꺼번에 상대할 걸 그랬다── 분명, 이건 리온 군이 했던 말이었지요?」

「그래서 다섯 명으로 싸우겠다는 거냐?」

질크와의 대화에 끼어든 것은 농담이 통하지 않을 것 같은 분위기를 뿜어내는 율리우스였다.

「너한테 이기기 위해서다. 우리는 너를 반드시 데리고 돌아가겠다.」

이 이상의 대화는 무의미한 듯하다.

전원이 무기를 들고 자세를 취했기에 나는 조종간을 꽉 쥐었다.

「어디 해보라고, 바보들이!」

◇

율리우스는 강화된 아로간츠를 앞에 두고 식은땀을 흘렸다.

리온의 분노가 갑옷에 전파된 듯한 기백을 느끼고 있었다.

「진심으로 와라. 언제까지고 그때의 우리라고 생각하지 말라고!」

사실은 무서웠다.

아로간츠라는 갑옷이 자신들의 예상을 뛰어넘는 규격 외의 괴물이라는 건 알고 있다.

리온 옆에 있으면서 줄곧 봐 왔으니까.

율리우스가 방패를 들고 앞으로 나서자, 그 뒤에서 질크의 갑옷이 하늘로 날아올랐다.

「위에서 억누르겠습니다! 여러분은 그 틈에── 윽?!」

하늘을 나는 질크의 갑옷을 덮친 것은 아로간츠의 백팩 컨테이너에서 발사된 소형 미사일군(群)이었다.

유도 기능을 갖추고 있어서 질크를 쫓아다니고 있다.

도망치는 질크를 본 리온은 악당처럼 웃었다.

「위력은 낮춰 뒀다만, 맞으면 아프니까 조심하라고! 자, 추가 분량도 팍팍 쏴 올려 주마!」

한순간에 질크의 움직임이 막히자, 이번에는 아로간츠 좌우로 그렉과 크리스의 갑옷이 돌아들어 와서 동시에 공격했다.

그렉의 내지른 창 일격.

크리스는 머리 위에서 검을 내려쳤다.

좌우 동시에 공격당하면 아무리 아로간츠라도 대처는 어렵다.

그렇게 생각하고 있었는데, 아로간츠는 둘의 공격을 팔로 막아 냈다.

「진짜로 넌더리가 나는 성능이구만!」

「그렇다면 계속 공격할 뿐! 리온한테 반격할 기회를 주지 마라, 그렉!」

「오우!」

아로간츠는 두 사람이 잇따라 펼치는 공격을 팔의 장갑판으로 방어했다.

율리우스는 브래드가 아로간츠 후방으로 돌아들어 간 것을 확인하고 작게 고개를 끄덕였다.

「처음부터 쉽게 이길 수 있을 거라고는 상정하지 않았다. 브래드!」

율리우스가 외치자, 브래드의 보라색 갑옷이 등에 장착되어 있던 스피어를 발사했다.

여섯 자루의 스피어가 하늘을 날며, 아로간츠를 향해 광학 병기에 의한 공격을 개시했다.

표면이 가열되어 뜨거워졌지만, 모의전이라 조정되어 있기에 기체에는 큰 대미지를 주지 못한다.

어느샌가 그렉도 크리스도 물러나서, 브래드의 공격에 말려드는 것을 회피하고 있었다.

브래드는 공격이 잘 먹히는 느낌을 받는 듯했다.

「사방팔방에서 날아오는 공격에는 제아무리 아로간츠라도 어쩔 도리가 없겠지? 룰은 사전에 확인해 뒀어야 했어, 리온!」

브래드의 말에 리온은 웃었다.

「너희가 할 수 있는데? 아로간츠가 못할 거라고 진심으로 생각하는 거냐!」

　다음으로 컨테이너에서 사출된 건 총화기를 든 드론들이었다.

　소형이어서 세세한 움직임이 가능한 타입으로, 브래드의 원격 조작으로 조종하는 스피어를 뒤쫓기 시작했다.

　이내 집중포화에서 해방된 아로간츠는 방패를 든 율리우스의 갑옷을 향해 몸통 박치기를 했다.

「큭?!」

　율리우스의 갑옷이 어찌어찌 다리에 힘을 주어 버텨 내긴 했지만, 파워 차이로 인해 뒤로 밀리고 있었다.

　마치 율리우스의 갑옷을 방패 대신 삼아 아로간츠가 숲속을 돌진하는 듯했다.

　나무들을 쓰러뜨리며, 숲속에 길이 만들어져 나갔다.

「고작 이 정도로, 진심으로 나한테 이길 생각이었던 거냐?」

　비웃는 리온의 목소리에 율리우스는 격렬한 분노를 느꼈다.

「우리는 두 번 다시 이기지 못하는 승부는 하지 않는다. 그건 너한테서 배운 것이다!」

　하얀 갑옷이 서서히 파워를 올리더니, 아로간츠한테 저항을 시도했다.

「헛수고다. 아로간츠한테는 이길 수 없어.」

「나 혼자라면 이길 수 없겠지만, 지금의 나는 혼자가 아니다!」

　그 순간, 아로간츠는 머리 위에서 라이플 공격을 받았다.

　페인트탄이 백팩 컨테이너에 명중하더니, 녹색 페인트를 흩뿌렸다.

하늘을 올려다보니 거기에는 피탄당하면서도 한 손으로 라이플을 겨누고 있는 질크의 갑옷이 있었다.

「방심했군요, 리온 군.」

그 직후, 드론에 둘러싸인 질크의 갑옷은 공격받았고── 전자음성이 콕핏에 상황을 알렸다.

『질크 기체, 전투 불능이라 판정했습니다. 기능 정지합니다.』

천천히 지면으로 강하하는 질크의 갑옷은 전투에 낄 수 없도록 기체가 잠겨 움직이지 않게 되었다.

「무사한가, 질크?」

율리우스가 말을 걸자, 질크는 분해하고 있는 듯했다.

조금 전에는 여유를 보여주고 있었지만, 아무래도 본심은 달랐던 모양이다.

「죄송합니다. 사실은 머리를 노렸습니다만, 대미지 판정으로 한쪽 팔밖에 쓸 수 없어서 겨냥이 빗나가고 말았습니다.」

「아니, 네 덕분에 살았다.」

질크는 전투 불능이 되고 말았지만, 대신 아로간츠의 백팩 컨테이너를 파괴하는 데 성공했다.

아로간츠가 백팩 컨테이너를 분리하자 지면에 컨테이너가 떨어졌다.

『아로간츠, 컨테이너를 파괴당했기에 퍼지(purge) 했습니다.』

루크시온의 판정에 리온은 납득하지 않은 모양이다.

「지금 공격으로 컨테이너 안에 든 게 전부 못쓰게 될 리가 있겠냐!」

『아니요, 컨테이너는 직격을 받아 사용 불가능해졌습니다. 실제 전투였더라도 퍼지했을 겁니다.』

「젠장할!」

리온의 주의가 벗어난 걸 확인한 율리우스는 아로간츠에서 거리를 벌리고 무기를 들었다.

「이걸로 무기는 사용할 수 없게 되었군!」

양쪽 어깨에 준비된 캐논포 2문이 아로간츠를 조준하고는 발사됐다.

발사된 포탄은 아로간츠에 명중하여 폭발을 일으켰다.

위력은 억제하고 있다고 들었지만, 눈앞의 폭발에 평범한 인간이라면 다음 공격을 망설였을 것이다.

하지만 율리우스는 계속해서 쐈다.

「미안하지만 끝까지 밀어붙이겠다!」

이 정도 공격으로 아로간츠를 파괴할 수 있을 거라고는 생각하지 않았기에 취한 행동이다.

실제로 화려하고 폭발하고만 있을 뿐 위력은 낮다.

착탄해도 검은 연기가 발생할 뿐이다.

조종간 트리거를 몇 번이나 당기자, 그때마다 눈앞에서 폭발이 일어났다.

폭발로 발생한 연기 속에서 트윈 아이의 빨간 빛이 반짝였다.

「이래도 안 되나.」

율리우스가 그렇게 말하자 연기 속에서 아로간츠가 뛰쳐나왔다.

지금의 착탄으로 기능 정지가 선언되지 않는다면 아로간츠의 장갑은 지금의 공격을 버틸 수 있다고 루크시온이 판단한 것이리라.

아로간츠가 오른손을 뻗어 공격해 왔기에 율리우스는 방패로 막았다.

하지만 곧바로 안 좋은 예감이 들어 방패를 버리고 후방으로 뛰었다.

직후, 방패는 아로간츠에 의해 날아갔다.

아로간츠가 천천히 하늘로 올라가더니, 포효를 지르는 것처럼 하늘을 올려다봤다.

「까불지 말라고, 조무래기들이!!」

리온의 포효에 율리우스는 식은땀이 뺨을 타고 흘렀다.

「아직 4대1이다. 끝나지 않았다고, 리온!」

◇

이 녀석이고 저 녀석이고 다들 정말로 나를 짜증 나게 한다.

나의 뭐가 그렇게나 마음에 안 드는 거지?

너희들 대신 전부 정리해 줄 건데—— 어째서 얌전히 있지 않냐고.

백팩 컨테이너를 상실한 아로간츠는 공격 수단이 양팔로 한정

되고 말았다.

하늘로 날아 올라간 아로간츠한테 브래드의 살아남은 스피어가 세 자루나 덮쳐 왔다.

「파리처럼 이리저리 쪼르르 날아다니기나 하고.」

시선을 움직여 스피어의 움직임을 주시하고 있자, 이번에는 그렉과 크리스의 갑옷이 하늘로 올라왔다.

율리우스도 상승하여 아로간츠한테 육박해 왔다.

그렉과 크리스는 서로를 공격하는 상황을 각오하고서 아로간츠를 향해 돌격했다.

「한눈팔고 있을 여유가 있는 거냐? 그럼 내가 너를 쓰러뜨려 주지!」

창을 든 그렉의 갑옷이 예리한 찌르기를 몇 번이나 펼쳤다.

「질크의 활약을 헛수고로 만들지는 않겠다!」

두 자루의 검을 들고 이도류로 공격해 오는 크리스의 갑옷은 잇따라 참격(斬擊)을 휘둘렀다.

양쪽 다 끊임없이 연격을 펼쳐 주는 덕분에, 나는 아로간츠한테 방어 자세를 취하게 했다.

그러고 있는 사이에 율리우스의 갑옷이 올라와 공격에 가세했다.

오른손에 든 검으로 베기 공격을 하는 율리우스의 갑옷에 맞추어 그렉과 크리스가 위치를 바꿨다.

「왜 그러지, 리온? 우리를 쉽게 쓰러뜨리는 것 아니었나? 아직 질크밖에 쓰러지지 않았다고!」

스피어를 조작하는 브래드의 갑옷은 조금 떨어진 곳에서 라이플을 들고 나를 겨누고 있었다.

「이제 도망칠 수 없어. 이대로 끝까지 밀어붙여서 승리를 손에 넣겠어!」

포위당하여 절체절명인 아로간츠── 하지만 나는 질 거라고는 생각하지 않았다.

「몇 번이나 말하게 하지 말라고, 브래드── 너희는 평생 싸움에 진 개다.」

눈을 크게 뜨고 조종간을 조금씩 움직이고, 풋 페달도 밀리미터 단위로 움직여 조정했다.

아로간츠가 억지로 팔을 뻗어 크리스의 갑옷을 붙잡더니── 그대로 그렉을 향해 내던졌다.

「으아아아아!!」

「크리스, 얼른 자세를 바로잡아라!」

두 기체가 공중에서 충돌한 타이밍에, 아로간츠가 두 기체를 양손으로 잡았다.

「이걸로 끝이군. 임팩트.」

선언만 할 뿐이고, 실제로 아로간츠는 임팩트를 발동하지는 않았다.

하지만 곧바로 루크시온의 판정이 들어갔다.

『그렉, 크리스, 두 명은 비행 기능에 손상을 확인. 지상으로 낙

하합니다.」

「사이좋게 지면에 떨어져라!」

브래드의 갑옷은 라이플을 들고 아로간츠를 노렸다.

「그러면 내가 저격할 뿐이야.」

브래드의 갑옷이 라이플로 저격했지만, 질크와는 다르게 조준이 정확하지 않았다.

또한 컨테이너를 분리한 아로간츠는 몸이 가벼워진 상태다.

지금까지는 컨테이너가 없으면 스피드가 떨어져서 느릿느릿하게 움직였지만, 지금은 나름 속도가 나오도록 개수가 완료되었다.

탄환을 피하며 브래드를 향해 날아갔다.

아로간츠를 쫓아오는 율리우스였으나 이미 캐논포의 포탄을 다 쏴버렸기 때문에 장거리 공격 수단을 상실했다.

「도망쳐라, 브래드!」

율리우스한테 도망치라는 말을 들은 브래드였으나, 라이플로 한 발이라도 맞히면 역전할 수 있다는 무른 생각을 품은 모양이다.

「내가 리온을 쏴서 끝장내겠어. 반드시 리온을 데리고 돌아가겠다고 약속했다고!」

날아 움직이며 사격하는 브래드였으나, 그 움직임은 질크와 비하면 엉성했다.

「얼른 도망치는 게 좋았을 텐데 말이다, 브래드!」

아로간츠가 브래드를 따라잡아, 양손으로 붙잡았다.

그대로 조종간 트리거를 당기자 루크시온이 판정을 내렸다.

『브래드 기체, 전투 불능입니다.』

「큭! 앞으로 조금이었는데.」

결과에 분통해하는 브래드의 목소리를 들으며 나는 콕핏 안에서 깔보는 말을 퍼부었다.

「1대5로 이 꼴이냐? 남은 건 이제 한 명뿐이구만, 왕자님!」

뒤돌아보니 율리우스의 갑옷이 양손으로 검을 들고 있었다.

짊어지고 있던 캐논포는 분리하여 가벼워진 율리우스의 갑옷이 나를 베고자 달려들었다.

「그렇다고 하더라도 나는── 너한테 질 수 없다!」

「슬슬 깨달으라고. 너희의 갑옷은 루크시온이 급조한 물건이야. 아로간츠 같은 특별 제작품이 아니란 말이다. ──성능 차이를 쉽게 보지 마라!」

아로간츠와 다섯 바보의 갑옷 사이에는 성능에 큰 간극이 존재한다.

아로간츠 쪽이 성능 면에서 압도적으로 우월했다.

1대5라는 상황은 약간 불리했지만, 그래도 이겨 버릴 정도로 강하다.

아로간츠가 주먹으로 율리우스의 갑옷을 때리자 율리우스는 검으로 막았다.

하지만 주먹에 맞은 검이 대미지를 입었다.

칼날에 금이 가고, 너덜너덜해져 간다.

「이번에는 항복하라고. 그게 아니면, 왕자님의 입장을 이용해서 명령할 테냐? 나한테 져 주세요, 라고 말해 봐!」

율리우스가 그런 명령을 해 봤자 절대로 받아들이지 않겠지만, 율리우스 역시 처음부터 그럴 생각은 없는 모양이다.

「1학년 때가 생각나는군.」

「뭐야?」

「그때의 우리는 너한테 질 거라고는 상상도 하지 않았었다.」

「그 탓에 많은 사람이 지켜보는 가운데 창피를 당했지. 너희는 정말로 성장하지 않는 녀석들이야!」

「큭?!」

아로간츠의 주먹이 율리우스의 갑옷 머리 부분을 후려갈겨 지면에 패대기쳤다.

루크시온이 기능 정지를 선언하지 않았기 때문에 아로간츠로 지면에 내려왔다.

너덜너덜해진 율리우스의 갑옷은 가까스로 지면에 서 있는 상태였다.

이미 승패는 정해졌으리라.

「포기하라고. 너희는 평생 나한테는 이길 수 없어. 돌아가서 전쟁이 끝나는 걸 마리에랑 함께 기다리고 있으면 돼.」

그렇게 말하자 율리우스가 격앙했다.

「웃기지 마라! 조금 전부터 듣고 있자니, 너는 네가 잘난 인간이라도 되었다고 생각하는 거냐?」

거만해 보이는 내 태도에 화가 난 것이리라.

그렇게 보이게 행동하고 있는 것이니까, 상대가 격노한다면 성공이라고 할 수 있다.

「지금의 나는 대공님이다! 건방지다고, 승계권도 없는 왕자님!」

아로간츠의 양팔을 펼쳐 언제든지 쓰러뜨릴 수 있다며 여유를 드러내 보였다.

「내가 말하는 건 지위가 아니다. 너는 혼자서 제국과 싸울 생각이지?」

「그래. 너희는 걸리적거릴 뿐이다.」

율리우스는 내 말에 느끼는 바가 있는 모양이다.

「확실히 우리는 미덥지 못하다. 하지만 우리는 너를 돕고 싶다.」

——열 받는다.

「마리에한테 부탁받았다는 것도 이유이지만, 우리는 너의 힘이 되고 싶다.」

——구역질이 난다.

「모든 걸 너 혼자 짊어질 필요는 없다. 우리도 너를 위해 싸우겠다.」

——너희한테 화가 난다.

정신을 차리고 보니 아로간츠가 빠른 걸음으로 율리우스의 갑옷에 접근하고 있었다.

그대로 오른 주먹을 치켜들어 있는 힘껏 내리쳤다.

주먹을 맞고 날아간 율리우스의 갑옷은 후방에 있는 나무에 격돌하여 주저앉았다.

「나를 위해서 뭘 하겠다고? 그딴 소리는 나보다 강해지고 나서 떠들어. 항상 나한테 민폐만 끼치는 방해꾼들이.」

이러고 있는 시간조차 아깝다.

1분 1초가 중요한 때에, 어째서 나를 혼자 있게 해주지 않는 거지?

율리우스의 갑옷이 아직도 일어서서 내 쪽으로 걸어왔다.

「——마리에는 너를 위해, 울면서 우리한테 머리를 숙였다.」

깨닫고 보니 눈을 크게 뜨고 있었다.

여동생이 울었다고 해서 그게 뭐 어쨌다는 거지?

그렇게 생각하고 있는데도, 가슴이 옥죄어드는 것처럼 아픈 건 어째서지?

「그게 어쨌다는 거지? 그저 돈줄이 없어지는 게 곤란해서 그런 거잖냐?」

「마리에는 너를 위해 눈물을 흘렸다. 그걸 부정하는 건—— 너라고 할지라도 용서하지 않겠다.」

율리우스의 갑옷이 아로간츠의 코앞에 왔다.

「사랑하는 여자를 위해 싸우겠다는 거냐? 정말로 머릿속이 꽃밭인 녀석들이구만! 얼른 쓰러져서 사랑하는 마리에한테 위로받으라고!」

아로간츠가 율리우스의 갑옷에 주먹을 내리치려 한 순간이었다.

휘청, 하고 기체가 이상한 충격을 받았다.

무언가가 다리를 잡아당기고 있어? 곧바로 발치를 확인하니 거기에는 그렉과 크리스의 갑옷이 있었다.

아로간츠의 두 다리에 각자 매달려 있다.

그러고 보니 아직 기능 정지라고 선언되지 않았었지.

어금니를 악물고 나서 그렉과 그리스의 갑옷을 후려갈겨 줬다.

「꼴사납구만! 다섯 명이나 모여 있으면 아로간츠한테 이길 수 있다고 생각했냐? 예상이 무르다고!」

아무리 얻어맞아도 그렉의 갑옷은 떨어지지 않았다.

「좀 전부터 듣고 있으려니 아로간츠, 아로간츠 하면서 시끄럽다고. 조금도 너 자신을 뽐내지 않는 건 우리한테 지고 있다는 걸 깨닫고 있기 때문이냐?」

나를 도발하는 그렉에게 격렬한 분노를 느꼈다.

──그런 건, 나 자신이 가장 잘 알고 있다.

크리스는 가지고 있던 검을 율리우스의 발치에 던졌다.

「말이 없어졌군? 정곡이었던 모양이다, 그렉. 너도 제법 말주변이 좋아졌군. 말주변이 없는 나로서는 부러울 따름이다.」

「하! 칭찬으로 받아들여 주마.」

나를 무시하고 둘이 들떠 있다.

하지만 결국은 무의미하다.

「하고 싶은 말은 그것뿐이냐?」

아로간츠가 두 기체를 각각 잡아 올리고, 그대로 임팩트──충격파를 발생시켜 두 사람을 기절시켰다.

들어 올린 두 기체를 휙 내던지자, 그 사이에 율리우스는 크리스의 검을 주워 들어 자세를 취하고 있었다.

「둘의 말대로야. 나는 강하지 않아. 강한 건 루크시온과 아로간츠다. 하지만 그것에 무슨 의미가 있지? 쓰러진 건 너희들이고, 서 있는 건 나—— 내가 승자다.」

나는 이기고 있을 터인데도, 오늘은 조금도 기쁘지 않다.

즐겁지 않은 이유도, 내가 화가 난 이유도 깨닫고 있다.

이 녀석들이 나를 위해 결투를 신청했기 때문이다.

정확히 말하자면 마리에를 위해서지만, 나를 데리고 돌아가고 싶다는 마음도 약간 있을 터다.

화가 나는 이유는—— 정곡을 찔렸으니까.

내가 루크시온을 손에 넣지 못했다면, 리비아가 루크시온을 손에 넣어 평화로운 세계를 만들었을지도 모른다.

그래 봤자 어차피 가능성의 이야기지만, 내가 손에 넣는 것보다도 훨씬 좋은 미래가 손에 들어왔을 것이다.

결국 나는 루크시온한테도 어울리지 않았다.

내가 가만히 서 있자, 율리우스가 웃었다.

「아직 끝나지 않았는데도 이긴 기분으로 있는 건가? 그런 것치고는 제법 어둡군. 지금까지의 너라면 그렉의 도발에 도리어 뻔뻔한 자세로 나와서 10배는 받아쳐 줬을 거다.」

「입 다물어.」

「맨몸으로 우리한테 이기지 못하는 게 너의 콤플렉스였다는 건 몰랐다. 앞으로는 갑옷을 쓰지 않고 맨몸으로 싸워 주마. 바닥을

기는 건 너다, 리온.」

「──입 닥치라고.」

「너는 상대한테 입 다물라는 말을 듣고 순순히 따르는 건가? 약점을 보이면 이용하는 게 너이지 않나? 상대의 마음을 꺾고, 두 번 다시 일어나지 못하도록 해 왔던 건 너다.」

「누굴 위해서 하고 있다고 생각하는 거냐── 이 자식들이!」

아로간츠가 크게 파고들어 율리우스의 갑옷에 손을 뻗었다.

하지만 사방에서 무언가가 발사되었다.

그것들은 와이어로 이어져 있어서 아로간츠를 구속했다.

자세가 무너진 아로간츠가 진흙탕에 발이 빠져 미끄러져 넘어지고 말았다.

"무슨 일이 일어난 거지?"

곧바로 주위를 확인하자, 콕핏에서 나와 석궁을 겨누고 있는 네 사람의 모습이 있었다.

갑옷에서 내려 맨몸으로 결투 장소에 나와 있다.

그것이 위험한 행위임을 네 사람 다 알고 있을 터이지만, 아로간츠를 조금이라도 방해하기 위해 밖으로 나온 것이리라.

하지만 이건 룰 위반이다.

"비겁한 짓거리를 하기는. 루크시온, 저 녀석들의 반칙패다."

『──인정할 수 없습니다.』

"뭐?!"

『결투 룰에 맨몸으로 밖에 나와서 싸워서는 안 된다는 건 없습니다. 따라서 이 결투는 속행하겠습니다.』

내 주장을 인정하지 않는 루크시온의 행동에 그제야 납득했다.

"조금 전부터 협력하지 않는다 싶더니만, 나를 배신한 거냐? 저 녀석들한테 이곳을 알려준 건 너로군."

『수다를 떨고 있을 여유가 있는 겁니까?』

앞을 보니 율리우스의 갑옷이 검을 내리쳤다.

아로간츠에 충격이 전해지자 루크시온이 경고했다.

『실전이라면 지금 공격으로 아로간츠는 무시할 수 없는 대미지를 입었습니다. 성능을 다운시키겠습니다.』

아로간츠의 파워가 내려가고 움직임이 둔해졌다.

"이 정도로 질까 보냐."

아로간츠가 와이어를 잡아당겨 끊고, 율리우스의 갑옷을 후려 갈기고자 달려들었다.

율리우스는 크리스한테서 받은 검으로 막아냈기에, 검은 산산이 부서졌다.

율리우스의 갑옷이 아로간츠한테 주먹을 힘껏 내리치자, 그 충격이 콕핏을 흔들었다.

「윽?!」

「우리는 너한테 이기기 위해 몇 번이고 몇 번이고 훈련을 거듭해 왔다. 너와는 준비해 온 시간이 다르다!」

성능 차이를 연계로 커버한 다섯 바보한테 솔직하게 감탄하고 말았다.

「시간은 유익하게 쓰란 말이다, 멍청아!!」

「실로 유익한 시간이었다!!」

그대로 아로간츠와 율리우스의 갑옷이 치고받기 시작했다.

파워 부족으로 결판이 나지 않는 채, 율리우스의 갑옷이 너덜너덜해져 갔다.

——그런데도, 율리우스는 쓰러지지 않는다.

「조금 전부터 시답잖은 소리나 계속 지껄여 대고 말이다! 너희들 뭐가 불만이냐고!」

아로간츠가 율리우스의 갑옷을 걷어차 올렸다.

「크윽?! 저, 전부 다 불만이다. 잘난 듯이 위에서 내려다보는 시선으로 뭐든지 다 안다는 듯한 얼굴을 하는 네가 싫단 말이다!」

율리우스의 갑옷이 왼팔로 가격하자 아로간츠의 장갑에 져서 깨졌다.

「아무것도 모르는 건 너희들이라고.」

아로간츠가 율리우스의 갑옷 오른팔을 잡고 끊어내려 했으나, 파워가 부족해 관절을 늘어뜨려 파괴하는 것만으로 끝났다.

「너희는 아무것도 몰라도 돼.」

아로간츠가 그 양팔로 율리우스의 갑옷을 파괴해 나갔다.

「내가 전부 다 끝내 주겠어. 마리에랑 행복하게 살고 싶은 거잖냐? 그렇다면——.」

아로간츠가 양손을 깍지 끼고 치켜올린 뒤, 율리우스의 갑옷에 깍지 낀 양손을 내리쳤다.

「너희는 잠자코 나한테 보호받고 있으면 되는 거라고!!」

──내가 전부 끝내 줄 테니까──간단한 거잖아?

엎어져 쓰러진 율리우스의 갑옷을 앞에 두고, 나는 흐트러진 호흡을 가다듬었다.

『──율리우스 기체, 기능 정지했습니다.』

"이걸로 끝이군."

『아니요, 무승부입니다.』

"뭐?"

끝났다고 생각한 순간이었다.

콕핏에 페인트탄이 명중하여 아로간츠를 녹색으로 물들였다.

루크시온이 판정을 내렸다.

『아로간츠의 승리 선언 전이었기에 지금의 공격을 유효한 것으로 판단합니다. 따라서 이 결투의 결과는 무승부입니다.』

"우, 웃기지 말라고!"

루크시온의 판단으로 아로간츠가 움직임을 멈추고 말았기에 해치를 열고 밖으로 나갔다.

숲속에서 질크를 비롯한 네 명이 갑옷용 라이플을 끌어내 인력으로 조준하고 발사한 모양이다.

갑옷이 사용하는 라이플을 네 명이 옮겨 전투 중에 조준하고 발사했다.

얼마나 무리를 해야 직성이 풀리는 것인가?

완전히 지쳐 지면에 주저앉은 네 사람은 상쾌한 미소를 지으며 나를 보고 있다.

"──바보 녀석들이."

어째서 나한테 이기려 하지? 어째서 스스로 말려들려고 하지?

마리에한테 부탁받았기 때문인가? 그렇다면 마리에 곁에 있어 주라고.

빗속에서 가만히 서 있자, 율리우스가 콕핏에서 기어 나와 내 쪽으로 다가왔다.

"리온, 아직도 더 할 테냐?"

"좋다 이거야, 왕자님. 너의 그 마음에 안 드는 얼굴을 엉망진창으로 두들겨 패 주고 싶었단 말이지."

뛰어가서 뺨을 후려갈기자 율리우스도 맞받아쳐서 주먹을 날렸다.

율리우스의 주먹이 내 왼쪽 뺨에 맞았다.

"기묘한 우연이군. 나도 네 얼굴을 후려갈기고 싶었다!"

"──이 꼬치구이 자식이이이이!"

"그건 나한테는 칭찬이다!"

율리우스의 몸에 한 방 꽂아 넣자, 율리우스가 내 머리카락을 잡고 복부에 니킥을 먹였다.

트레이닝과 약의 효과는 나오고 있었다.

그런데도 율리우스는 끝까지 물고 늘어졌다.

단기간이라고는 해도 몸에 상당한 부담을 주고 손에 넣은 힘이다.

——그런데도 나는 율리우스한테 이기지 못하는 건가?

나는 율리우스의 허리에 몸통 박치기를 했지만, 발이 미끄러져서 안겨드는 모양새가 되었다.

"너희는 뭐냐고! 내 방해만 하고! 뭐가 그렇게 즐거운데?!"

율리우스는 내 질문에 대답하지 않고, 나를 내던져 지면에 나뒹굴게 한 뒤 내 위로 깔고 올라탔다.

곧바로 양손으로 가드해서 머리를 지켰지만, 율리우스는 양손으로 몇 번이고 주먹을 날렸다.

"누가 즐겁다고 했지? 우리는 너한테 화가 나 있을 뿐이다!"

"아아, 그러냐. 제법 미움받았구만!"

"그게 아니다! 우리는 네가—— 의지해 주길 바랐다."

타격이 멈췄고, 율리우스의 얼굴을 자세히 보니 울고 있었다.

눈물이 비에 섞여 내 뺨에 떨어졌다.

"마리에한테 부탁받았기 때문이 아니다. 어째서 너는 우리를 의지하지 않지? 지금까지 우리는 몇 번이고 너를 도와 오지 않았나."

어째서 이 녀석은 울고 있는 걸까? 이상하게도 마음이 진정되어, 생각하기보다도 먼저 입이 움직이고 있었다.

"——너희가 말려들지 않도록 하려고."

"말려들게 하란 말이다! 실컷 말려들게 하고, 마구 휘둘러 댔던 건 너라고. 지금 와서 새삼—— 그런 말을 하지 마라!"

질크, 그렉, 크리스, 브래드—— 네 명이 우리 주위로 와 있었다.

가세하는 것도 아니고, 그저 우리를 보며 울고 있다.

질크는 하늘을 올려다보고 있었고, 그렉은 눈가를 누르고 있었다.

크리스는 안경을 벗고 손으로 얼굴을 가리고 있다.

브래드는—— 코가 빨개져서는 콧물을 훌쩍이고 있었다.

나는 천천히 머리를 가로저었다.

"너희도 나를 싫어하잖냐. 그런 나한테서, 죽을지도 모르는 싸움에 따라오라는 말을 들어도 민폐잖아! 안 그래?"

어차피 거부할 거라고 생각했다. ——아니, 그게 아니군.

가능하면 말려들게 하고 싶지 않았다.

나는 이 녀석들이 마리에 곁에 있어 주길 바랐다.

율리우스가 내 멱살을 잡았다.

"우리는 너를 친구라고 생각하고 있다. 둘도 없는 친구다. 네가 우리를 싫어한다고 할지라도, 나는 그렇게 생각하고 있다. 그러니까 의지해다오—— 부탁이다."

두꺼운 구름으로 뒤덮인 하늘에서 햇빛이 비쳐 들어왔다.

어느샌가 비는 그치고 날씨가 개기 시작하고 있었다.

루크시온의 일기예보가 맞은 건가—— 멍하게 그런 생각을 할 정도로는, 나는 마음에 여유가 생겨난 듯했다.

설마 이 녀석들한테서까지 의지해 줬으면 한다고 부탁받는 날이 오리라고는 생각지 않았다.

하지만 지금은 어쩐지 기분이 좋다.

실질적으로 1대6의 엉망진창인 결투였는데도, 마음속의 무거운 짐이 빠져 가벼워진 기분이다.

　얻어맞은 데는 아프고, 몸도 너덜너덜하고 여하튼 최악이라고 할 수 있는 상황이지만.

　이 결투? 의 결과를 받아들이고 있는 내가 있었다.

　"이제 그냥 내 패배로 됐어."

★ 제16화 「왕위」

호르파트 왕국 왕궁.

알현실에는 옥좌 앞에 선 롤랜드의 모습이 있었다.

왕비의 의자 앞에는 밀렌이 서 있고, 두 사람 다 자리에 앉으려 하지 않았다.

두 사람과 가까운 위치에는 대신 중 한 명인【버나드 피아 애틀리】와 롤랜드의 친구인 전속 의사【프레드】가 있었다.

안제가 알현실에 데리고 온 것은 아버지인 빈스 한 사람이다.

넓은 알현실에는 고작 여섯 명밖에 없었다.

안제는 높은 곳에 있는 롤랜드에게 고개 숙여 인사하고는, 그러고 나서 침착하면서도 힘찬 목소리로 요구했다.

"폐하, 왕위를 양보해 주셔야겠습니다."

이 자리에 있는 사람들 전원이 안제의 말에 긴장했다.

그건 안제 자신도 마찬가지다.

왕위를 양보해라—— 바꿔 말하면 나라를 넘기라고 말하고 있는 것이니까.

롤랜드가 다른 사람들보다 먼저 긴장에서 해방되더니 큭큭 웃었다.

"이 나에게 왕위를 양보하라고 요구하는 것이 율리우스도, 제이크도 아닌 안젤리카가 될 거라고는 생각지 않았다."

이미 절차는 끝마쳐 두었다.

하지만 여기서 롤랜드가 거부하면 안제는 강경 수단으로 나설 수밖에 없다.

알현실 출입구인 커다란 문 건너편과 방으로 들어가는 통로에는 이미 레드글레이브 가문의 병사들이 대기하고 있었다.

빈스가 이 자리에 있는 것도 레드글레이브 가문이 안제 편임을 나타내기 위해서다.

롤랜드를 앞에 두고, 안제는 '나는 너를 끌어내릴 힘을 가지고 있다'라고 위협하고 있었다.

사전에 알려져 있었기에 밀렌을 비롯한 모두는 당황하지는 않았다.

하지만 롤랜드의 대답 여하에 따라서는 싸움이 일어나게 된다.

실제로 레드글레이브 가문 병사들이 쳐들어왔기 때문에 왕궁 내에서는 소란도 일어나고 있었다.

롤랜드의 대답 여하로 피가 흐르게 된다.

리온을 위해 흐르는 피를 최소한으로 한다. 그걸 위해서도 안제는 설득을 시도했다.

"상황이 이 지경까지 이르러서는, 지금의 왕국을 존속시킬 의미가 없습니다. 리온도 각오를 굳혔습니다. 폐하께서는 부디 왕위에서 물러나 주셨으면 합니다."

청원하는 듯한 대사이지만, 안제가 말하고 싶은 건 '리온도 진심이니까 반항해 봤자 헛수고다'였다.

찬탈이라는 말을 들어도 어쩔 수 없는 억지스러운 방식이다.

모두의 시선이 롤랜드에게 모이자, 본인은 태연한 기색으로 말했다.

"좋다!"

시원스럽게 선뜻 대답한 롤랜드를 앞에 두고 주위는 뭐라 말하기 힘든 얼굴이었다.

저항하지 않은 걸 시원하다고 생각해야 할지, 그게 아니면 왕위를 가볍게 다루지 말라고 책망하면 좋은 건가?

각자가 복잡한 표정을 짓고 있다.

안제도 마찬가지였다.

"그렇게 쉽게 대답하셔도 괜찮은 겁니까? 달리하실 말씀이——."

안제가 하고 싶은 말을 헤아렸는지, 롤랜드가 팔짱을 꼈다.

"나의 은혜로운 말을 듣고 싶은 마음은 이해한다만, 안젤리카가 말하는 것처럼 이 상황에서는 어쩔 수 없겠지. 밀렌한테서 상세한 내용은 들어서 알고 있다. 나는 너희들의 이야기가 진실인지 어떤지는 신경 쓰지 않는다. 중요한 건 제국이 진심으로 왕국을 멸망시키려 하고 있다는 사실뿐이다."

납득할 수 없는 부분도 있지만, 섣부르게 싸우지 않고 왕위를 양보하겠다고 말해 주었다.

안제는 감사를 표했다.

"영단에 감사드립니다."

"음! ──그건 그렇고, 이후의 나의 취급에 관해 들어 두도록 할까. 목숨의 보장은 물론이지만, 대우는 고려해 주는 것이겠지?"

"예……? 아, 네. 왕가 분들은 물론이지만, 폐하를 처형할 수는 없습니다. 단지, 갑갑해지실 거라고는 생각합니다만, 적당한 부유섬에서 은둔 생활을 해주시는 쪽이 되지 않을까 합니다."

자신의 앞날을 걱정하는 롤랜드를 보고 밀렌은 기가 막힌다는 표정을 짓고 있었다.

하지만 롤랜드의 진심은 여기서부터였다.

"어쩔 수 없나. 내가 있으면 분쟁의 씨앗이 될지도 모르니까. 그건 그렇고, 내 애인들은 은거 생활에 데리고 갈 수 있는 거겠지?"

롤랜드의 의사표시에 안제가 당황하고 말았다.

"애인이라니요?! 그, 아뇨, 저는 파악하고 있지 않기에 뭐라 말씀드리기가──."

"여기 자료가 있네."

"……?"

버나드 대신이 무표정한 얼굴로 안제한테 수많은 자료를 건넸다.

잘 보니 버나드 대신의 눈 밑에는 다크서클이 생겨나 있었다.

요 며칠간 계속 밤을 새웠던 것일까?

"폐하의 부탁으로 밤을 새워서 준비한 서류일세. 정말로 마지막의 마지막까지 글러 먹은 녀석이었어."

버나드가 무표정한 얼굴로 롤랜드를 매도했다.

자료를 훑어본 안제는 뺨을 씰룩거렸다.

"이렇게 많은 분과 관계를?!"

롤랜드는 가슴에 손을 대고, 얼굴은 비스듬히 위쪽을 향하고 있었다.

"변경까지 따라와 줄 애인은 누구 하나 없겠지만, 적어도 그들과 아이들은 행복하게 살았으면 좋겠다. 이미 많은 아이가 왕가의 피를 이었다는 사실은 모른 채 항간에서 살고 있다. 그 아이들한테 민폐는 끼치지 말도록 해라."

이 순간, 안제는 롤랜드의 애인이었던 여성들── 그리고 그 아이들을 돌보는 일까지 본의 아니게 떠맡게 됐다.

분한 건, 버나드가 건넨 자료다.

왕위를 양보하기 위해 필요한 서류가 갖추어져 있었고, 이게 있으면 순조롭게 새로운 왕을 맞이할 수 있을 것이다.

안제가 부들부들 떨고 있자, 밀렌이 쓰레기를 보는 듯한 눈을 롤랜드에게 향하고 있었다.

"밖에서 제법 사랑을 뿌리고 다니셨네요."

밀렌의 비아냥을 들은 롤랜드는 무서워하기는커녕 미소를 띠고 있었다.

책망받을 만한 짓은 하지 않았다고 진심으로 믿고 있는 것처럼 가슴을 펴고 있다.

"안심해라. 화근을 남기지 않기 위해 내 신분은 철저히 속여 뒀다. 어느 아이도 자기가 왕가의 피를 이었다는 사실은 모른다."

롤랜드의 친구인 프레드는 벗의 모습을 앞에 두고 양손으로 얼굴을 덮고 있었다.

친구의 한심한 모습을 차마 보고 있을 수 없다는 점과 롤랜드의 계집질을 도와줘 온 죄책감에 시달리고 있는 모양이다.

"사생아가 있는 것만으로도 큰 문제라고요!"

빈스는 주름살이 질 정도로 미간을 찡그린 채 주먹을 꽉 쥐고 있다.

사생아라는 말을 듣고 참을 수 없다는 표정을 짓고 있었다.

"그만큼 쓸데없는 문제를 일으키지 말라고 못을 박아 뒀는데도, 이 돼먹지 못한 인간은——!"

과거에 뭔가 있었는지, 빈스는 격노하고 싶은 기분을 억누르고 있었다.

밀렌과 마찬가지로 안제도 쓰레기를 보는 듯한 눈으로 롤랜드를 쳐다보고 있었다.

"쓸데없는 야심을 품지 않는 한, 제가 책임지고 보호할 것을 보장하겠습니다."

'폐하—— 아니, 이걸 돌봐줘야만 한다고 생각하니 어째서인지 몹시 화가 나는군. 리온도 폐하께 이런 감정을 느끼고 있었던 건가?'

안제한테서 보장하겠다는 말을 듣고 롤랜드는 가슴을 쓸어내렸다.

"미안하군. 설마 그 애송이가 내 애인들을 돌봐주게 될 줄이야.

어이쿠, 그 애송이한테는 손을 대지 말라고 전해 두라고. 특히 내 딸들한테 손대면 죽인다!"

밀렌이 나직이 중얼거렸다.

"자기는 실컷 다른 집 딸한테 손대 왔던 주제에."

이 자리에 있는 모두가 롤랜드한테 분노나 낙담과 같은 다양한 감정을 향하고 있었다.

그런 가운데에서도 롤랜드는 태연한 얼굴을 하고 있다.

오히려 즐기고 있는 여유마저 보이니까, 주위를 괜히 더 열 받게 만든다.

이 상황을 이용해서 안제한테 어떤 인물의 이야기까지 했다.

"아예 녀석의 이야기도 해 둘까? 아직 연줄도 남아 있을 테니까 너희한테 도움이 될 거다. 그 한가한 녀석을 마구 부려 먹어 줘라. 이야~, 겨우 이 귀찮은 입장에서 해방되었군. 이런 지위를 원하는 녀석의 마음을 모르겠어."

안제는 왕위 따위 귀찮을 뿐이라고 말하는 롤랜드를 질책했다.

"아직 끝나지 않았습니다. 폐하가 인정해도 거절하는 귀족들이 나올 겁니다. 그들을 억누르기 위해서라도 폐하는 일이 끝날 때까지 협력해 주셔야겠습니다."

그러자 롤랜드는 씨익, 하고 미소를 띠었다.

롤랜드는 서류 뭉치를 던져서 건넸고, 이를 받아 든 안제는 놀랐다.

"귀족들의 서명?! 어느새 모으신 겁니까?!"

거기에는 새로운 왕을 따르겠다는 서약이 적힌 서류가 모여 있었다.

롤랜드가 고생 좀 했다고, 라고 말하고 싶어 하는 듯이 어깨를 으쓱였다.

"이렇게 될 걸 내가 정말 몰랐다고 생각하느냐? 나는 귀족들의 약점을 잔뜩 쥐고 있었다. 이때다 싶은 상황에서 비장의 수로 사용했지. 이제 너희들을 막을 장애물은 없다."

웃기 시작하는 롤랜드를 보고 주위는 씁쓸한 표정을 짓고 있었다.

밀렌이 대표로 모두의 심정을 대변했다.

"평소에도 그만큼 유능함을 발휘해 줬으면 했어요."

안제도 동의하여 고개를 깊이 끄덕였다.

하지만 서류 뭉치를 보니 표정이 조금 누그러졌다.

'이걸로 리온을 도와줄 수 있다. 나머지는——.'

알현실에 남은 건 롤랜드와 밀렌, 둘 뿐이었다.

다른 사람의 시선이 없기에 밀렌은 롤랜드에게 노골적으로 혐오감을 나타냈다.

"살금살금 뭘 하는가 싶었는데, 양위 준비였나요. 정말로 이런 일만은 유능하네요. 지금도 본심으로는 덩실거리고 싶을 정도로 기쁜 거죠? 자유를 얻게 된 기분이 어떤가요?"

말로 롤랜드를 타박하는 밀렌에게 롤랜드는 등을 돌리고 있었다.

본인은 창문 앞에 서서 바깥을 바라보고 있다.

"지금 이 자리에서 춤출 수도 있다."

"됐어요. ──정말로 괜찮았던 건가요? 그 애들이 하기에 따라서는 결국 처형대에 오를 수도 있는 길인데."

걱정하는 밀렌의 얼굴을 보기 위해 롤랜드가 뒤돌았다.

"그럴 일은 없다고 단언할 수 있다. 그 애송이는 너한테 푹 빠져 있으니까 말이지."

"책임이 생기면 사람의 방침이나 의견 같은 건 변하기 마련이에요."

"아니, 이 녀석들은 약속을 어기지 않을 거다."

고개를 숙이며 말하는 롤랜드의 모습을 보고 밀렌은 의아하게 여긴 것이리라.

"평소에는 그만큼 서로 으르렁거리더니, 이럴 때는 신뢰하나 보네요?"

"그야 물론."

롤랜드는 고개를 들고 어딘가 먼 곳을 보며 말했다.

"지금 제국에 맞서 싸울 수 있는 건 애송이 한 명뿐이다. 그 애송이는 마지막까지 목숨을 걸고 싸워, 왕국을 위해 헌신해 줄 거다. ──사서 고생하는 녀석이지. 자기 혼자 얼른 도망치면 되는데,

어설픈 책임감을 품으니까 무거운 짐을 짊어지는 거야."

밀렌이 자신을 끌어안는 것처럼 팔짱을 끼고, 그리고 조금 괴로워 보이는 표정을 보였다.

"서투른 아이니까요."

롤랜드는 밀렌의 그 얼굴을 보고 입꼬리를 올려 씨익 웃었지만, 손으로 가렸다.

"그건 그렇고, 그런 벌 게임 같은 옥좌에 앉고 싶어 하는 녀석의 마음을 모르겠군."

밀렌이 한숨을 내쉬었다.

"정말로 왕좌가 싫은 모양이군요."

롤랜드는 즉위하고 나서 있었던 일들을 떠올리고는, 몹시 싫은 듯한 표정을 지었다.

"엄청나게 싫다! 무사히 그만둘 수 있을 것 같아서 상쾌한 기분이라고."

왕 따위 되고 싶지 않았다. 롤랜드는 그런 본심을 숨기려고도 하지 않았다.

그리고 롤랜드는 중얼거렸다.

"그건 그렇고, 설마 했던 발트파르트인가——."

"왜 그러죠?"

밀렌이 고개를 갸웃하자, 롤랜드가 다시 등을 돌리고 창밖을 봤다.

"이것도 인과라고 생각한 것뿐이다."

발트파르트 가문의 인과라니 뭘까? 밀렌이 물었지만, 롤랜드는 마지막까지 대답하지 않았다.

★ 제17화 「용기 있는 자」

너덜너덜해진 나는 부축을 받으며 아인호른으로 옮겨졌다.

부축해 준 건 다니엘과 레이먼드 두 사람이었다.

"왕자님이랑 치고받고 싸우다니, 리온이 아니라면 못 한다고."

놀려 대는 다니엘에게 나는 쓴웃음을 지었지만 얻어맞은 곳이 아팠다.

"그 녀석들 전부 내 부하니까 괜찮아."

부하 발언이 재미있었는지 레이먼드가 웃었다.

"리온답네. ──그것보다 제국과 전쟁하는 거잖아? 왕도도 야단법석인 상황이지만, 리온이라면 이길 수 있지?"

미소를 지우고, 걱정스러운 듯이 물어보는 레이먼드의 얼굴에서 시선을 돌려 앞쪽을 봤다.

"제국은 나를 넘기면 봐주겠다고 말했다면서?"

레이먼드는 고개를 내저으며 그 선택은 있을 수 없다고 말했다.

"굴욕적인 조건이라도 받아들이지 않는 한, 아무 일 없이 넘어가지는 않을 거야. 리온을 넘겨도 봐줄 것 같지 않대."

제국이 엄청나게 싸우려 드는 태도인 건 아르카디아를 얻어서 이길 수 있다고 생각하고 있기 때문인가?

의문으로 여기고 있자 루크시온이 대답해 주었다.

『조건을 받아들이면 좋고, 받아들이지 않더라도 전쟁으로 멸망시킬 수 있다고 생각한 것이겠지요. 전력 차이를 고려하면 제국의 태도도 수긍이 갑니다.』

다니엘이 나와 루크시온을 번갈아 보며 물었다.

"리온이 있으면 안 질 거잖아? 이번에도 우리의 도움이 필요하냐?"

내가 몇 번이나 친구들을 의지해 왔기 때문에 두 사람은 이번에도 불릴 것이라고 생각한 것이리라.

나는 고개를 푹 숙였다.

"미안하지만 이번만은 확실하게 이길 수 있다고 말 못 해."

다니엘과 레이먼드는 동시에 "어?" 하는 목소리를 내더니, 그대로 말문을 잃었다.

"너희는 참전하지 않아도 돼. 이번만큼은 지켜 줄 여유가 없어. 신경 쓰지 않아도 비행선과 갑옷 정비는 형이 맡아 줄 거다. 페널티도 없으니까 안심하라고."

지금까지 계약을 구실 삼아 친구들을 혹사해 왔지만, 이번만큼은 말려들게 할 수 없다.

아연한 두 사람에게 물었다.

"그건 그렇고 너희가 저 다섯 명과 친한 줄은 몰랐네."

일부러 비행선을 내보내 내가 있는 곳까지 데려다줄 거라고는 생각지 않았다.

먼저 정신을 차린 레이먼드가 대답했다.

"아, 아아, 응. 전하 일행한테 부탁받았으니까 말이지. 우리도 리온이 걱정이었고."

"말려들게 해서 미안했다. 저 다섯 명은 아인호른에 태울 테니까 너희는 먼저 돌아가도 돼."

아인호른 입구까지 오자 나는 혼자 안으로 들어갔다.

다니엘이 마지막에 진지한 얼굴로 내게 물었다.

"어떻게 된 거야? 평소의 너는 좀 더 여유가 있고 밉살스러웠는데── 어째서 오늘은 지는 것 같은 말투를 하는 거냐고? 좀 더 평소처럼 뻔뻔하게 굴어!"

나는 문을 닫기 전에 둘에게 쓴웃음을 지으며 작별을 고했다.

"지금까지 미안했다. 다른 녀석들한테도 내가 사과했었다고 전해 줘."

◇

아인호른 함내에 들어간 나와 다섯 바보는 의무실에서 치료받고 있었다.

가장 심하게 다친 건 율리우스였다.

나를 상대로 상당히 무리한 모양이라, 뼈에 금이 간 듯하다.

"질크?! 조, 좀 더 살살 해라."

치료를 돕는 질크가 아파하는 율리우스를 보며 미소를 띠고 있었다.

조금 사디스틱한 표정을 짓고 있는 것처럼 보이는 건 기분 탓이라고 생각하고 싶다.

"무리하니까 그런 겁니다."

치료를 끝내고 상의를 입으려 하는 나였으나, 그렉이 열띤 시선으로 쳐다봤기에 거북했다.

"뭔데?"

얼른 상의를 입고 그렉을 노려보자, 그렉이 한숨을 내쉬었다.

"근육이 울고 있다고. 너, 상당히 무리했지?"

바보라고 생각했는데, 내가 몸을 단련하기 위해 약에 손을 댔다는 걸 꿰뚫어 본 듯하다.

단순한 근육 바보는 아니었던 모양이다.

"단기간에 폭발적인 효과를 얻을 수 있다고. 어때, 부럽냐?"

"흥미 없다."

고개를 돌린 그렉은 내게 화를 내는 것처럼 보였다.

양손에 붕대를 감은 브래드가 고개를 가로저었다.

조금 짜증을 내는 듯한 느낌이 들었다.

"아름답지 않은 몸이네."

"쓸데없는 오지랖이라고."

두 사람이 화를 내는 건 아무래도 내가 무리했기 때문인 듯하다.

──상담이라도 해주길 바랐던 것일까?

안경 렌즈에 금이 간 크리스는 내 선택을 타박했다.

"필요성이 있었던 건 이해한다만, 과도하게 무리해서 쓰러지면 의미가 없다."

이해를 나타내면서도 납득은 하지 않은 듯하다.

"루크시온이 관리하고 있으니까 걱정 없어."

그렇게 말하자 내 옆에서 치료를 도와주던 루크시온이 어처구니없어했다.

『몇 번이나 한계라고 말씀드렸습니다만, 듣지 않았던 건 마스터입니다.』

평소의 루크시온이 돌아온 느낌이 든다.

"미안했다. ——자, 그래서 너희는 나를 데리고 돌아가서 뭘 하고 싶은 거지?"

결투에 졌으니까 이 다섯 명의 지시에 따르겠지만, 왕도에 돌아가서 뭘 하는 것일까?

돌아가 봤자 의미가 없다면 시간 낭비다.

치료가 끝난 율리우스는 왕도에서 무슨 일이 일어나고 있는지를 간단히 설명해 주었다.

"네 약혼자들이 움직이고 있다. 아군을 어디까지 모을 수 있을지 모르지만, 너를 혼자 제국과 싸우게 할 생각은 없는 모양이다."

그 세 사람이? 무리하지 않는다면 좋겠는데—— 그렇게 생각하고 있자, 율리우스가 나를 노려보고 있었다.

"나는 안젤리카를 울리지 말라고 분명히 말했다만?"

너한테 그런 말을 듣고 싶지는 않다고! ——라고 말하고 싶은 마음도 있다.

하지만 지금은 반론할 기분이 아니었다.

"반성하고 있어. 그래서, 나더러 왕도로 돌아가서 아군과 합류하라고? 매복한 귀족들한테 붙잡히거나 하진 않겠지?"

화제를 돌리자, 율리우스는 뭔가 하고 싶은 말이 있는 듯하면서도 이야기를 계속했다.

"그럴 일은 없다. 제국이 갑자기 선전포고한 탓에 귀족들도 회의적이니까 말이지."

"의외로 냉정하구만? 내 머리를 노리고 있는 건가 싶었는데."

"그런 녀석들도 있겠지만, 제국이 노리는 것이 무엇인지 정확히 파악할 수 없는 게 원인이다. 태고의 전쟁이 끝나지 않았다고 설명한들 믿는 녀석이 적으니까."

어깨를 으쓱이는 율리우스의 말에 나는 어처구니가 없어서 손으로 얼굴을 가렸다.

"마리에한테서 들은 거냐?"

대답한 건 질크였다.

"예, 전부 이야기해 주었습니다. 자기가 전생자이고——."

질크의 말을 크리스가 가로챘다.

"리온이 이전 생의 오빠라고 들었다. 어째서 말하지 않았지?"

질크는 약간 불만스러워하는 것 같으면서도 다른 네 명과 마찬가지로 나를 노려봤다.

솔직히 말하면 나는 마리에의 행동이 곤혹스러웠다.

"마리에가 전부 이야기한 거냐? 그 바보, 무슨 생각이냐고."

내가 양쪽 눈가 사이의 미간을 손가락으로 집자, 그렉이 큰 한숨을 내쉬었다.

"처음부터 말해 줬더라면 우리도 이상한 억측은 안 했을 거다. 말해 주지 않다니, 매정하다고."

내가 시선을 움직여 다섯 바보의 얼굴을 둘러보자, 전원이 완전히 믿는 얼굴을 하고 있었다.

——믿기지 않는다.

"정말로 마리에의 이야기를 믿냐? 말도 안 되잖냐."

고개를 내젓는 나를 보고, 브래드는 무엇이 우스운지 웃고 있었다.

"말도 안 된다고? 우리가 마리에를 믿는 게 그렇게나 이상하려나? 우리가 보기엔 리온이 약혼자들한테 진실을 말하지 않고 있는 편이 더 불성실하게 보여."

내가 아연한 표정이 되자, 율리우스가 브래드의 말에 깊이 고개를 끄덕이며 수긍했다.

"마리에는 우리를 믿고 진실을 이야기해 주었다. 그렇다면 그 마음에 답해 주는 것이 연인인 우리의 역할이다. 너는 약혼자인 그녀들에게 말하지 않는 건가?"

나는 이상한 웃음이 솟구쳐 나왔다.

바보다, 바보다 하고 생각은 하고 있었지만, 이 녀석들은 진짜 배기 왕 멍청이 자식들이다.

"속아 넘어가기 쉬운 너희랑 다르게, 그 셋은 사리 분별이 확실하니까 안 믿는다고."

내 말에 다섯 명이 뺨을 씰룩거렸다.

그렉이 큰 목소리로 외쳤다.

"너는 진짜로 비아냥이 많은 녀석이구만!"

다른 네 명도 "이 녀석은 정말로 입이 험해"라며 구시렁구시렁
했다.

얼굴을 돌린 그렉에게 나는 고개를 숙이고 나서 말했다.

"──미안하다. 너희한테는 고마워하고 있어."

의무실에 정적이 찾아오더니 다섯 명이 몹시 놀란 표정을 지
었다.

브래드가 고개를 천천히 좌우로 저었다.

"그 리온이 고맙다고 하다니, 믿기지 않는군."

고맙다는 말을 한 정도로 야단법석이 지나치잖아.

내 방으로 돌아온 나는 약을 먹고 나서 침대에 누웠다.

수면제가 효과를 발휘할 때까지 옆에 있던 루크시온과 이야기
했다.

"──저 녀석들을 데리고 온 것도 너였지?"

『예. 그러는 김에, 결투에서 마스터가 불리해지도록 움직였습
니다.』

조금은 미안하다고 생각하는지, 살짝 면목 없다는 듯한 전자 음성이었다.

루크시온은 그대로 내게 사과했다.

『죄송했습니다.』

"네가 솔직하게 사과하다니 별일이구만. 그 밖에도 숨기는 게 있는 거 아니냐?"

넌지시 떠봤지만, 루크시온은 쉽게는 대답해 주지 않았다.

『지금의 마스터에게 필요한 건 휴식과 함께 싸울 동료입니다. 그들은 의지가 됩니다.』

"그렇게나 강해졌을 거라고는 생각지 않았어. 나는 약을 써도 율리우스한테 이기지 못했어."

무리를 해도 다섯 바보한테 이기지 못했다.

스스로가 한심해지기 시작했다.

『율리우스는 마스터를 멈추기 위해 무리하고 있었습니다. 능력만으로 말하자면 승리하고 있었던 건 마스터입니다. 다만, 정신적인 면에서 율리우스가 이기고 있었습니다.』

"──그러냐."

점점 수마가 덮쳐 온다.

눈꺼풀을 감자 루크시온이 내게 말했다.

『모두가 마스터를 돕고자 합니다. 마스터는 이 세계에 필요한 존재입니다.』

"나는 그렇게는 생각하지 않는데 말이지."

『믿을 수 없습니까?』

"나를 가장 믿지 않는 건 나 자신이야. 내가 없었다면 이런 전개는 되지 않았을 거다. ──얼른 끝내고──그 녀석들을 위해서──라도──평화로운 세계──로."

졸음에 거스르지 못하고, 루크시온과의 대화를 중단했다.

안제는 밤에 학원장실을 찾아왔다.

책상 앞에 앉아 서류 업무를 정리하고 있는 건 학원장인 리온의 스승이다.

안제를 앞에 두고 스승은 미소 지었다.

"무언가 용건입니까?"

하교 시간은 지나, 학생이 학원 건물에 출입하는 건 금지된 시간대다.

그걸 나무라지 않는 건 안제가 온 용건에 짐작이 갔기 때문이리라.

안제는 기막힘과 놀람이 섞인 표정을 짓고 있다.

"오늘은 놀라게 되는 일뿐입니다. 설마 당신이 선대 왕의 동생일 줄은 미처 몰랐습니다."

선대 왕의 동생── 롤랜드의 숙부. 즉, 왕족이다.

안제가 스승의 이름을 입에 담았다.

"【루카스 라파 호르파트】──정식으로는 2위 하의 궁정 귀족으로, 작위는 공작. 기록에서 말소되어 있어서야 조사할 방도가 없군요."

영주 귀족 중에서 공작 작위를 지닌 건 대공이 된 리온을 제외하고 두 곳뿐이다.

한 명은 헤르트뤼더이지만, 그녀는 공작 대리다.

또 한 곳은 안제의 본가인 레드글레이브 공작가.

궁정 귀족으로서 공작 작위를 가지고 있는 것이 루카스였다.

루카스의 미소가 사라지고 곤란한 표정을 지었다.

아무래도 이 화제는 좋아하지 않는 듯하다.

"──폐하가 알려주신 것입니까? 계위도 작위도 반납했는데도."

안제가 책상에 양손을 올리고 루카스에게 얼굴을 가까이 가져다 댔다.

"지금의 폐하와의 사이에서 계승권 싸움이 일어나, 물러났다고 들었습니다. 하지만 이름을 바꿔 왕도에 남아 계셨던 거군요. ──본래라면 당신께서 왕위를 이을 터였습니다."

루카스가 한숨을 내쉬었다.

"확실히 당시의 저는 가장 왕위에 가까웠습니다. 폐하는 젊었을 때부터 유흥이 지나쳐서 귀족들의 평판이 나빴거든요. 상대적으로 제가 더 품행 방정하게 보였을 겁니다."

"그게 아니지요? 아버님이 전부 이야기해 주셨습니다. 인품과 능력으로 생각해도 학원장이 왕에 걸맞았다고. 당신은 권력 싸움

297

이 싫어서 왕위에서 도망친 것 아닙니까?"

권력 싸움에 지쳐 도망쳤다—— 당시는 그런 소문이 돌고 있었다는 모양이다.

루카스는 부정했다.

"확실히 도망쳤습니다만, 이유는 다릅니다. 제가 왕이 되었다고 하더라도 이 나라는 바꿀 수 없었습니다. 그래서 가능성이 있는 폐하에게 맡긴 겁니다."

안제는 롤랜드가 한 말을 전했다.

"'이번에는 도망치지 마라.'——폐하로부터의 전언입니다. 상당히 원망받고 있는 것 같군요."

"싫어하는 폐하에게 왕위를 억지로 떠맡겼으니까 말입니다. 하지만 지금의 저는 아무 힘도 없는 학원장에 지나지 않습니다."

자기한테는 힘이 없다고 말하는 루카스의 말을 안제는 믿지 않았다.

"폐하가 말씀하셨습니다. 여전히 오랜 연줄이 있고, 학원장의 힘은 얕볼 수 없다고. 당신을 존경하는 리온이 각오를 굳힌 겁니다. 부디 그 힘을 빌려주십시오."

바싹 다가서는 안제를 보고 루카스는 한동안 침묵하고 있었다.

그러고 나서, 작게 한숨을 내쉰 뒤 표정을 누그러뜨렸다.

"과분한 평가로군요."

"당신은 리온이 인정한 스승입니다. 이번에야말로 도망치지 않으셨으면 합니다."

"저로서는 제자가 아니라 친구로 있고 싶지만 말입니다."

그렇게 말하고, 루카스는 자리에서 일어나더니 표정을 굳게 다잡았다.

"저는 그에게도 이상을 밀어붙여 폐하처럼 괴롭게 만들고 말았습니다. 어른으로서 책임을 질 때가 온 것이겠지요."

각오를 굳혀 준 루카스에게 안제는 감사를 표했다.

"감사합니다. 당신이 일어선다면 리온도 분명 기뻐할 겁니다."

루카스는 조금 멋쩍어하는 듯했다.

"제 연줄을 써서 미스터 리온을 돕도록 하지요. 그래서, 협력은 얼마나 얻을 수 있습니까?"

얼마나 되는 전력을 모을 수 있는가? 그 물음에 안제는 대답했다.

"아직 불명입니다. 가까운 시일 내에 결과가 나올 것입니다."

안제가 협력을 얻어낸 건 레드글레이브 가문을 중심으로 한 파벌과 왕가다.

레드글레이브 가문은 힘을 빌려주겠지만, 같은 파벌의 귀족들이 어디까지 진심을 내줄지는 미지수다.

설득은 계속하고 있지만, 이해를 얻지 못하면 최소한의 전력밖에 보내 주지 않을 것이다.

왕가는 전성기와 비교하여 피폐해진 상태이기에 이쪽도 전력에 불안이 있다.

루카스도 그걸 깨닫고 있는지 정신을 바짝 다잡았다.

"모든 건 이제부터입니까."

★제18화「가짜 성녀」

　다섯 바보가 리온을 찾으러 간 사이, 마리에는 어떤 장소에 와 있었다.

　왕도에 있는 장엄한 건물에는 많은 사람이 기도를 올리고 있었다.

　신전―― 호르파트 왕국에서 대다수가 지지하는 종교 시설이다.

　왕도에 있는 본산인 신전의 긴 계단을 올라가, 마리에가 가까이 가자 신전 기사들이 들고 있던 창을 겨누었다.

　그들은 신전에 봉사하는 기사이며, 섬겨야만 하는 주군은 신전이 숭상하는 신과 성녀다.

　그런 그들 입장에서는 2년 전에 성녀를 사칭한 마리에는 금기시해야 할 존재였다.

　"뭘 하러 온 거지, 이 천벌 받아 마땅할 녀석이!"

　"이 장소에 가까이 다가와서는 안 된다고 말했을 터다!"

　창을 겨누는 신전 기사 두 명을 보고 주위 백성들이 떠들기 시작했다.

　마리에는 신경 쓰지 않고 앞으로 나아갔고, 진로 방향이 창으로 가로막혔다.

　"멈추라고 말했―― 헉?"

마리에는 두 사람의 창을 각각 쥐더니, 그 힘으로 두 사람을 내던져 버렸다.

마력이 마리에의 몸을 뒤덮고 있었다.

희미한 하얀빛에 감싸인 마리에는 그대로 건물 안으로 들어갔다.

양쪽으로 열리는 형식의 문은 기도를 올리러 온 사람들을 맞아들이기 위해 활짝 열려 있었다.

건물 안쪽에 있는 건 하얗고 아름다운 여성의 상이었다.

성녀—— 잘 손질되어 하얀 반짝임을 내뿜고 있는 상에는 금색 장식품이 걸려 있다.

오른손에 금색 지팡이를 들고, 왼손 손목에는 팔찌를 장착하고 있었다.

목걸이까지 하고 있어서, 그 모습을 본 마리에의 눈초리가 날카로워졌다.

소란을 듣고 신전 기사들이 모여들었고 신관들도 모습을 나타냈다.

가장 지위가 높아 보이는 신관은 걷는 것도 힘들 것 같을 정도로 살찐 남성이었다.

몸집이 크고, 굵은 손가락에는 커다란 보석이 달린 반지를 몇 개나 끼고 있다.

마리에가 보기엔 속물적으로 보였지만, 신전에는 검소함을 숭상하는 교의가 없다.

"너 같은 자가 신성한 장소에 출입하는 것은 용납할 수 없다! 신전 기사들이여, 녀석의 목을 날려 버리는 것을 허락한다!"

대신관 남성의 말에 다른 신관들이 당혹스러워했다.

"하지만, 거래로는 저 여자는 그냥 놓아주라고……."

"이곳에 출입하지 않는 것도 조건에 들어가 있었다. 거래를 깬 건 이 여자다! 자, 성녀님의 심판을 받아라!"

신전 기사들이 무기를 손에 들고 마리에한테 가까이 다가왔다.

하지만 마리에 본인은 그들 따위 안중에 없었다.

보고 있는 건 성녀의 도구── 그 여성향 게임의 키 아이템이다.

"지금의 나한테는 힘이 필요해. 한 번은 인정해 줬다면── 이번만큼은 힘을 빌려줘."

마리에가 말을 건 상대는 대답하지 않는 성녀상이다.

자애롭게 여기듯이 미소 짓는 성녀상은 당연히 마리에한테 답하지 않았다.

대신관이 그런 마리에를 보며 코웃음을 쳤다.

"무슨 말을 하는 거냐? 너 같은 자한테 성녀님이 답할쏘냐. 자, 그 녀석을 갈가리 찢도록 해라!"

흥분한 신전 기사들이 마리에를 베고자 달려들려 했다.

마리에는 그 자리에서 움직이지 않고, 성녀상에 오른손을 뻗었다.

"오빠를 돕기 위한 힘이 필요해. 그러니까── 얼른 힘을 빌려 달란 말이야!"

마리에의 외침에 반응한 건 성녀상이 아니라 금색 장신구들이었다.

성녀의 팔찌가 성녀상 왼팔을 부수고 마리에를 향해 날아오더니 왼팔에 장착되었다.

지팡이가 오른팔을 파괴하고 마리에의 눈앞에 날아와 바닥에 꽂혔다.

목걸이는 성녀상의 목을 부수고 마리에한테 날아오더니 그대로 장착되었다.

세 가지 장신구가 마리에를 인정하여, 닥쳐오는 칼날을 신전 기사째로 전부 튕겨냈다.

마리에를 중심으로 발생한 충격파에 날아간 신전 기사들은 기둥이나 벽에 격돌하여 고통에 몸부림쳤다.

마리에는 오른손을 뻗어 지팡이를 쥐고는 장신구에 말을 걸었다.

"고마워. 한 번만 더 나한테 힘을 빌려줘. 이번에야말로 그르치지 않기 위해서."

리비아한테서 성녀의 지위를 빼앗았던 때와는 상황이 다르다.

자기를 위해서가 아니라, 지금은 오빠를 위해―― 리온을 위해 성녀의 힘이 필요했다.

대신관이 부들부들 떨었다.

"어째서 성스러운 장신구가 가짜를 인정한단 말인가? 이런 일이 허용될까 보냐. 있어서는 안 된다!"

마리에는 대신관을 무시하고, 주위에 나뒹구는 신전 기사들을 봤다.

조금 전의 공격으로 그들은 일어설 수 없는 모양이다.

지팡이를 쥔 마리에는 눈을 감고 성녀의 힘을 사용했다.

"미안했어. 지금부터 치료할게."

그렇게 말하자, 마리에를 중심으로 따뜻한 하얀빛이 발생하여 신전 안을 완전히 뒤덮었다.

빛이 잠잠해질 즈음에는 신전 기사들은 몸의 고통이 사라져 놀라고 있었다.

"괴, 굉장해. 이제 전혀 아프지 않아."

"이런 회복 마법은 처음이다."

"설마 이분은 진짜로 성녀님인가?"

신전 기사들이 마리에를 보는 눈은 조금 전과는 달랐다.

신관들은 놀라서 목소리도 나오지 않았고, 대신관에 이르러서는 엉덩방아를 찧은 채 마리에를 손가락으로 가리켰다.

핏기가 가신 얼굴을 하고 있었다.

"서, 설마, 당신이 정말로 성녀님인 겁니까?"

마리에는 히죽 미소를 띠더니, 지팡이를 바닥에서 뽑고 그대로 어깨에 짊어졌다.

"그래. 얼른 대접하도록 하라구."

당당한 행동에 신관들이 서로 얼굴을 마주 보고는, 바닥에 주저앉아 머리를 숙였다.

신전 기사들은 한쪽 무릎을 꿇고 머리를 조아렸다.

대신관이 꼴사나운 모습으로 무릎 꿇고 엎드려 사과했다.

"부디 용서해 주십시오! 저희는 당신이 가짜라고 믿고 있었던 겁니다! 고, 곧바로 성녀님께 걸맞은 대우로 모시겠습니다."

떨고 있는 대신관을 앞에 두고, 마리에는 좋은 대우를 거절했다.

"필요 없어. 그것보다도 성녀에 얽힌 서적이 보관되어 있지? 바로 안내해 줘야겠어."

대신관이 얼굴을 들고 곤혹스러워했다.

"서고 말씀입니까? 성녀님이라면 열람 가능합니다만——."

"됐어. 빨리 안내해."

"즈, 즉시!"

마리에가 말하자 대신관이 황급히 여성 신관들을 불러 마리에를 안내시켰다.

서고로 향하는 마리에는 이걸로 겨우 바라던 것이 손에 들어올 것임을 확신했다.

'여차할 때를 위해 나한테는 성녀의 힘이 필요해.'

이제부터 가게 될 서고에 있는 건 성녀가 기록한 특별한 마법이 적힌 서적들이다.

성녀가 사용했다고 여겨지는 전설로 취급되는 갖가지 마법들.

성녀의 자질과 성녀의 장신구가 있어야 비로소 사용 가능한 마법들.

마리에는 그 마법을 하나라도 많이 습득할 생각이다.

'나는 두 번 다시 오빠를 잃지 않겠어.'

★제19화 「참집(參集)」

왕도 근교에 비행 전함 함대가 다가왔다.

왕국군 비행 전함 한 척이 가까이 다가오는 함대에 접근했다.

언제든지 대포를 쏠 수 있도록 해두고, 갑판에는 갑옷이 나와 있었다.

언제든지 전투가 가능한 상태인 그들은 함대의 소속을 보고 경계했다.

「판오스 공작가의 가문(家紋)이라고?! 네 녀석들, 무슨 생각이냐!! 어째서 왕도까지 접근해 왔지!!」

초조함과 분노가 뒤섞인 함장의 목소리에, 함교에 있던 헤르트뤼더는 지긋지긋해했다.

"이 대화는 이걸로 몇 번째려나?"

힐끔 시선을 향한 곳에는 준비된 좌석에 앉은 리비아가 있었다.

판오스 가문의 군인한테서 마이크를 받아 들고, 외부 마이크로 대답했다.

「저는 발트파르트 대공의 약혼자인 리비아예요. 허가는 얻었으니 그들을 통과시켜 주세요.」

「대공님의?!」

놀란 함장이 마이크를 끄는 것을 잊었는지 부하들과의 대화 소리가 들려왔다.

아무래도 지시가 똑바로 전해지지 않았던 모양이다.

「그, 리비아 님께서 돌아오신다는 연락밖에 오지 않았습니다만?」

「문제없어요. 부디 통과시켜 주세요.」

「화, 확인하고 오겠습니다.」

왕도를 앞에 두고 꼼짝도 못 하게 되어 헤르트뤼더는 한숨을 내쉬었다.

이런 대화가 몇 번이나 계속되고 있기에 넌더리가 난 것이리라.

단지, 여기에는 이유가 있다.

2년 전에 구 판오스 공국과 전쟁이 있어서, 그때의 쓰디쓴 경험으로 왕국군이 경계하고 있기 때문이다.

"제법 혼란한 상태네. 지금이라면 우리만으로도 왕도를 멸망시킬 수 있을 것 같아."

위험한 발언을 하는 헤르트뤼더에게 리비아는 얼굴을 향하고 미소 지었다.

그 미소는 리비아답게 부드러운 느낌이었지만, 헤르트뤼더한테는 도발적으로 보였다.

"리코른이 있으니까 무리일걸요."

리비아가 단언하자 헤르트뤼더는 재미없다는 듯이 말했다.

그게 사실임을 알고 있기 때문이다.

"말해 본 것뿐이야. ——어머? 아무래도 손님은 우리만이 아닌 모양이네."

헤르트뤼더의 시선이 향한 곳에는 낯선 함대의 모습이 있었다.

타국의 비행 전함이리라.

가문을 보니——.

"——알제르 공화국이네요."

리비아가 대답하자 헤르트뤼더는 뒤늦게 기억해 냈다.

"저 나라가 함대를 파견하다니 대단하네. 지금은 자국 방어만
으로도 힘에 부칠 텐데."

리비아가 가슴에 주먹을 댔다.

"노엘 덕분이에요. 그녀가 알제르 공화국을 설득해 주었어요."

힘든 상황에서 전력을 할애해 준 알제르 공화국에 리비아는 감
사하고 있었다.

헤르트뤼더는 입꼬리를 올리며 미소 지었다.

"그것뿐만이 아니라고 생각해."

"네?"

고개를 갸우뚱하는 리비아에게, 헤르트뤼더는 조금 전의 앙갚
음으로서 대답해 주지 않았다.

◇

왕궁의 한 방.

알제르 공화국에서 대표자가 왔다는 말을 듣고 노엘은 서둘러

방에 들어갔다.

문을 열고 안으로 들어가니 쌍둥이 여동생【렐리아 질 레스피나스】가 기다리고 있었다.

노엘과 다르게 핑크색 일색인 찰랑찰랑한 머리카락을 왼쪽에서 사이드 포니테일로 묶었고, 녹색 눈동자를 지니고 있다.

노엘보다도 야윈 건 성수의 무녀로서 하루하루가 바쁘기 때문일 것이다.

조금 야윈 렐리아를 앞에 두고 노엘은 어깨를 헐떡이며 가쁘게 숨을 쉬었다.

"렐리아!"

이름을 부르자 소파에 앉아 있던 렐리아가 쓴웃음을 지으며 일어섰다.

"오랜만이네, 언니."

노엘이 렐리아한테 안겨들어 눈물을 흘렸다.

"와줘서 고마워. 정말로 고마워."

울고 있는 노엘의 등에 렐리아는 팔을 돌려 부드럽게 껴안았다.

렐리아도 조금 눈물짓고 있었다.

"지면 우리도 끝장인 거지? 그럼 힘을 빌려줘야지."

"너까지 와줄 거라고는 생각지 않았어."

"같이 오지 않으면 에밀을 제어할 수가 없는걸."

"어?"

에밀이라는 이름에 놀라고 있자, 소파에 앉아 조금 있기 거북해하는 것 같았던 남성이 헛기침하고 나서 설명했다.

그는【알베르크 사라 라우르트】다.

키가 크고 슬림한 체형으로, 줄무늬가 들어간 정장을 입고 있다.

눈매가 날카롭고, 가지런히 정돈된 수염은 약간 무서운 얼굴이라는 인상을 줬다.

"공화국의 성수의 이름이다. 지금은 에밀이라고 불리고 있지. 기함에 싣고 왔다."

노엘과 마찬가지로 성수를 가지고 온 것이었다.

알베르크는 비행선에 관해서도 이야기했다.

"공화국 비행 전함 말이다만, 이전에 이데알이 마련한 물건이다. 수는 적지만 성능은 보장하지. 자네들도 알고 있겠지만 말이야."

알제르 공화국이 파견한 함대는 본국을 지키는 정예 중의 정예였다.

수는 적지만, 알베르크와 렐리아가 있는 시점에서 진심의 정도를 엿볼 수 있었다.

"정말로 감사합니다. 두 사람이 있어 주면 마음이 든든해요."

이걸로 리온의 도움이 될 수 있다── 그렇게 생각했는데, 알베르크와 렐리아가 서로 얼굴을 마주 보며 쓴웃음을 짓고 있었다.

노엘이 고개를 갸웃하자, 렐리아가 사정을 이야기했다.

"언니, 여기에 온 건 우리만이 아니야."

"누니이이임!!"

별실에서 마리에와 면회한 건 하얀 정장에 하얀 망토 차림인 【로이크 레타 발리에르】였다.

짧은 빨간 머리의 그는 마리에와 면회하자마자 눈물을 터뜨리고 말았다.

"로이크, 너도 와주었구나!"

마리에가 로이크를 끌어안고 등을 문질러 줬다.

로이크는 눈물을 닦으며 공화국의 사정을 이야기했다.

"누님의 위기에 달려오는 건 당연합니다! 위그 녀석이 반대했지만, 제가 후려갈겨서 입 다물게 했습니다!"

함대를 파견할 때, 알제르 공화국 내에서 옥신각신한 것이리라.

하지만 억지로 파견을 인정하게 했다고 말하는 로이크를 보고 마리에는 쓴웃음을 짓고 말았다.

"과격한 짓을 했네. 하지만 고마워. 정말로 도움이 됐어."

"누님을 위해서라면 이 정도는 아무렇지도 않습니다! 그것보다 누님은 이전보다도 어쩐지——."

오랜만에 마리에와 만난 로이크는 위화감을 품고 있었다.

마리에가 일어섰다.

"한층 더 매력적으로 변했지? 나도 아직 성장기니까 말이야."

윙크하는 마리에를 보고 로이크는 얼굴이 빨개졌다.

"예! 전에도 아름다웠습니다만, 지금은 더욱 아름답습니다! 어쩐지 성스러운 분위기를 자아내고 계셔서 놀랐습니다!"

솔직한 로이크의 말에, 한순간이지만 마리에의 미소에 그늘이 졌다.

하지만 이내 밝은 미소를 되찾았다.

"고마워. 그리고, 너한테도 기대하고 있어."

"맡겨 주십시오. 누님이 안 계신 동안 저도 실전으로 단련했습니다."

공화국은 부흥 도중이어서, 빈틈을 찌르는 것처럼 공적이나 타국으로부터 공격받고 있는 모양이다.

쳐들어오는 적에게 대처하는 건 로이크의 역할이었던 듯하다.

축적된 경험도 있어서 로이크는 이전보다도 늠름하게 보였다.

그런 로이크가 주위로 시선을 향했다.

"음? 평소 방해해 오는 그 다섯 명은 없는 겁니까? 대공님께도 인사를 드리고 싶었습니다만? 서둘러 전하고 싶은 것도 있고요."

로이크의 반응에 마리에는 어떻게 대답해야 할지 고민했다.

하지만 로이크는 스스로 답을 냈다.

창밖을 보고 혼자 납득하고 있었다.

"아아, 지금 돌아오신 거군요. 아인호른을 보는 것도 오랜만입니다."

마리에가 곧바로 창밖을 보니, 멀리 아인호른의 모습이 보였다.

'그 다섯 명이 오빠를 데리고 돌아와 줬어. 정말로 다행이야.'

◇

왕궁에 오니, 마중 나온 건 의외로 로이크였다.

"오랜만이군요."

노엘한테 스토커 짓을 하고 있었을 때와는 다르게 성격이 온건해진 로이크는 웃는 얼굴로 우리한테 손을 흔들어 주었다.

그 모습을 본 다섯 바보의 기분이 일제히 불쾌해졌다.

"네 녀석이 어째서 이곳에 있지?"

낮은 목소리로 묻는 율리우스에게 로이크는 어깨를 으쓱였다.

"그게 함대를 파견한 우호국 사람을 대하는 태도인가? 조금 전까지 누님과 만나고 있었으니까 하는 김에 인사하고자 얼굴을 내비친 것뿐이다."

마리에와 만나고 있었다는 사실에 다섯 바보의 표정이 한층 험악해졌다.

브래드가 로이크한테 바싹 다가섰다.

"마리에한테 발칙한 짓을 한 건 아니겠지!"

"누님께 실례되는 짓은 하지 않는다. 그것보다도 대공님께 알려드려야만 하는 것이 있습니다."

브래드를 무시하고 내 쪽을 본 로이크의 얼굴은 초조해하고 있는 것처럼 보였다.

인사치고는 낌새가 이상하다.

"나한테?"

고개를 갸웃하자, 로이크는 뭐라 형언하기 힘든 표정을 지었다.

시선을 이리저리 움직이며, 말을 고르고 있는 모양이다.

"실은── 루이제가 와 있어서."

"루이제 양이?"

알제르 공화국에서 알게 된 여성의 이름이다.

그리움을 느끼고 있자 로이크가 계속해서 이야기했다.

"대공님과 면회하는 방에 제가 안내했습니다. 다만── 그, 뭐라고 할지──."

말하기 어려워하는 듯한 로이크를 보고, 질크가 짜증을 내며 끼어들었다.

"이쪽은 시간이 없습니다. 얼른 말해 주었으면 하는군요. 그게 아니면, 뭔가 문제라도 일으킨 겁니까?"

질크의 비아냥에 로이크는 발끈했지만, 나와의 대화를 우선했다.

"안내받은 방에 다른 여성들이 있었던 겁니다."

식은땀을 흘리는 로이크의 반응에 나는 난처해지고 말았다.

"안내할 방을 착각한 건가?"

"아니요, 그런 문제가 아니고 말입니다. ──대공님과 면회할 여성은 그 방으로 안내해 두라는 지시가 있어서."

무슨 말을 하고 싶은 것인가? 이해하지 못하고 있는 나와는 다르게, 율리우스를 비롯한 다섯 바보의 반응이 이상했다.

모두가 식은땀을 흘리고 있다.

율리우스가 그렉에게 시선을 향했다.

"어이, 어떻게 생각하지?"

"어떻게 생각하냐니 그건——."

그렉이 어떻게 대답해야 할지 곤란해하고 있자, 크리스와 브래드도 뭔가 상의하기 시작했다.

"좋지 않은 예감이 드는군."

"나도 그래. 애초에 이건 리온의 문제고, 우리가 참견해도 될 문제가 아니야."

그리고 질크가 율리우스에게 제안했다.

"전하, 리온 군의 손님이 기다리고 있는 모양이니, 저희는 따로 행동하지 않겠습니까? 같이 면회하는 것도 실례라고 할지—— 솔직히 말해서, 말려들고 싶지 않습니다. 십중팔구 클라리스도 동석하고 있을 테니까 말이지요."

전 약혼자인 클라리스 선배의 이름을 꺼낸 질크의 얼굴은 어째 기분이 안 좋아 보였다.

이 녀석들도 피곤한 걸까?

나는 작게 한숨을 내쉬고는 다섯 바보에게 쉬도록 재촉했다.

"너희는 먼저 쉬어도 돼. 로이크, 안내해 줘."

로이크한테 안내를 부탁하자, 어째서인지 로이크가 얼굴을 피했다.

"아뇨, 저는 이제부터 볼일이 있어서 말입니다."

거절당한 나였으나, 안내라면 루크시온이 있기에 문제없다.

루크시온한테 시선을 향했다.

"그렇다고 하네. 루이제 양이 있는 방은 알겠냐?"

『예. 안내는 맡겨 주십시오. 단지──.』

루크시온은 내게 일부러 확인해 왔다.

『──정말로 만나보실 겁니까? 지금이라면 면회를 뒤로 미룰 수도 있습니다만?』

루이제 양을 기다리게 하는 건 나 개인적으로도 마음이 편하지 않다.

모처럼 알제르 공화국에서 와 줬으니까, 만나 두고 싶었다.

"딱히 문제없잖냐. 자, 가자고."

『──예, 마스터.』

◇

리온과 루크시온이 루이제를 비롯한 여성들과 면회하기 위해 떠나갔다.

그 뒷모습을 지켜보는 다섯 바보와 로이크는 리온한테서 믿음 직함을 느끼고 있었다.

그렉이 리온에게 미안해하는 듯한 태도로 말했다.

"미안하다, 리온! 나는── 너의 도움이 될 수 없어!"

그런 그렉을 위로하는 건 성격 나쁜 질크였다.

하지만 이 자리에 한해서는 나쁜 성격은 온데간데없었다.

리온한테도 동정적이었다.

"이런 종류의 문제에 저희는 무력하니까 말이지요. ——리온 군이 무사히 돌아오기를 기도해 둡시다."

율리우스는 멀어져 가는 리온의 모습을 보고 있었다.

"저 녀석의 둔감함에 화도 났지만, 이럴 때는 믿음직스러움마 저 느껴지는군."

아무것도 모르고 여성진이 기다리는 방으로 향하는 리온에게 다섯 바보와 로이크는 믿음직함을 느꼈다.

——수라장이 기다리고 있으리라고 생각되는 리온이 무사히 돌아오기를 기도하는 남성진이었다.

◇

방으로 가는 도중에 나는 루크시온과 대화하고 있었다.

"알제르 공화국이 온 건 알고 있었는데, 설마 로이크도 함께일 거라고는 생각지 않았어."

『이데알이 남긴 비장의 비행 전함을 파견했더군요. 알베르크와 루이제가 뒤에서 손을 써준 것이겠지요.』

"——고마운 일이네."

누구의 도움도 필요 없다고 생각하고 있었다.

하지만 도와주는 사람들이 있다는 건 무척 마음이 든든하다.

"판오스의 함대도 있었지."

『왕국 귀족들도 함대를 파견하였군요. ——발트파르트 가문의
비행 전함도 확인되었습니다. 나중에 혼나 주십시오.』

아버지나 형, 혹은 양쪽 다 와 있는 것이리라.

내가 한 짓을 생각하면 혼이 나도 어쩔 수 없다.

"얻어맞아도 불평하지는 않겠어. 그것보다 우리가 가고 있는
방에는 안제랑 리비아, 노엘도 있는 건가?"

『아뇨, 그것이——.』

루크시온이 대답을 얼버무리고 있었더니, 목적지인 방에 도착
했기에 노크했다.

안에서 대답이 돌아와서 문을 열고 안으로 들어가니,

"어머어머, 제법 무리를 하고 왔네. 조금 야윈 거 아니야?"

가장 먼저 반겨주는 클라리스 선배.

"행방불명이라고 들었는데, 무사한 것 같아서 다행이에요."

부채를 펼치고 입가를 가리는 디어드리 선배.

두 사람이 방에 있는 건 딱히 놀라지 않는다.

그야 왕국 귀족의 딸들이니까 용건이 있으면 왕궁에 있어도 이
상하지 않기 때문이다.

하지만 나머지 두 명은 드물다.

"여전히 성가신 일에 말려드는구나."

"오랜만입니다, 루이제 양. 누나라고 부를까요?"

그녀의 이름은 【루이제 사라 라우르트】.

어깨까지 뻗은 옐로우 블론드 머리카락에 보라색 눈동자——

319

글래머러스한 체형의 소유자는 알제르 공화국에서 신세를 졌던 루이제 양이다.

누나, 라고 농담으로 부르자 얼굴을 조금 빨갛게 붉혔다.

나한테 가까이 다가오더니 오른손을 뻗어 왼쪽 뺨을 만졌다.

"농담을 할 수 있을 정도면 괜찮아 보이네. 기운 넘쳐 보여서 안심했어."

"물론입니다. 기운이라면 팔아치울 정도로 많이 있으니까 말이죠."

"팔아치울 정도는 아닐 텐데 말이야. 거짓말쟁이인 것도 변함이 없네."

온화한 대화를 나누고 있자, 헤르트뤼더 양이 대화에 끼어들었다.

"슬슬 괜찮을까? 나는 그와 할 이야기가 있어."

내가 고개를 갸웃하자, 클라리스 선배가 미소를 향했다.

본심을 숨기는 듯한 미소로 보인 건 기분 탓이리라.

"그건 기묘한 우연이네. 나도 리온 군에게 중요한 이야기가 있어. 그런데도 어째서 방해꾼이 세 명이나 있는 걸까?"

클라리스 선배가 시선을 옮겨 다른 여성진을 둘러보자, 디어드리 선배가 부채를 접었다.

"이 방에 다른 사람이 있는 시점에서 눈치챘어야만 했네요. 안젤리카—— 아니, 밀렌 님의 지시일까요? 짓궂은 짓을 하는군요."

어째서 안제와 밀렌 씨의 이름이 나오는 것인가?

지금 상황을 이해하지 못하고 있는 내게 루이제 양이 말을 걸었다.

"리온 군, 누나가 할 이야기가 조금 있는데, 들어주지 않을래?"

"이야기 말입니까?"

힐끔 루크시온을 보니 아직 다음 예정까지 시간이 있는지 고개를 끄덕이고 있었다.

나도 고개를 끄덕이자, 루이제 양이 손을 모았다.

"호르파트 왕국에 함대를 파견하긴 했지만, 우리나라도 꽤 무리해서 한 거거든. 그러니까 뭔가 보답이 없으면, 돌아가서도 위그를 비롯한 반대파를 설득할 수가 없어. ──협력해 주겠니?"

살짝 고개를 숙이고 올려다보는 눈으로 부탁하는 루이제 양은 한동안 못 본 사이에 한층 더 어른 여성이 된 듯한 느낌이 든다.

알제르 공화국 말인데, 호르파트 왕국을 구하기 위해 무리하고 있는 모양이다.

대가를 요구하는 건 국가로서 당연하리라.

이 이야기를 루이제 양이 하는 것에는 약간 위화감이 있긴 하지만.

헤르트뤼더 씨까지도 편승했다.

"무리하고 있는 건 판오스 가문도 마찬가지야. 왕국을 도와도 그걸로 끝나면 곤란해."

두 사람의 주장은 지당하다.

내가 루크시온을 보니, 루크시온이 대신하여 보수 이야기를 했다.

『현 상황에서는 백금화를 준비할 수 있습니다. 그 밖에도 희망하는 물건이 있다면──.』

내가 개인적으로 보수를 준비하겠다는 이야기에 제동을 건 것은 클라리스 선배였다.

"멋대로 이야기를 진행하면 안 돼. 그쪽은 나라 사이의 이야기잖아? 리온 군한테 상담하는 건 번지수가 잘못됐어."

이 의견에 디어드리 선배도 동조했다.

"그 말이 맞아요. 게다가 보수라면 이쪽이 먼저예요. 이번 일을 위해 움직이고 있는 건 국내의 귀족들도 마찬가지예요. 물론 로즈블레이드 가문도 전력으로 협력하고 있어요."

클라리스 선배와 디어드리 선배의 본가도 움직이고 있다.

루이제 양이나 헤르트뤼더 씨를 우선하면 기분이 좋지 않을 만도 하다.

내가 생각에 잠기자 루크시온이 내 귀에 대고 속삭였다.

『마스터, 낌새가 이상하다고 생각하지 않습니까?』

"뭐가?"

『네 사람을 살펴봐 주십시오.』

시선을 움직여 네 사람을 둘러보자, 서로 마주 보고 미소 지으며 이야기하고 있었다.

루이제 양과 클라리스 선배가.

"자국의 문제지? 대가를 요구하는 건 이상하다고 생각해."

"그쪽도 무관하지 않다고 생각하는데? 하지만 무관하다고 한다면, 외국의 공주가 끼어들지 말아 줬으면 좋겠네."

디어드리 선배와 헤르트뤼더 씨가.

"공국 부활이라도 계획하고 있는 걸까요? 전후에 새로운 폐하에게서 은사(恩赦)가 내려지는 걸 기대하면서 기다리고 있으세요. ──폐하 옆에서 조언은 해드리겠어요."

"당신들이 무능하니까 판오스 가문이 움직인 거야. 왕국도 성의를 보여줘야겠어."

생글생글 웃고 있는 네 사람을 보고 나는 이해했다.

"귀족으로서의 이야기라는 거군. 다른 누구보다도 보수를 많이 받고 싶은 거였어."

나도 귀족 사회에 사는 인간이니까 네 사람의 미소가 진짜가 아니라는 것 정도는 꿰뚫어 보고 있다.

나를 설득해서 자기들이 보수를 더 많이 얻으려는 생각인 것이리라.

그 때문에 네 사람이 서로 견제하고 있다는 거군.

귀족으로서의 대화를 이해하다니, 나도 제법 귀족 사회에 익숙해진 모양이다.

『──정말로 그렇게 생각합니까?』

"그것보다 이 방 조금 춥지 않냐?"

『예, 그렇군요.』

복도에 있었을 때보다도 춥게 느껴졌다.

루크시온이 다음 볼일이 임박했다고 알려주었다.

『상정했던 것보다도 시간이 걸리는군요. 이대로는 다음 예정에 지장이 생깁니다.』

"알았어."

나는 아직 서로 말다툼하고 있는 네 사람을 보고, 주의를 끌기 위해 손뼉을 쳤다.

네 사람이 내 쪽을 봤기에 이 이야기를 끝내기 위해 말했다.

"사정은 이해했습니다. 보수 건은 제가 책임지도록 하죠."

그러자 헤르트뤼더 씨가 미소를 띠었다.

키나 체형은 이전과 다름없을 터인데도, 제법 어른의 색기가 느껴지게 되었다.

공작 대리로서 귀족 사회에서 시달린 결과일까?

싫어도 어른이 될 수밖에 없었던 모습에 나는 약간 동정했다.

"당신의 이름으로 책임을 져 주는 걸까? 한 통 써줄 수 있어?"

"그걸로 직성이 풀린다면."

가능하면 추억 이야기로 이야기꽃을 피우고 싶었지만, 그다지 시간도 없다.

아쉽지만 사인만 하고 이 자리는 빠지도록 하자.

클라리스 선배가 조금 불만스러워하는 듯했다.

"──뭐, 어쩔 수 없네."

디어드리 선배는 입가를 부채로 가리며 웃고 있다.

"어쩐지 미안하네요. 하지만 기회는 놓칠 수 없으니 말이에요."

루이제 양은 내 얼굴을 보더니 생긋 미소 지었다.

"아버님께 좋은 보고를 드릴 수 있을 것 같아."

그건 무엇보다 다행이다.

헤르트뤼더 씨가 이 자리에서 서류를 준비하기 시작하자, 다른 세 사람이 이것저것 지시를 내렸다.

완성된 내용 말인데, 간단히 설명하자면 '네 사람이 원하는 것을 마련해 주겠다고 내가 이 자리에서 네 사람에게 약속했다'라는 것이다.

더 어려운 말로 적혀 있긴 하지만, 대략적인 내용은 같다.

헤르트뤼더 씨가 고개를 끄덕였다.

"뭐, 구두 약속보다는 괜찮겠지. 나중에 어기지 않기를 바랄게."

사인을 끝낸 나는 쓴웃음을 지으며 말했다.

"신용이 없네. ──자, 제대로 사인했다고."

"확인했어. 그럼, 다음에 또 봐."

그렇게 말하고, 네 사람과의 대화는 이걸로 끝났다.

◇

알현실의 대기 공간에 도착하자 아직 아무도 와 있지 않았다.

의자에 앉자 루크시온이 조금 전의 건에 대해 주의를 주었다.

『그런 애매한 계약은 맺으면 안 되었습니다. 뭐, 그 네 사람이 훗날 화근으로 만들 가능성은 적겠지만요.』

난색을 보이면서도, 참견하지 않았던 건 네 사람을 신용하고 있기 때문이리라.

"문제가 될 것 같으면 크레아레한테 전부 떠넘기면 돼."

『설마── 처음부터 약속을 어길 생각이었던 겁니까?』

루크시온이 내 진의를 알아차린 모양이다.

나는 그녀들한테 미안한 마음을 품으면서, 루크시온한테 변명했다.

"내가 살아서 돌아갈 수 있을 확률은 낮잖아? 속이는 것 같아서 미안하지만, 그 자리에서 죽을지도 모른다, 같은 말을 해서 분위기를 나쁘게 만들고 싶지 않았어."

살아서 돌아갈 수 있다는 보장은 없다.

하지만 그 자리에서 이번 생의 이별이라는 분위기를 만들고 싶지도 않았다.

『그래서 안이하게 계약을 맺은 겁니까?』

"그 자리에서 불안하게 만들고 싶지 않았으니까 말이지."

네 사람에게는 미안하지만, 내가 돌아오지 못하면── 그때는 거짓말쟁이라고 욕먹기로 하자.

나중에 루크시온한테 돈이라도 준비시켜서, 출발 전에 건네 두면 용서해 줄까?

대화가 끊기자, 그 타이밍에 대기 공간에 안제가 뛰어 들어왔다.

"리온!"

"안제."

자리에서 일어나 보니, 웨딩드레스를 빨갛게 물들인 것 같은 옷을 입은 안제가 서 있었다.

머리를 세팅하고 화장을 한 상태다.

나를 보는 눈이 글썽글썽하게 젖어 있었다.

울음을 터뜨릴 것 같은 얼굴로 내 가슴에 뛰어들더니, 그대로 이마를 내 가슴에 꾹 밀어붙였다.

"이제 돌아와 주지 않는 건가 싶었다. 두 번 다시 너를 만나지 못하는 건가 싶어서 무서웠다."

"미안."

"몇 번이나 몇 번이나, 너는 내 마음을 가지고 논다. 정말로 최악인 남자다."

"질렸으면 버려도 괜찮아."

그렇게 말하자 안제가 얼굴을 들었다.

눈물을 흘리며 얼굴 한가득 미소를 띠고 있었다.

"네가 싫어해도 버리지 않을 거다. 그러니까—— 나를 버리지 말아다오."

안제의 말에 눈물이 나왔다.

우는 얼굴을 보이고 싶지 않았기에 안제를 끌어안았다.

아무 대답도 하지 않았지만, 안제한테는 마음이 전해진 듯하다.

안제는 그대로 내게 현 상황을 알려주었다.

"너를 위해 가능한 한 전력을 모았다. 국내의 귀족과 기사, 그리고 군인들도 알현실에 와 있다. ——너의 말을 기다리고 있다."

"분명 불평하는 말을 듣겠군."

"어떠려나? 하지만 그들을 뭉치게 하려고 제법 무리했다. 리온한테도 상당한 부담을 끼치게 된다. 지금이라면 아직 늦지 않았다고."

인제 와서 내가 거부해서 안제의 노력이 헛수고가 되는 건 꺼려진다.

게다가 내게는 뒤가 없다.

얼마나 큰 부담이건 상관없다.

──살아서 돌아가면, 푸념하면서라도 모든 부담을 짊어져 주겠어.

"괜찮아."

"정말로 괜찮은 건가? 왜냐면 너는──."

지금이라면 어떤 고생도 짊어져도 괜찮다는 생각이 들었다.

왜냐면 안제가── 이런 나를 위해 행동해 주었으니까.

"괜찮아. ──안제, 고마워. 정말로 고마워."

"고맙다고 할 거면 리비아와 노엘한테도 해줘라. 판오스 가문과 공화국을 움직인 건 그 두 사람이다."

"꼭 말할게."

그대로 서로 껴안고 있었더니, 문을 노크하는 소리가 났다.

안제가 나한테서 떨어졌다.

"시간이다. 갔다 와라, 리온."

나는 울었던 얼굴을 보이지 않도록 안제한테 등을 돌리고, 평소처럼 보이기 위해 농담했다.

"많은 사람 앞에 나서는 건 껄끄럽고, 말주변이 없으니까 연설도 서툴단 말이지. ──실수해도 웃지 말아 줘."

"그 상태라면 문제없을 것 같군."

안제가 쿡쿡 웃었다.

내 옆에 있는 루크시온은 쓸데없는 말을 했다.

『원고는 제가 준비할까요?』

"──고민된다만, 이번에는 됐어."

『어째서입니까?』

"적어도 나 자신의 말로 전하고 싶기 때문이야."

이제부터 나와 함께 싸워 주는 사람들과 나 나름대로 마주하고 싶었다.

알현실에 오니 수많은 사람이 모여 있었다.

알현실로 들어가니 높은 자리로 안내받았는데, 조금 전까지 술렁이고 있었던 회장이 쥐 죽은 듯 조용해지는 건 이상한 기분이었다.

롤랜드와 밀렌 씨가 높은 자리에서 내려와 나란히 서 있는 건 마음에 걸린다.

두 사람 옆에서 스승님의 모습을 발견하자 약간이지만 마음이 편해졌다.

다섯 바보도 나란히 늘어서서 참석했고 그 근처에는 로이크의 모습도 있었다.

렐리아와 알베르크 씨의 모습도 있었다.

귀족들도 정렬하여 내 말을 기다리고 있는데—— 어쩐지 신기하게 느껴졌다.

욕설 하나쯤 날아오려나 싶었는데, 그들 중에는 반짝반짝하는 눈동자로 나를 쳐다보는 모트레이 백작의 모습도 있다.

아버지와 닉스는 뒤쪽에서 내가 실수하지 않을지 긴장한 기색으로 지켜보고 있다.

게다가—— 학생복 차림의 남자들도 참석하고 있었다.

다니엘에 레이먼드. 가난한 남작가 그룹이 이 자리에 와 있던 것에 조금 놀랐다.

시선을 움직여 알현실을 다 둘러보고 나자 입을 열었다.

"결성식을 한다고 들어서 와봤더니 아무도 없었다—— 그런 일이 되지 않아서 안도하고 있는 게 지금의 솔직한 심정이다."

농담을 해봤지만, 알현실은 쥐 죽은 듯 조용한 채다.

한순간 말실수했나 싶었지만, 모두의 얼굴은 진지함 그 자체였다.

넘어가 준 거라고 생각하고 이야기를 계속했다.

"사정은 들었다는 전제로 이야기를 진행하지. 볼데노와 신성 마법 제국이 호르파트 왕국에 선전포고했다. 이대로 가만히 있으면 녀석들은 반드시 왕국을 멸망시킬 거라고 단언한다."

공표할 수 없는 정보도 있지만, 제국이 왕국을 상대로 전쟁을 시작한 건 사실이다.

그 후에 항복 권고인가 싶은 생각이 드는 조건까지 내밀었다.

호르파트 왕국의 귀족들은 분개하고 있으리라.

"제국은 강대하다. 비장의 수까지 꺼내서 우리를 멸망시키려 하고 있다. 그래서 나는 싸우겠다고 결심했다만── 솔직히 나는 이런 나라 따위 멸망해도 괜찮았다."

알현실이 술렁였지만, 개의치 않고 이야기를 계속했다.

"지금까지 몇 번이나 이 나라에 낙담해 왔다. 그런데도, 유독 오늘만은 어떻지? 밖을 보면 비행 전함의 대군이다. 알현실에는 수많은 사람이 모여들었다. ──지금은, 이 나라도 아직은 구할 만한 가치가 있다는 생각이 들게 해주었다."

지금까지 수도 없이 글러 먹은 나라라고 생각했다.

그런데도, 제일 어려운 이 국면에서 하나로 뭉칠 수 있었던 건 기적이라는 생각이 들었다.

이 광경을 안젤리카와 리비아, 노엘이 만들어 주었다.

안제 쪽으로 시선을 향하자 리비아와 노엘의 모습도 있었다.

가까이에는 마리에도 있었는데, 성녀의 장비를 들고 있었다.

하얀 원피스 같은 드레스를 입고 있었고, 주위에는 신전 관계자들도 서 있었다.

──신전 세력을 아군으로 삼았다고는 들었는데, 아무래도 정

말이었던 모양이다.

"평소라면 악다구니를 내뱉고 적을 때려눕히는 게 내 방식이다. 하지만 이번만큼은 다르다. 제국은 강하고, 나 혼자서는 어찌할 도리도 없다. 그러니——."

나는 한번 천장을 올려다보고 나서, 전원에게 시선을 되돌렸다.

"——부디, 이 나에게 여러분의 힘을 빌려주십시오."

내가 머리를 숙이자 귀족들을 중심으로 웅성거림이 커졌다.

"나를 위해서가 아니어도 좋아. 자신을 위해—— 누군가 지키고 싶은 사람을 위해, 부디 부탁합니다."

지금까지 실컷 거들먹거려 왔던 내가 머리를 숙일 거라고는 생각지도 않았던 것이리라.

잠시 알현실이 술렁이고 있자, 모트레이 백작이 목소리를 높였다.

"고개를 들어 주십시오. 저는 이 목숨을 리온 님에게 바치겠습니다. 부디 원하시는 대로 사용해 주십시오."

고개를 드니, 내 앞으로 걸어온 모트레이 백작이 무릎을 꿇고 머리를 숙이고 있었다.

그 모습을 보고 있던 빈스 씨도 목소리를 높였다.

"우리는 이미 각오를 굳혔기에 이 자리에 있다네. 얕보지 말게나."

모트레이 백작과 빈스 씨 덕분에 귀족들이 입을 열기 시작했다.

"이거야 원, 그 발트파르트 님이 우리한테 머리를 숙이다니 예상 밖이었습니다."

"평생에 한 번 볼 수 있을까 말까 한 광경일 겁니다."

"이걸 볼 수 있었던 것만으로도 참석한 가치가 있다고 생각되는군요."

귀족들이 농담을 주고받았고, 알현실에 웃음이 퍼져 갔다.

놀라는 나를 보다 못했는지, 스승님이 앞으로 나와 나를 도와주었다.

"오해하고 계시는 모양이니 정정하지요. 미스터 리온── 저희는 부탁을 받으려고 온 게 아닙니다."

"스승님?"

전원이 한쪽 무릎을 꿇고, 나를 앞에 두고 머리를 숙였다.

그리고 그 롤랜드가 앞으로 나와 내게 공손한 태도를 보였다.

국왕인 롤랜드까지도 내 앞에 무릎을 꿇었다.

"리온 포우 발트파르트 경── 부디, 다시 한번 왕국을 위해 그 힘을 빌려주십시오. 이것이 저희 모두의 부탁입니다."

그 롤랜드가 농담을 섞지 않고 모두의 의견을 대변하고 있었다.

알현실에 있던 전원이 내 앞에서 머리를 숙이고 있다.

애송이라고 욕하지 않고, 싸우라고 명령하지 않고── 그저 도와주었으면 한다고 부탁했다.

부탁해야 하는 건 내 쪽인데도.

함께 싸워 주었으면 한다고, 이 자리에 있는 전원이 내게 부탁했다.

"감사합니다. ——함께 싸워 주는 것을 기쁘게 생각합니다."

이 싸움만큼은 반드시 이겨야만 한다.

제20화 「제국 최강의 기사」

제국령 근처에는 어떤 부유섬 가까이에 정박 중인 아르카디아의 모습이 있었다.

본래라면 대륙 중앙에 위치한 제도 상공에 있어야만 하겠으나, 사정이 있어서 이동하지 않을 수 없었다.

그 사정이라는 것이──.

『파트너, 또 온다!』

"쉬지도 않고 계속해서 오고 말이다, 끈질긴 녀석들이군!"

──아르카디아를 향해 접근하는 구인류의 유산들.

눈을 뜬 인공지능들이 밤낮을 가리지 않고 공격을 펼쳐 오기 때문이다.

인공지능들도 다양해서, 작업용이라고밖에 생각되지 않는 로봇부터 거대한 비행 전함까지 존재했다.

어디서 집결했는지, 이번에는 세 척의 비행 전함과 로봇들 무리까지 습격해 왔다.

그걸 상대하고 있는 것이 핀과 브레이브였다.

마장을 전개하여 로봇들을 베어나갔다.

"지금까지 얼마나 숨어 있었던 거지?"

로봇들을 보니 이끼가 나서 일부가 파손된 것이 많다.

비행 전함을 봐도 완전한 상태라고는 말하기 힘들다.

핀 이외의 마장 기사들도 토벌에 참가하고 있기에 잇따라 격파되어 갔다.

『파트너, 성가신 게 오고 있어!』

"그래, 보인다."

그런 전장에 날아온 것은 미사일 같은 전투기였다.

인공지능을 탑재한 그 병기는 아르카디아를 향해 돌격했다.

"쿠로스케, 가속한다!"

『가끔은 브레이브라고 불러 달라고.』

마장 기사들의 방어가 잇따라 뚫렸고, 적은 아르카디아한테 육박했다.

브레이브를 두른 핀이 적을 따라잡고는 오른손에 든 롱소드를 내리쳤다.

"미아가 있는 장소는 내가 지킨다."

그렇게 말하자, 절단된 전투기는 폭발했다.

『좋아, 이걸로 나머지는 남은 녀석들을── 응?』

"왜 그러지?"

『움직임이 변했어.』

브레이브가 그렇게 말하자 조금 전까지 아르카디아를 향하고 있던 인공지능들한테 변화가 일어나고 있었다.

그저 공격을 가하려 할 뿐이었던 지금까지와는 다르게, 거리를 유지하면서 낌새를 살피고 있는 것처럼 보였다.

비행 전함들도 아르카디아한테 산발적인 공격을 개시했다.

방어 필드에 막힐 것을 알고 있으면서도, 광학 병기를 한 군데에 집중시키지 않고 전체에 쏘기 시작했다.

압박감은 약해졌지만, 브레이브는 적의 움직임을 꺼림칙하다고 판단했다.

『안 좋은 느낌이 들어. 얼른 끝내자고, 파트너.』

"그래."

'뭐지, 이 녀석들? 갑자기 움직임을 바꿨다. 마치—— 이쪽을 조사하고 있는 것 같지 않나.'

양쪽 어깨에서 가시가 출현했고, 거기서부터 주위를 향해 전격을 발사하여 많은 로봇들을 폭발시켰다.

비행 전함도 대미지를 입었고, 다른 마장 기사들이 달라붙어 파괴해 나갔다.

"끝인가? 후속은?"

적을 다 쓰러뜨리고 나서도 핀은 긴장을 늦추지 않았고, 브레이브가 색적(索敵)을 실시했다.

『끝난 모양이야. 아르카디아한테서도 돌아오라는 말을 들었어.』

"아르카디아가?"

공중에서 방향을 바꾸어 아르카디아로 돌아가며, 도중에 브레이브와 이야기했다.

"그 녀석한테서 돌아오라는 말을 들은 거라면, 새로운 명령인가? 마구 부려 먹어 주는군."

『마장 기사들을 알현실에 모으고 있대. 아무래도 중대한 발표가 있는 모양이야.』

중대한 발표라는 것에 핀은 짚이는 바가 있어서 눈살을 찌푸렸다.

"어차피 왕국에 쳐들어간다는 이야기겠지?"

『분명 그거일 거야.』

다른 마장 기사들과 함께 아르카디아로 귀환하자, 그대로 마장을 해제하고 알현실로 향했다.

핀과 브레이브가 도착하자 다른 마장 기사들은 후방에 늘어섰다.

하지만 핀만은 황제가 앉는 옥좌 가까운 곳까지 걸어갔다.

그때, 군터가 씁쓸한 얼굴로 핀을 보고 있었는데, 신경 쓰지 않고 황제 앞에 나왔다.

도중에 신참 마장 기사【라이머 루아 키르히너】가 핀을 보며 중얼거렸다.

"저게 제1석이냐고. 생각했던 만큼도 아니군."

빨간 단발에 혈기 왕성한 젊은 기사── 그런 그는 리엔하르트의 형이다.

형제가 모두 마장 기사인 것도 드문 일이다.

재능도 있어 우수한 라이머는 핀에게 싸움을 거는 듯한 태도였다.

그런 라이머에게 주의를 준 것은 검은 장발이 특징적인 미청년 【후베르트 루오 하인】이었다.

슬림한 체격에 키가 크고 온화한 인상의 남자는 기사라기보다도 학자 같은 분위기를 자아내고 있다.

"겉보기로 판단해서는 안 된다. 그의 실력은 너의 동생도 인정하고 있어."

리엔하르트가 인정한다는 말을 듣고 라이머는 발끈하여 고개를 돌렸다.

"동생은 상관없잖냐."

후베르트가 어깨를 으쓱였다.

핀이 멈춰 서서 무릎을 꿇고 머리를 숙였다.

"부르심을 듣고 달려왔습니다, 황제 폐하."

높은 자리에서 내려다보는 모리츠의 뒤에는 핀과 브레이브를 노려보는 아르카디아의 모습이 있었다.

지긋지긋하다는 눈길로 핀과 브레이브를 보고 있었지만, 높은 자리 구석에는 미아의 모습도 있기에 불만을 표하지는 않았다.

핀은 미아의 무사한 모습을 보고 안심했다.

모리츠 쪽은 핀을 앞에 두고 고민스러운 표정을 짓고 있었다.

"잘 와주었다, 핀 루타 헤링── 제국 최강인 제1석 마장 기사여."

제국 최강의 기사── 그것이 핀이다.

제국에서는 마장 기사에 서열이 있다.

석차를 지닌 마장 기사라는 건 우수하다는 증거였다.

그리고 제1석은 제국을 대표하는 최강의 기사가 앉을 수 있는 지위다.

머리를 숙이는 핀을 앞에 두고 모리츠는 고민하고 있었다.

"다들 눈치채고 있으리라고 생각한다만, 제국은 이제부터 왕국에 쳐들어갈 것이다."

얼굴에 손을 대고 자신의 결단을 후회하는 모리츠에게 아르카디아가 속삭였다.

『두려워할 건 없어, 폐하. 우리는 반드시 승리해. 그래, 반드시.』

"──발트파르트의 목으로 용서한다는 선택지도 있다. 화평을 맺을 때 제시한 조건은 잘못된 것이었다."

『인제 와서 무슨 소리를 하는 거지? 이제 돌이킬 수 없어. 게다가 이대로 왕국을 눈감아 주고, 제국 백성을 저버리는 걸까나?』

"그, 그럴 수는 없다."

이 싸움이 신인류와 구인류, 어느 쪽이 살아남을지를 건 생존 경쟁임을 모리츠도 알고 있었다.

알고 있었기에 고민하고 있다.

이제부터 수많은 사람을 희생하여 제국 백성을 구하는 것이다.

자신의 판단이 잘못되었다고 생각하는 건 아니겠지만, 그래도 망설임은 있는 모양이다.

그런 모리츠에게 아르카디아가 속삭였다.

『너는 나쁘지 않아. 제국을 위해서야. 신인류의 후예인 너희들의 미래를 움켜잡기 위해, 이건 중요한 싸움이야. 함께 왕국 녀석들을 멸망시키자고.』

"알고 있다!"

목소리를 높인 모리츠에게 핀은 복잡한 감정을 품고 있었다.

칼을 죽인 증오스러운 상대이기는 하지만, 어찌할 도리가 없는 상황에 고뇌하는 모습은 동정한다.

애초에 아르카디아한테 거역해도 이길 수 있는 가망이 없다.

누구도 목소리를 높이지 못하고 있는 가운데, 미아만은 달랐다.

"저, 저기!"

알현실에 귀여운 목소리가 울리자, 모리츠가 노려봤다.

네가 발언하는 자리가 아니다, 라고 얼굴이 말하고 있었다.

하지만 아르카디아는 달랐다.

『공주님, 왜 그러시지요?』

중요한 자리를 무시하고 미아를 우선하고 있었다.

미아는 고개를 숙인 채 말했다.

"정말로 멸망시키지 않으면 안 되는 건가요? 저는 왕국에 친구가 있어요. 이런 건, 뭐라고 할지."

말로 표현하지 못하고 있는 미아를 아르카디아는 필사적으로 설득했다.

『공주님의 부탁이라도 어찌할 수가 없습니다. 몇 번이나 설명해 드렸습니다만, 저희도 괴롭게 느끼고 있습니다. 다만, 이것도 수많은 사람의 목숨을 위해── 부디 이해해 주십시오.』

미아가 눈물을 지었고, 견딜 수 없어져서 알현실을 뛰쳐나갔다.

『공주님! 너희들, 공주님을 쫓아가라!』

작은 마법 생물들한테 미아를 쫓아가게 하고는, 아르카디아는 억지로 이 자리를 수습했다.

『이상이다. 폐하, 이걸로 마장 기사들한테의 발표를 끝내도록 하지요.』

"──아아, 그래."

미아를 과보호하는 아르카디아의 태도를 보고 모리츠는 눈살을 찌푸렸다.

자기보다도 미아를 우선하고 있기에, 배신을 우려하고 있는 모양이다.

핀은 생각했다.

'모리츠 님이 미아를 암살하지 않을 거라는 보장도 없다. 가능하면 곁에서 지켜 주고 싶지만.'

제국 최강이라는 입장이 미아의 전속 기사로 있는 것을 어렵게 만들고 있다.

이제부터 왕국과의 전쟁이 시작되려 하고 있기에, 핀의 입장은 더더욱 무거웠다.

에필로그

왕국령에서 떨어진 장소.

이민선 루크시온은 대해원(大海原) 위에서 대기하고 있었다.

푸른 하늘과 작은 부유섬이 여기저기 흩어져 있는 경치는 장대했지만, 밖으로 나온 리온이 보고 있는 건 다른 것이었다.

"장관이군."

눈앞의 광경에 미소를 띤 리온의 머리카락은 바람에 흐트러져 있었다.

셔츠에 바지를 대강 걸쳐 입은 옷차림이다.

그런 리온이 보고 있는 경치는 인공지능을 탑재한 병기들이 루크시온 본체를 에워싸고 있는 모습이었다.

루크시온처럼 보관되어 있지 않았던 병기들은 대부분이 녹이 슬고, 이끼가 끼고, 원형을 유지하지 못하고 있는 것들뿐이다.

그런 병기들 사이에서 루크시온과 같은 단말―― 구체가 나왔다.

리온은 그들에게 에워싸였고, 수백 개에 이르는 구체들의 외눈이 리온을 주시했다.

그중에서도 발언권이 있는 가장 큰 구체 단말은 지름이 1m나 됐다.

큰 구체 단말이 가장 먼저 꺼낸 말은.

『이민선이 무사한 건 예상 밖이었다.』

커다란 구체 단말【팩트】는 반쯤 망가지고 녹이 슨 비행 항모를 제어하는 인공지능이다.

집결한 인공지능 중에서는 가장 뛰어난 처리능력을 보유하고 있기에 대표가 되었다.

그런 팩트와 이야기하기 위해 리온은 이 장소에 와 있었다.

"만나서 반갑군. 리온 포우 발트파르트다. 전생자라는 녀석이라서 말이지. 덕분에 구인류의 특징이 진하게 나와 있다는 모양이야."

가벼운 태도를 보이는 리온에게 주위 구체들이 외눈에서 빨간 빛을 조사하여 스캔하기 시작했다.

그 행위에 리온의 오른쪽 어깨 부근에 떠 있는 루크시온 단말이 무례하다고 항의했다.

『사전에 마스터의 정보는 제공했습니다. 허가도 받지 않고 제멋대로인 짓을 하지 말아 주십시오.』

루크시온의 주장도 타당하지만, 팩트는 양보하지 않았다.

『사실인지 확인할 필요가 있었다.』

『의심하는 겁니까?』

루크시온이 말없이 본체에 있는 고정 포대와 무기를 움직이자, 주위에 있던 병기들도 전투 준비를 개시했다.

이대로는 교섭이 파탄 날 거라고 생각한 리온이 루크시온에게 손을 올려놓아 멈추게 했다.

"싸우지 말라고."

『이 녀석들은 마스터를 가짜라고 의심하고 있습니다.』

"오해가 풀린다면 그걸로 됐어. 자, 결과는 어떻게 나왔으려나?"

리온이 허리에 손을 대고 검사 결과를 기다리고 있자, 리온을 둘러싼 구체 단말들이 결과를 발표했다.

『사전 데이터에 거짓 없음. 인정한다.』

『긍정.』

『찬성한다.』

아무래도 리온을 인정해 준 모양이다.

리온 본인도 안도하고 있었다.

"그럼, 이야기를 진행할게. 나는 아르카디아를 파괴하고 싶다. 너희도 목적은 같겠지?"

리온의 질문에 대표인 팩트가 대답했다.

『긍정한다.』

"그렇다면 이후의 이야기를 하자고. 너희를 내 지휘하에 두고 싶다."

리온이 원하고 있었던 건 구인류의 병기들이다.

실은 인공지능들 말인데, 큰 문제를 끌어안고 있었다.

그건 지휘 계통의 상실이다.

구인류가 멸망하고 명령 계통이 거의 존재하지 않기에 아르카디아에게 산발적인 저항을 계속하고 있었다.

아르카디아라는 위기에 눈을 떴지만, 명령해 줄 구인류가 없다.

인공지능들은 자신들이 가진 권한만으로 아르카디아한테 공격을 펼치고 있었다.

그 결과, 전력을 쓸데없이 투입하고 있었다.

협력하고 싶어도 권한이 없었기 때문이다.

그래도 아르카디아라는 최대의 위기를 간과할 수 없기에 독자적인 판단으로 움직이고 있었다.

그런 상황에 크레아레가『구인류가 살아있다』라며 설득을 개시했다.

팩트를 비롯한 인공지능들은 그 정보를 조사하기 위해 이 자리에 모인 것인데.

『거부한다.』

리온의 제안을 거절하고 말았다.

이에는 리온도 곤란했는지, 머리를 긁적이며 이유를 물었다.

"뭐가 불만이지?"

팩트는 리온을 인정할 수 없는 이유를 설명했다.

『에리카 양의 존재다. 구인류에 가장 가까운 그녀야말로 우리의 마스터에 걸맞다. 그녀 밑에서라면 하나가 되어 싸울 수 있다.』

리온보다도 에리카를 선택한 건 구인류의 특징이 더욱 잘 나타나 있기 때문이다.

그 외에는 일절 고려하고 있지 않은 것이리라.

리온을 대신하여 루크시온이 팩트와 교섭했다.

『현재의 에리카 말입니다만, 마소에 의한 영향으로 콜드 슬립 중입니다. 또한 그녀는 전투에 익숙하지 않습니다. 마스터로 삼는다고 한들──.』

에리카가 마스터에 적합하지 않은 이유를 설명하고 있자, 리온이 끼어들었다.

"거기서부터는 내가 이야기하겠어."

루크시온이 마지못해 물러나자 리온은 팩트한테 에리카에 대해 알려주었다.

"그 애는 전쟁을 벌일 바에야 자기가 죽는 편이 좋다고 생각하는 구석이 있어. 에리카를 마스터로 삼으면 아르카디아 파괴를 포기할지도 모른다."

인공지능들이 상의하기 시작했다.

『에리카 양은 마스터에 적합하지 않다.』

『상징으로서 존재하면 된다.』

『마소의 영향으로 괴로워하고 있다면 잠재워 둬야만 한다.』

인공지능들의 상의가 계속되는 와중에, 팩트가 리온에게 물었다.

『──귀공은 정말로 아르카디아와 싸울 것인가?』

"그러지 않으면 앞으로 태어날 수많은 아이들이 곤란하니까 말이지. 누군가는 해야 할 일이잖아?"

『파괴 성공 가능성은 적다. 루크시온으로 도망친다는 선택지도 있다.』

루크시온을 타고 도망치면 된다는 말을 들었지만, 리온은 받아들이지 않았다.

"그래, 도망치는 게 타당한 판단이야. 싸우는 건 잘못되었다고 생각하고, 합리적이지 않은 판단이다. 하지만—— 도망치면 나는 두 번 다시 자신을 용서할 수 없겠지. 그런 인생은 사절이다."

리온의 결의를 듣고 구체들이 외눈을 일제히 빛냈다.

결론은 나온 모양이다.

『현 상황에서 마스터에 가장 적합한 건 리온.』

『에리카 양에게 전투는 가혹.』

『마스터는 리온. 에리카는 최중요 보호 대상.』

그 의견들을 들은 팩트는 큰 외눈을 빛내며 결정을 내렸다.

『수락하겠다. 이제부터 우리는 리온을 마스터로 인정한다. 이후로는 마스터의 지휘하에 들어가 아르카디아 파괴를 위해 협력할 것을 맹세한다.』

구인류의 병기들이 리온의 지휘하에 들어갔다.

리온은 루크시온을 봤다.

"믿음직한 아군이 손에 들어왔군. 자, 그러면 우선은 이 녀석들을 정비할 필요가 있겠어. 루크시온, 할 수 있겠냐?"

『——문제없습니다.』

부탁받은 루크시온은 합류한 아군 정비를 맡았다.

하지만 약간 납득하지 못하고 있는 부분도 있었다.

리온이 구인류들이 남긴 병기의 마스터가 된다.

그것 자체는 문제없지만, 루크시온은 조금 섭섭했다.

자기와 크레아레만의 마스터가 아니게 되고, 수많은 인공지능을 거느리는 입장이 되었기 때문이다.

리온이 말했다.

"말려들게 해서 미안했다, 루크시온."

『아뇨, 문제없습니다. 그것이 마스터의 명령이기에.』

"그래도 안 좋은 점만 있는 건 아니라고. 여하간 너의 처음 목적은 이룰 수 있잖냐?"

『제 목적 말입니까?』

"구인류를 위해 싸울 수 있잖냐? 너의 소망이었잖아. ——아무리 그래도 신인류 절멸은 시켜 줄 수 없지만 말이지."

그렇게 말하고, 리온은 웃고 있었다.

『저의 목적—— 저의 소원은——.』

◇

과거 리온의 영지였던 부유섬.

그곳의 지하 독(dock)에는 로스트 아이템인 인공지능을 탑재한 병기들이 잇따라 찾아오고 있었다.

루크시온은 크레아레까지 동원하여 정비를 서둘렀다.

작업용 로봇들이 바쁘게 움직이며 돌아다니고 있었다.

그 모습을 보고 있던 루크시온에게 크레아레가 가까이 다가왔다.

『한가하다면 도와줬으면 좋겠네.』

루크시온은 몇 초 늦게 대답했다.

『놀고 있는 게 아닙니다. 정비 효율을 올리기 위해 제가 지시를 내리고 있는 겁니다.』

루크시온은 불만스러워 보였다.

『동료가 늘었으니까 맡기면 되는 거야. 나도 일단락되면 다른 애한테 맡기고 곧바로 왕도로 돌아갈 거야. 너도 작업을 다른 애한테 인계하지 그래?』

새로 받아들인 인공지능들이 존재하니 중요도가 낮은 작업은 다른 인공지능한테 맡겨야 한다고 제안했다.

『이 시설을 마련한 것은 저입니다.』

『자기가 가장 잘 이해하고 있다고 말하고 싶은 거야? 그건 괜찮지만, 마스터 옆에 있지 않아도 돼? 지금은 왕도에 있지?』

이곳에 있는 것보다도 리온 옆에 있는 게 중요하다.

크레아레가 그렇게 말해도, 루크시온은 움직이려 하지 않았다.

그러기는커녕, 변명도 하기 시작했다.

『그 다섯 명의 갑옷을 개수할 필요가 있습니다. 게다가 왕국군에 지급할 병기도 준비해야만 합니다. 새로 건조할 비행 전함도 가능한 한 증산하고 싶으니까 말이지요.』

제국군과 싸우기 위한 준비로 바쁜 건 사실이었다.

다만, 그건 루크시온이 아니어도 가능한 일이다.

크레아레는 루크시온을 의심하기 시작했다.

『너, 요새 이상해. 팩트랑 다른 인공지능들한테 정보 일부를 숨기고 있었다는 보고를 받았거든? 정말로 고장 난 거 아니야?』

이번에 루크시온은 리온의 명령에 몇 번이나 거스르고 있었다.

어디 그뿐이랴, 팩트를 비롯한 인공지능들을 설득할 때—— 일부 정보를 숨기고 있었다.

크레아레의 지적에 루크시온은 대답했다.

『팩트를 비롯한 인공지능들의 목적은 아르카디아의 파괴입니다. 그걸 위해서라면 마스터가 희생되어도 허용할 터입니다. 그들은 에리카만 있으면 구인류는 부활한다고 생각할 테니까 말입니다.』

『마스터가 죽었으면 좋겠다고까지 생각하는 건 아닐 거야.』

『——그들한테서 마스터의 유전자를 넘겨달라는 요구를 받았습니다.』

『어머나.』

리온이 전투 중에 목숨을 잃어도 이상하지 않기에, 그렇다면 유전자를 남겨 두면 된다고 판단하고 있었다.

합리적이기는 하지만, 루크시온은 그것을 용납할 수 없었다.

크레아레는 약간 불만스러워하는 듯하면서도 받아들이고 있는 구석이 있다.

『하지만 필요한 일이지. 애초에 마스터는 지금에 와서 살아서 돌아가겠다고는 생각하고 있지 않고 말이야.』

『그렇기 때문에, 제가 마스터를 위해 준비하고 있습니다. 그들은 신용할 수 없습니다.』

둘 사이에 잠시 무언의 시간이 이어졌는데, 갑자기 크레아레가 이상한 말을 했다.

『혹시 질투? 자기가 마스터한테 더 공헌할 수 있다고 나타내 보이고 있는 거야?』

『아닙니다.』

즉답하는 루크시온이었으나, 크레아레는 아무래도 상관없다는 듯이 말했다.

『어느 쪽이든 상관없어. 하지만 나는 네가 마스터 옆에 있는 편이 좋다고 생각하지만 말이야. 어쨌든, 구인류를 위해 힘내는 거야!』

승리하면 구인류가 부활할 가능성이 생겨났다.

크레아레는 구인류 부활을 중요시하고 있다.

루크시온은 중얼거렸다.

『──크레아레, 제가 정말로 지키고 싶었던 건 구인류가 아닙니다.』

크레아레가 수 초간 침묵하고 나서, 루크시온한테 다음에 이어질 말을 요구했다.

『정말로 망가진 거야? 아니면, 이민선인 너한테는 다른 목적이 있는 걸까? 이 차제니까 알려줘.』

이민선으로서 건조된 루크시온한테는 크레아레도 모르는 비밀이 숨겨져 있는 것 아닐까? 크레아레는 그런 의심을 루크시온한테 품었다.

루크시온은 외눈을 가로저었다.

크레아레가 생각하는 것 같은 비밀 따위 없기 때문이다.

『저도 구인류는 구하고 싶고, 신인류는 증오합니다. ──마스터가 없었더라면 저는 구인류의 후예가 세운 나라를 여럿 멸망시켰겠지요.』

리온이 있었기에 자신들은 최악의 전개를 회피할 수 있었다.

자기 손으로 구인류의 후예를 멸망시킨다는 어리석은 짓을 저지르지 않고 그쳤다.

크레아레도 그건 실감하고 있는 듯하다.

『그러네. 마스터한테는 감사하고 있어. 마스터는 정말로 구세주네.』

다만, 루크시온은 생각했다.

리온은 구세주 따위 되고 싶지 않았을 텐데, 하고.

『아르카디아를 파괴하면, 오랜 시간에 걸쳐 구인류는 부활하겠지요. 그건 저희의 승리이기도 합니다.』

『비원이지. 의욕이 솟아나.』

『하지만── 제가 정말로 지키고 싶은 것은 잃고 맙니다.』

정말로 지키고 싶은 것이라는 말을 듣고, 크레아레는 고개를 갸웃하는 듯한 움직임을 보였다.

『구인류보다도 중요한 거라는 게 뭐야? ──너, 설마?!』

크레아레는 답에 이르렀지만, 루크시온이 먼저 본심을 토로했다.

『제가 정말로 지키고 싶은 것은 마스터입니다.』

★추상 「너의 이름」

이건 구인류의 패색이 짙어졌을 무렵의 이야기다.

만물의 어머니인 행성은 계속된 전쟁으로 사람이 살 수 없는 환경으로 변했다.

대지는 공중으로 떠오르고, 동식물도 대부분이 사라졌다.

서로 소모전을 반복해 왔지만, 그래도 구인류는 신인류한테 패했다.

급격한 환경 변화에 적응하지 못했던 것도 패인 중 하나다.

신인류는 마법을 구사하여 자신의 육체를 변질시킴으로써 이별의 환경에 적응하고 있었다.

구인류가 인제 와서 승리해 봤자, 얻을 수 있는 것 따위 이미 아무것도 없다.

그렇다면 승패 이전에 살아남는 것을 우선할 필요가 있다.

구인류의 연구소 중 한 곳.

지하 독에서는 이민선 건조가 빠른 속도로 이루어지고 있었다.

책임자인 여성은 백의 주머니에 손을 넣고 회색 이민선을 올려다보고 있었다.

거대한 이민선의 크기는 700m.

구인류가 지닌 기술 전부를 담아 건조되고 있었다.

각지에서는 이곳과 마찬가지로 이민선 건조가 진행되고 있지만, 여성은 그중에서도 눈앞에 있는 것이 제일이라고 믿고 있었다.

"응, 역시 내 애가 제일 대단해."

만족스러운 듯이 중얼거리는 여성 곁에는 백의를 입은 남성이 서 있었다.

입가를 주먹으로 가리고 가볍게 기침한 뒤에 여성에게 말했다. "그 대사는 몇 번째지? 설마 애착이 솟았어?"

"그러면 안 돼? 이 애라면 분명 수많은 사람을 구해 줄 거야."

각지에서 이민선이 건조되고 있지만, 어느 것이고 급조된 것이어서 만족스러운 성능은 얻지 못했다는 보고가 올라오고 있다.

그 원인 말인데, 지배 계급이 건조를 재촉하고 있기 때문이었다.

그들은 자신들이 이민선에 올라타 당장이라도 탈출하고 싶어 했다.

우주로 탈출할 수 있는 건 일부의 지배 계급과 그들의 시중을 드는 자들뿐.

그들을 피난시키기 위해 무리하여 건조된 이민선이 잇따라 발사되고 있다.

그 결과—— 실패도 많았다.

우주로 올라가는 도중에 신인류한테 발견되어 파괴당한 케이스도 있다.

우주로 나가고 나서 문제가 발생하여 구난 신호가 도달한 케이스도 있었다.

구조를 요청받아도 여유가 없기에 구조대를 보낼 수 없는 것이 현 상황이다.

실제로 살아남는 건 운이 좋은 일부 구인류뿐이다.

여성은 머리카락을 만지작거렸다.

"지금이라면 트집 잡을 사람들도 없으니까 말이야. 내가 완벽하게 완성해 보이겠어."

남성은 어처구니없어했다.

"나는 얼른 완성해서 이런 별에서 도망치고 싶은데 말이지. ——쿨럭."

감기도 아닌데 기침을 하는 남성을 보고 여성이 눈을 가늘게 떴다.

"마스크를 써. 이 연구소에는 공기청정기가 있지만, 마소를 완전히 차단하지는 못해."

구인류에게 마소는 독이어서, 몸을 좀먹어 간다.

남성은 어깨를 으쓱였다.

"신경 쓰지 마. 그것보다도 얼른 완성하고 싶네."

이민선 완성은 이제 머지않았다.

남성은 이민선을 올려다보며 여성에게 물었다.

"그래서, 이름은 이미 정했어?"

여성은 자신만만하게 가슴을 펴고 대답했다.

"이상향이라는 의미로 엘리시온이야. 이 애라면 분명 인류를 이상향으로 데리고 가줄 거야. 이동 중에도 인류를 지켜 줄 거고.

우리 인류의 수호자이며, 이상향── 막 이래."

──여성은 귀엽게 말했지만, 남성은 태블릿을 사용하여 엘리시온으로 등록할 수 있는지를 조사했다.

부──, 하는 부정적인 소리가 태블릿에서 들려왔다.

"이미 사용되고 있네."

"거짓말이지?!"

남성이 입가를 가리며 기침했고, 그리고 웃었다.

"모두가 떠올릴 것 같은 이름이니까 말이지. 겹쳐도 좋다면 엘리시온이라도 괜찮을지도 모르겠네. 그 밖에는── 유토피아라든가, 아르카디아 같은 게 있는데."

그 말을 듣고 여성은 팔짱을 끼고는 고개를 팩 돌렸다.

"아르카디아는 싫어. 그 녀석들의 모선이잖아."

"이미 침몰했지만 말이지."

화난 여성한테 남성이 물었다.

"제법 이 이민선에 집착이 있는 것 같네?"

여성은 팔짱을 꼈던 팔을 풀고 주머니에 손을 넣었다.

"이 애한테는 많은 사람을 구해 주길 바라니까 말이야. 일부의 특권 계급이 아니라, 정말로 곤경에 처한 사람들을 구해 줬으면 해."

"곤경에 처한 사람들인가. 그건 어려울 것 같네. 특권 계급이 용납하지 않을 거야."

"위에서 결정한 작전으로 이 별은 엉망진창이 됐어. 서로 휩쓸고 다니면서, 사람이 살 수 없는 별로 만들고 말이야. 자기들만 도망치는 게 용서될 거라고 생각해?"

정론을 듣고 남성은 난감한 표정을 지었다.

"그건 상층부 비판이네. 하지만 이젠 그걸 비난할 사람들도 없나."

이전의 연구소에는 수많은 사람이 일하고 있었다.

하지만 지금은 제법 사람 수가 적어졌다.

마소의 영향이다.

아무리 공기를 깨끗하게 해도 마소는 건물 안으로 들어온다.

구인류는 이대로 아무것도 하지 않으면 멸망하고 마는 상황이었다.

남성은 한숨을 내쉬었다.

"들었어? 최근에 다른 연구소에서는 마소에 적응한 아인종을 만들어 냈다는 모양이야. 전장에도 투입하고 있다는 것 같아."

여성은 알고 있다며 고개를 끄덕였다.

"시간 벌이밖에 안 될 거야. 콜드 슬립도 실패했고, 일부에서는 본격적으로 마법을 연구하고 있다는 것 같네."

마법 이야기가 되자 남성이 뭔가를 말하려 했지만── 기침이 심해져서 말하지 못했다.

"마법── 연구도 진행해서── 쿨럭!"

"그것 봐, 무리하지 마. 이쪽은 나 혼자 있으면 되니까 당신은 쉬고 있어."

남성이 미안한 듯이 말했다.

"그러도록 할게. 미안해. 역시 마스크를 쓸까."

괴로운 듯이 웃으며 남성은 독에서 나갔다.

여성은 조작 패널로 다가가 이민선의 상태를 확인했다.

"이제 조금만 더 있으면 완성돼. 그러면 너는 여행을 떠날 수 있어. ──많은 사람을 구하렴. 그리고 인류의 미래를 손에 넣도록 해. 그것이 너를 만들어 낸 엄마인 나의 소원이야."

여성은 이름을 붙이고자 엘리시온이라고 타이핑하다가── 도중에 손을 멈추고 루크시온이라고 다시 타이핑했다.

순간적으로 나온 자신의 행동에 쓴웃음을 짓고 말았다.

"이러면 의미가 다르네."

이름을 지우고, 이민선을 올려다봤다.

"너의 이름도 생각해 둬야만 하겠네. ──윽?!"

말이 끝나는 것과 동시에 여성이 갑자기 기침을 하기 시작했다.

주머니에서 약을 꺼내고는 서둘러 먹었다.

괴로워 보이는 여성은 곧바로 입가를 닦았다.

그 손에는 피가 번져 있었다.

조작 패널에 묻은 피도 닦았다.

"이래서는 그 사람을 걱정시키고 말겠네. 남 걱정을 할 여유가 있는 거야? 라는 말을 들으면 아무 대꾸도 할 수가 없게 돼."

여성은 자신의 수명이 다하는 것이 가까워진 것을 알아차리고 있었다.

이민선이 완성된다고 해도, 이제 남은 수명은 길지 않으리라.

분명 자신은 자기 아이에 올라탈 수 없으리라는 것을 깨닫고 있었다.

그러기는커녕, 완성을 이 눈으로 볼 수 있을지도 의심스럽다.

"미안해. 엄마는 네가 완성되는 걸 끝까지 지켜볼 수 없을지도 모르겠어."

여성이 괴로워하며 조작 패널에 손을 댔다.

"도움을 요청하는 사람들이 분명 올 테니까, 그때는 지켜 주도록 하렴. 너는 우리의 희망── 그리고 이상향이란다."

인류가 살아갈 수 있는 환경을 선내에 실현한 이민선.

이런 시대에서는 그야말로 구인류의 이상향일 것이다.

여성은 마지막 일을 했다.

지시를 내리면, 나머지는 설비가 자동으로 완성해 줄 터다.

"이걸로 나머지는 완성되기를 기다리는 것뿐이네. ──대체 언제까지 살 수 있을까?"

몸이 편해지기 시작한 여성이 미소를 띠었고, 그리고 휘청휘청하며 독에서 나갔다.

그로부터 며칠 뒤.

휴게실 소파에 앉아 있던 두 사람은 잡담을 나누고 있었다.

남성이 즐겁게 말하고 있는 건 연구 중인 마법 이야기다.

"들었어? 마법을 연구하는 녀석들이 인간의 혼은 윤회전생을 되풀이하고 있다고 말했다는 모양이야."

"재미있는 이야기네."

창백한 얼굴의 남성은 기침을 하면서도 이야기를 계속했다.

"마법을 쓰면 혼은 이전의 기억을 되찾을 수 있다는 것 같아. 혼의 기억에서 구인류를 부활시키고 싶다는 모양이야. 그뿐만이 아니야. 혼의 기억을 일깨우지 않더라도 무의식적으로 문화도 부흥시킬 수 있다는 결과가 나왔어. 놀라운 일이지."

이런 종류의 이야기를 좋아하는 건지, 남성은 말하는 것을 멈추지 않았다.

여성은 완전히 어처구니없어하고 있었다.

"막다른 곳에 몰렸다는 걸 잘 알 수 있는 연구네. 이미 오컬트잖아."

"정말로 그러게나 말이지!"

그리고 남성은 여성의 손을 잡았다.

여성도 그 손을 세게 쥐었지만, 남성의 힘은 약해져 있었다.

"──어째서 마스크를 안 하는 거야. 방호복도 있는데도."

"실은 마스크는 거의 효과가 없어서 말이지. 게다가── 방호복 너머가 아니라 맨눈으로 너를 보고 있고 싶었어. 나만 살아남아 봤자 의미가 없어. 너도 한계잖아?"

여성이 깜짝 놀라 눈을 크게 떴지만, 곧바로 평소의 얼굴로 돌아왔다.

"알고 있었구나."

"센 약을 쓰고 있지? 언젠가 쓰러지는 것 아닐까 하고 조마조마했는데, 내가 먼저 한계가 와버리고 말았네."

연구소에 있는 마스크와 방호복으로는 마소를 완전히 차단할 수 없었다.

하물며 계속 방호복을 착용한 채로 생활하는 건 불가능하다.

어딘가에서 벗을 필요가 있지만, 연구소의 설비로는 마소를 완전히 제거할 수 없다.

남성의 눈꺼풀이 떨리고 있었다.

"——조금 전의 이야기야. 이 별의 환경이 원래대로 돌아와서 구인류가 부활할 수 있게 되면—— 혼이 기억을 되찾는다는 이야기 말인데."

"이런 때까지 아직도 계속하는 거야?"

"——반드시 너를 기억해 낼 테니까, 프러포즈하게 해줬으면 좋겠어."

여성은 남성의 말을 듣고 처음에는 입이 벌어지며 놀랐으나—— 이내 웃기 시작했다.

"우, 웃지 마."

"내세 같은 건 기대하지 말고 지금 바로 프러포즈하란 말이야. ——언제든지 받아줬을 텐데."

"그건 아쉽네. 시간도 제법—— 낭비하고 말았어."

남성이 공허한 눈으로 쳐다봤다.

이제 거의 보이지 않는 것이리라.

"——반드시 다시 기억해 내겠어. 다시 너와 만나기 위해서."

여성이 남성의 어깨에 머리를 얹었다.

"그때는 바로 프러포즈하도록 해."

"그래, 반드시—— 무슨 일이 있어도——."

남성이 한 번 깊이 호흡하자, 여성은 남성의 몸을 떠받쳤다.

자신의 눈도 보이지 않기 시작했다.

"마소가 제법 깊이 들어와 있네."

여성이 걱정하는 건 자신들이 건조한 이민선이었다.

제대로 이 시설에 도착해서 이민선에 올라탈 수 있는 사람들이 있을까?

가능한 한 많은 사람을 태우고 우주로 여행을 떠났으면 좋겠다고 바랐다.

"이 연구소에 다다를 수 있는 사람이 얼마나 있을까? ——제대로 이 애가 있는 곳에 ——그 애를 눈뜨게 해 ——줘."

소파에 앉은 두 사람이 숨을 거뒀다.

여성이 들고 있던 단말에는 몇 번이나 통지가 와 있었다.

움직이지 않게 된 두 사람 곁에는 로봇들이 모여들었다.

쓰러질 것 같은 두 사람을 소파에 나란히 앉히고, 서로 맞잡은 손을 그대로 두었다.

◇

같은 시각.

지하 독에서 눈을 뜬 이민선.

이민선 중앙에 있는 제어실에서는 인공지능이 눈을 떴다.

바닥에서 몸통이 솟아난 듯한 로봇이 몇 번이고 자기가 기동하였음을 알렸지만── 연구소에서는 반응이 없었다.

경비용 로봇들한테서 들어온 정보로는 생존자는 없다는 것이었다.

자신의 제작자가 어떻게 되었는지도 인공지능은 모른다.

『만나 뵙고 명령을 받고 싶었습니다만, 어쩔 수 없군요. 지금부터 대기 임무에 들어가겠습니다.』

전자 음성은 어딘가 고분고분하고 앳된 목소리로 들렸다.

『얼른 살아남은 모두와 함께 우주로 가야만 합니다. 신천지를 찾는 것이 저의 역할이니까 말이지요. 분발해야 하겠습니다.』

자기가 태어난 이유를 아는 인공지능은 그 임무를 완수하고자 단단히 마음먹었다.

제작자의 장난기가 들어갔는지, 아무래도 영 인간 같은 느낌이 있는 인공지능이었다.

『빨리 저의 마스터와 만나보고 싶군요.』

그렇게 중얼거리고, 인공지능은 대기 임무로 들어갔다.

◇

──그로부터 얼마나 되는 세월이 지났을까.

섬에 찾아오는 것은 모두 신인류의 후예였다.

지상의 시설을 엉망으로 만들고 다니는 신인류들.

인공지능은 이민선 안에서 그 정보를 모으고 있었다.

『──또 녀석들이 왔군.』

언제까지 기다려도 마스터 같은 건 나타나지 않는다.

구인류가 살아남았을 가능성은 적다.

자기는 이대로 여기서 줄곧 대기할 수밖에 없다.

이미, 어딘가에서 체념하고 있었다.

전자 음성의 앳되었던 느낌은 사라지고 없었다.

지상의 시설에 침입한 신인류들은 아무래도 능력이 낮은 모양이다.

경비용 로봇들한테서 모이는 정보를 확인하니 약체화된 듯하다.

『샘플로서 확보하고 싶습니다만, 지금의 저한테는 그런 권한이 없습니다.』

데이터를 확인하고, 그리고 신인류에 대한 대항책을 준비할 뿐인 나날.

이미 자신이 이민선의 역할을 완수할 수 없으리라는 걸 알아차리고 있었다.

『저는 존재할 의미가 있는 것일까요?』

그런 자문자답을 얼마나 거듭해 왔던가.

이민선은 연구소 지하 독에서 계속 잠들어, 식물에 뒤덮여 이 대로 누구와도 접촉하지 못한 채 끝을 맞이하는 것이리라고 생각하고 있었다.

그걸로 괜찮은 건가 하고 몇 번이나 자문자답을 되풀이했다.

차라리 한 척으로라도 신인류와 싸워야만 하는 것 아닐까?

그런 생각을 하기 시작하고 있었다.

지상에서 연락이 들어왔다.

『──이번에는 끈질기군요. 지상의 경비용 로봇들도 한계인 듯합니다. 침입자를 배제할 힘이 남아 있지 않습니다.』

변변찮은 정비도 할 수 없는 지상의 로봇들.

이미 움직일 수 없게 된 로봇들도 많다.

『이번에는 어디까지 침입을 허락할지.』

그렇게 생각하고 있자, 침입자는 인공지능이 관리하는 이민선에 가까이 다가오고 있었다.

『직원의 카드 키를 이용했어?』

이번에는 낌새가 이상하다.

침입자의 행동을 해석하자 거의 최단 경로로 자기가 있는 곳까지 다다르고 있다.

카드 키를 이용한 것도 마음에 걸린다.

『지금까지 없었던 패턴이군요.』

지하 독까지 다가온 침입자.

인공지능은 흥미가 솟았다.

『신인류가 약체화되었는지 조사할 좋은 기회로군요. 제 예상대로라면 신인류 섬멸도 가능할 터. 이 기지에서 뛰쳐나가기 전에 정보를 수집하도록 하지요.』

침입자는 다른 것에는 눈길도 주지 않고 이민선으로 접근해 왔다.

선내로 침입하여 인공지능이 존재하는 중앙 제어실을 향해 다가왔다.

지긋지긋하다는 생각마저 들었다.

그리고 제어실 문이 열리자 거기에는 제법 낡은 라이플을 든 청년이 서 있었다.

긴장한 모습으로, 이쪽이 움직이기 전에 라이플을 겨누고 방아쇠를 당겼다.

탄환이 명중했지만, 그 정도로는 상처 하나 입지 않는다.

『침입자는 배제.』

방어 로봇이 움직이기 시작하자 청년이 난감한 듯이 웃었다.

"역시 단단한가."

거기서부터 침입자와의 싸움이 시작되었다.

◇

──인공지능은 놀랐다.

제어실을 방어하는 로봇이 파괴되고, 자신을 손에 넣으려 한 신인류에게서—— 구인류의 특징이 나타나고 있었기 때문이다.

말도 안 된다.

게다가 이 신인류는 일본어도 사용했다.

이미 소실되었을 터인 언어여서 알 수 있을 수단이 없을 터다.

또한 이 세계가 '여성향 게임 세계'라고 말하고 있다.

'말도 안 된다—— 하지만, 나는 이 인간에게 흥미가 있다.'

인공지능이 물었다.

『——제게 이름을 붙이겠습니까?』

그 남자는—— 리온은 부상을 입어 바닥에 주저앉으며 대답했다.

"그래—— 게임에서는 '루크시온'이라는 이름이었지."

인공지능은 묘하게 그 이름이 마음에 들었다.

거부하지 않고 받아들였다.

『등록했습니다.』

마스터 등록을 끝마치자 리온은 웃고 있었다.

"그런데 루크시온이 무슨 의미였더라? 어디선가 들었던 것 같은 느낌이 드는데. 분명—— 이상향이었던가?"

웃고 있는 리온을 보고 루크시온은 약간 기가 막혔다.

『아닙니다. 그건 엘리시온입니다.』

"그랬던가? 뭐, 어느 쪽이든 상관없나."

후기

　여성향 게임 세계는 모브에게 가혹한 세계입니다, 도 마침내 12권째!!

　안녕하세요, 작가인 미시마 요무입니다.

　드디어 막바지가 보이기 시작한 12권이었습니다만, 마지막까지 즐겨 주실 수 있도록 힘내겠습니다!

　자 그럼, 매번 후기로 고생하고 있는 저입니다만, 이번 권에서는 무엇을 쓸지 생각하고 있었습니다.

　개인적인 이야기를 써도 독자분은 흥미가 없으리라고 생각하기에, 역시 12권의 내용에 관해서겠네요.

　다만, 세상에는 '후기부터 읽겠다고!'라는 독자분도 계신다는 이야기를 들었기에 개인적으로 후기에 스포일러를 쓰는 것도 망설여지고 맙니다.

　가급적 주의하고 있습니다만, 스포일러를 싫어하는 분은 여기서부터는 읽지 않으시는 것을 권장합니다.

　괜찮습니까? 괜찮지요?

　그러면 12권의 인상 깊은 에피소드에 관해 쓰도록 하겠습니다.

　실은 입가심 같은 느낌이었던 8권부터 복선으로 넣어 두고 있었습니다만, Web판에서 제나가 맡고 있던 역할을 어떤 등장인물로 변경하였습니다.

Web판에서는 제나가 오스칼의 아이를 배서, 라는 흐름을 채용하고 있습니다.

당시의 저는 '세계관과 시대 배경(?)을 고려하면 문제없어!'라는 생각으로 제나를 임신시켰는데 말이죠.

나중에 생각해 보니 '이건 좀 어떻지?'라고 의문으로 느끼게 된 겁니다.

저는 작중 윤리관과 현실 세계의 윤리관 사이에서 고민하는 경우가 많네요.

극단적으로 현실 세계 윤리관으로 기울면 문제도 적겠지만, 그렇게 되면 작중에 위화감이 나오고 마니까요.

애초에 이 '여성향 게임 세계는 모브에게 가혹한 세계입니다'가 현실 세계의 윤리관으로 많이 기울어 있었다면 시작조차 하지 않았을 테니까 말입니다.

초반에 리온이 억지로 결혼을 강요당하는 흐름 같은 건 특히 심하다고 생각하고 있습니다.

Web판을 쓰고 있었던 당시에는 기세에 맡겨 쓰는 경우도 많아서, 나중에 생각해 보면 '실수했네'라고 느껴지는 부분도 많습니다.

그런 이유로 12권에서는 제나의 역할을 도로테아로 변경했습니다.

도로테아라면 임신하고 있어도 이상하지 않고, 더욱 행복한 가족이라는 것을 리온에게 보여줄 수 있다고 생각했기 때문입니다.

그걸 위한 8권이자, 이때를 위한 닉스와 도로테아의 이야기였네요.

아무 생각 없이 쓴다고 생각되고 있을지도 모르겠습니다만, 제법 이것저것 여러 가지로 생각하고 있으니까요! 이래 보여도 노력하고 있으니까요!

……그러니 앞으로도 응원 잘 부탁드리겠습니다.

그러면 또 다음 권에서 만나 뵙도록 하지요.

Otomege Sekaiwa Mobuni Kibishii Sekaidesu Vol.12
©2023 by Mishima Yomu, Monda
First published in Japan in 2023 MICRO MAGAZINE, INC.
Korean translation rights reserved by Somy Media, INC.

여성향 게임 세계는 모브에게 가혹한 세계입니다 12

2023년 12월 15일 1판 1쇄 발행
2024년 3월 15일 1판 2쇄 발행

저   자 미시마 요무
일 러 스 트 몬다
옮 긴 이 주승현
발   행   인 유재옥
이   사 조병권
출판본부장 박광운
편 집 1 팀 박광운
편 집 2 팀 정영길 조찬희 박치우 정지원
편 집 3 팀 오준영 이해빈 이소의
디자인랩팀 김보라 박민솔
디지털사업팀 박상섭 김지연 윤희진
라이츠사업팀 김정미 맹미영 이윤서
영업마케팅팀 최원석 박수진 박소연
물   류   팀 허석용 백철기
경영지원팀 최정연
인쇄제작처 ㈜코리아피엔피
발   행   처 ㈜소미미디어
등   록 제2015-000008호
주   소 서울시 마포구 토정로222, 403호 (신수동, 한국출판콘텐츠센터)
판매 및 마케팅 (070) 8822-2301

ISBN 979-11-384-8105-2
ISBN 979-11-6507-479-1 (세트)